O Auto da Compadecida 2

O Auto da Compadecida 2

da obra de
Ariano Suassuna

roteiro original de
Guel Arraes *e*
João Falcão

com colaboração de
Adriana Falcão *e*
Jorge Furtado

romanceado por
Carlos Newton Júnior

pinturas e desenhos de
Manuel Dantas Suassuna

as novas aventuras de **João Grilo e Chicó**

EDITORA NOVA FRONTEIRA

Copyright © 2025 Ilumiara Ariano Suassuna; Guel Arraes, João Falcão, Adriana Falcão, Jorge Furtado e Carlos Newton Júnior.

Direitos de edição da obra em língua portuguesa no Brasil adquiridos pela Editora Nova Fronteira Participações S.A. Todos os direitos reservados. Nenhuma parte desta obra pode ser apropriada e estocada em sistema de banco de dados ou processo similar, em qualquer forma ou meio, seja eletrônico, de fotocópia, gravação etc., sem a permissão do detentor do copirraite.

Editora Nova Fronteira Participações S.A.
Av. Rio Branco, 115 – Salas 1201 a 1205 – Centro – 20040-004
Rio de Janeiro – RJ – Brasil
Tel.: (21) 3882-8200

Ilustrações de capa e miolo: Manuel Dantas Suassuna

Dados Internacionais de Catalogação na Publicação (CIP)

F178a   Falcão, João

        O Auto da Compadecida 2: as novas aventuras de João Grilo e Chicó/ João Falcão et al... – Rio de Janeiro: Nova Fronteira, 2025.
        236 p.; 15,5 x 23 cm

        ISBN: 9786556409412

        1. Literatura brasileira brasileira. I. TítuloTítulo.

                                          CDD: 869 .93
                                          CDU: 821.134.3

André Felipe de Moraes Queiroz – Bibliotecário – CRB-4/2242

Conheça outros livros do autor:

Prefácio:
A Vida Venceu a Morte

Meu avô Ariano sempre afirmava que, na Família Suassuna, nos comunicamos como as estradas do sertão, dando voltas até chegar ao destino. Faço, então, um convite ao leitor para entrar nessa viagem, com vários arrodeios e, juntos, chegarmos ao destino, o destino de Ariano, o nosso destino.

Pois bem. Ariano escreveu, em 1955, o *Auto da Compadecida*, quando contava apenas 28 anos de idade. A sua vida foi transformada, assim como a história da literatura brasileira. O mestre costumava dizer que não conseguia fazer distinção entre a literatura e a vida. Ele estava certo!

Antes do *Auto da Compadecida* e de sua amada Zélia de Andrade Lima, o jovem Ariano tinha uma tendência por obras trágicas e, quando conhece a "Romã do Pomar", é como se o seu coração e a sua alma tivessem se desatado para a vida e para a alegria do mundo. Como ele próprio eternizou, em uma dedicatória: "foi Zélia quem permitiu a irrupção em minha vida do Riso a Cavalo e do Galope do Sonho."

A Literatura e a vida se misturam, são indissociáveis! Ariano se casa com Zélia e, em janeiro de 1957, passam a lua de mel no Rio de Janeiro. Nesse mesmo período, é encenada a peça — em 3 atos — *Auto da Compadecida*, no Teatro Dulcina, quando da realização do Festival de Amadores Nacionais, com grande aclamação da crítica e do público!

Ariano e Zélia retornam para Recife e, como que em um toque mágico da vida, adquirem a casa localizada na rua do Chacon, que entrecorta os bairros de Casa Forte e do Poço da Panela, uma espécie de presente da Compadecida. O local passa a ser um marco sagratório em defesa da cultura e do povo brasileiro, uma Ilumiara, "A Coroada", em homenagem a Zélia.

O *Auto da Compadecida* se torna a peça mais encenada do teatro brasileiro, com traduções para o inglês, espanhol, francês, italiano, alemão e polonês, atestando o pensamento do grande escritor russo, Leon Tolstói, que muito influenciou Ariano: "se queres ser universal, começa por pintar a tua aldeia." A aldeia pintada por Ariano é Taperoá e, pintando Taperoá, termina por pintar todo o Nordeste, o Brasil e o mundo.

Entre 1999 e 2000, mais um acontecimento fundamental: o jovem diretor Guel Arraes – filho do ex-governador Miguel Arraes, vizinho da rua do Chacon e amigo de Ariano – adapta para as telas da televisão e do cinema o *Auto da Compadecida*. O êxito das encenações no teatro se repete no audiovisual. Os personagens principais, João Grilo e Chicó, interpretados, respectivamente, por Matheus Nachtergaele e Selton Mello, se tornam uma espécie de "super-heróis" do nosso país. O *Auto da Compadecida* passa a ser o filme de cabeceira e coração de todos os brasileiros.

Após isso, Guel começou a desenhar uma obra, com o título provisório de *As novas Peripécias de João Grilo e Chicó*, que fica inacabada, em razão do encantamento do mestre, em 2014. Cinco anos depois, em meados de 2019, somos procurados pelos produtores do *Auto da Compadecida*, que têm o desejo de, em janeiro de 2020, reexibir a microssérie, em quatro episódios. Mais da metade do Brasil assiste à série. Uma nova geração de brasileiros se encanta com as aventuras de João Grilo e Chicó. Quem já tinha visto vive novamente a experiência. Não basta uma só vez.

Poucos meses depois, eclode a pandemia do coronavírus. Isolamento, incertezas, perdas afetivas. Todos os envolvidos no projeto inicial, com a compreensão de que a arte também é uma ferramenta de cura, retomam a ideia de algo ligado ao *Auto da Compadecida*. O que antes seria uma obra baseada na dupla João Grilo e Chicó se transforma em uma continuação. Um reencontro de João Grilo e Chicó 25 anos depois, e nosso com eles.

Sempre tivemos consciência do tamanho da nossa responsabilidade. Afinal, estávamos nos desafiando a dar continuidade à, talvez, mais importante obra cômica da nossa dramaturgia, televisão e cinema. Desde a década de cinquenta, a peça mais adaptada do nosso teatro; a partir de 1999, a obra de audiovisual mais vista e revista do nosso país. Mas sabíamos, também, o caminho apontado pelo próprio mestre: "Não nos limitamos a cultuar as cinzas dos nossos antepassados, mas tentamos, sim, levar adiante a Chama Imortal que os animava."

Essa é a Chama que estamos levando adiante. É de todos nós! Todos que acreditam no nosso país, no nosso povo e na nossa arte.

O Auto da Compadecida 2 está trilhando a sua própria história, assim como se dá há setenta anos (1955) e há 25 anos (1999), resgatando a alegria de sermos brasileiros! Valorizar o que é nosso!

Termino por aqui, lembrando que: "O homem nasceu para a imortalidade, a morte foi um acidente de percurso... portanto, esta deve ser a busca de todo artista: a imortalidade por meio da arte."

É isso mesmo, vovô. A arte é um protesto contra a morte, você sempre viverá conosco e no coração da arte do nosso país; todos temos um pouco de João Grilo e um pouco de Chicó. Todos temos Ariano. Ainda bem! Isso é o que somos e buscamos ser! Seguimos com o Riso a Cavalo e o Galope do Sonho!

"Por isso não vou nunca envelhecer:

com meu Cantar, supero o Desespero,

sou contra a Morte e nunca hei de morrer."

João Suassuna

(Historiador, advogado, palestrante, produtor e consultor cultural, neto de Ariano Suassuna)

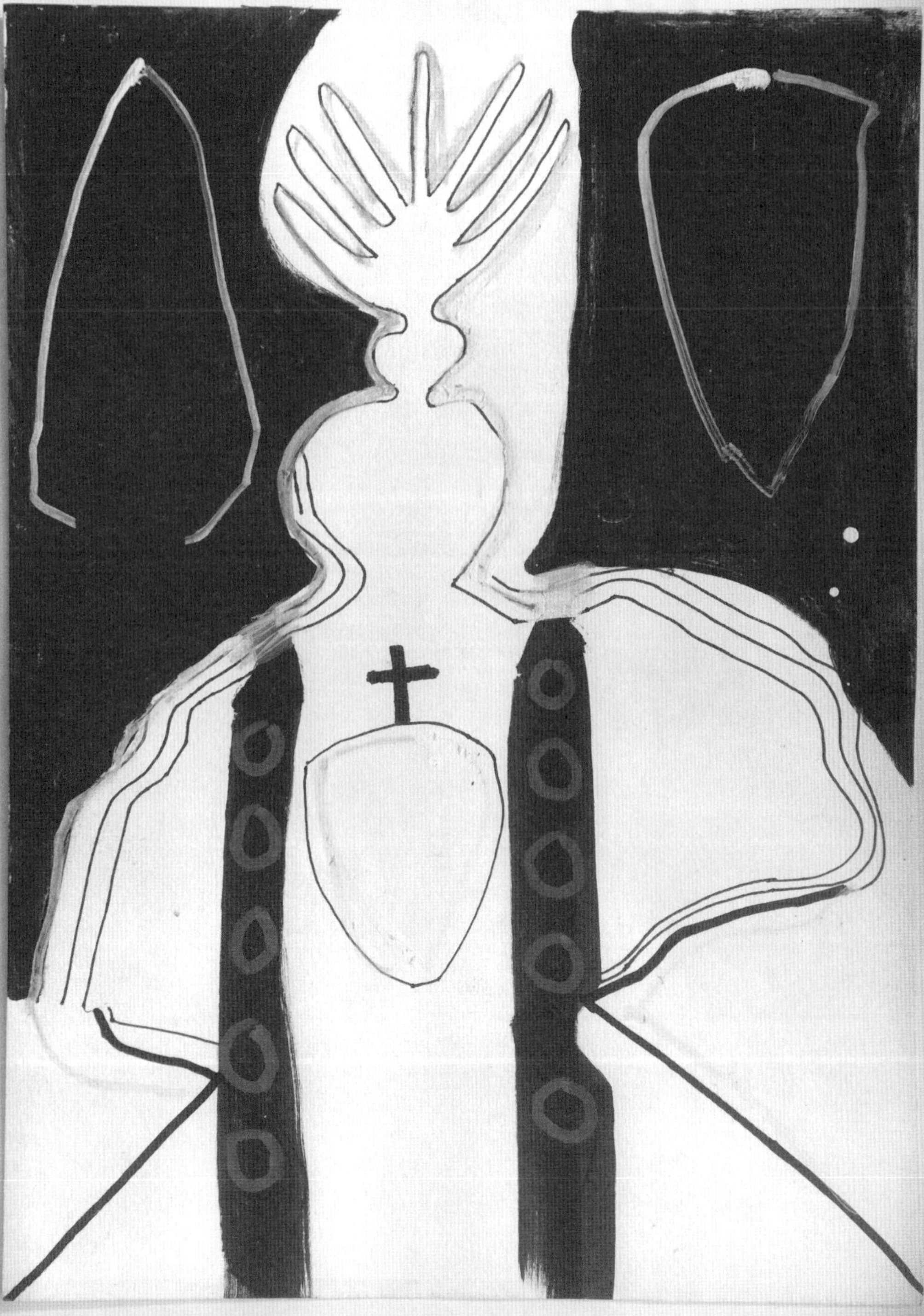

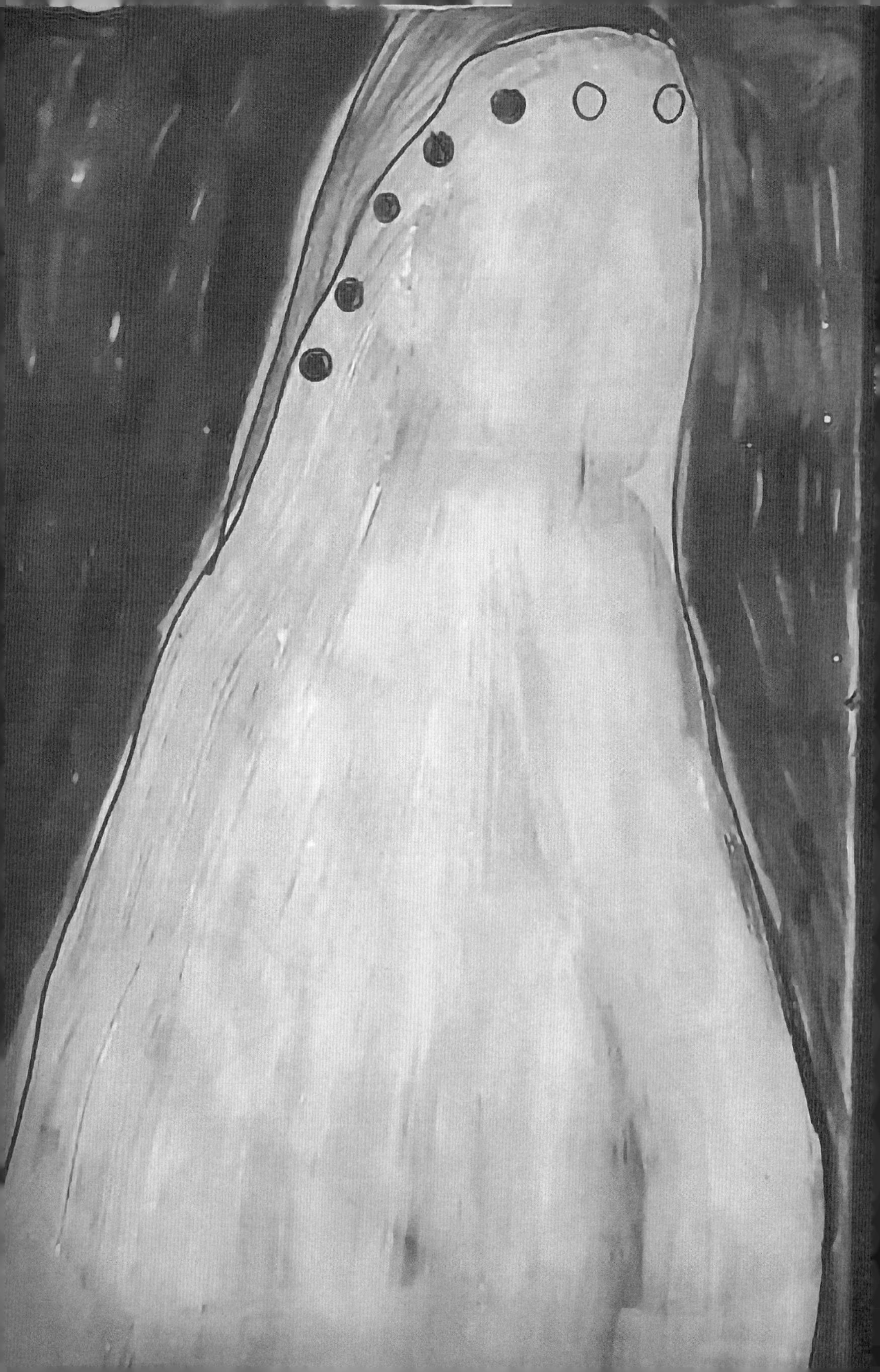

Capítulo 1

Era tempo de seca no Sertão da Paraíba. Na cidade de Taperoá, o sol faiscava nas pedras do calçamento, nos seixos que margeavam o leito seco do rio, nos gradis de ferro dos portões das casas e até mesmo no juízo das pessoas. O vento, quente e seco, levantava a poeira e a levava para todo canto. Ainda assim, com tanto calor e tanta poeira, vez por outra um ônibus chegava à cidade trazendo gente de cidades e vilarejos próximos, turistas que vinham a Taperoá somente para ouvir, na voz de Chicó, uma história ali mesmo acontecida e que corria o mundo, a "Vida, Paixão e Morte de João Grilo".

Há anos Chicó vinha contando aquela "espantosa, divertida, trágica e jamais imaginada história"; uma história, segundo ele, "verdadeiramente verídica". Seu casamento com Rosinha terminara. Certo dia, ao acordar, Chicó percebeu que a moça o abandonara, partindo para destino ignorado. Tempos depois, João Grilo, seu amigo até então inseparável, também se fora – à procura de melhores condições de vida, caíra no "oco do mundo", como se costumava dizer. A paróquia de Taperoá aguardava um padre que nunca chegava, e a igreja, com o tempo, começara a revelar as marcas do abandono. Só não estava pior porque Chicó, sem trabalho, sem mulher, sem amigo e sem dinheiro, assumira, informalmente, a função de "guardião do templo", passando a residir na igreja, que varria de vez em quando, usando a sacristia a modo de quarto, sala e cozinha.

Assim que o ônibus parava no largo da igreja, Chicó aparecia para receber os turistas. Já aí começava a recitar a sua história, apresentando teatralmente a fachada do edifício:

Foi bem defronte à igreja,
casa da Compadecida,
que meu amigo João Grilo,
com jeito de suicida,
buliu com uns cabras da peste
e findou perdendo a vida.

E continuava, levando o povo para dentro:

Uns vinte anos se passaram
e a marca ainda está por lá.
Repare a mancha encarnada
que está no chão pra provar:
não tem sabão nem escova
que possa o sangue apagar.

E mal João Grilo embarcou,
cobriu-se o campo de um véu.

A alma, sendo invisível,
chegou às portas do Céu
vestindo a triste mortalha
de quem dá conta de réu!

O Cristo foi o juiz,
e o Demo, de promotor,
acusa o Grilo e já diz:
"Sua vida foi um horror!
Aqui, no seu julgamento,
você já sai perdedor."

João então falou assim:
"Lasquei-me já de saída!"
Então lhe veio uma ideia,
a melhor de toda a vida,
rezou pra Nossa Senhora,
chamada "A Compadecida".

E o Demo logo pensou:
"Vai ser dura essa partida!
Mulher em tudo se mete:
lá vem A Compadecida!
Do jeito que a coisa vai
a luta chega perdida!"

Maria disse a João:
"Espere que vou chamar
Jesus, meu Filho Divino,
pra ver se dá pra salvar
quem teve tantos pecados
que a gente cansa em contar."

"Meu Filho, salva o menino,
tendo, dele, compaixão!
Não se salvando esta alma,

se dá mais gosto é ao Cão,
por isso então eu te rogo:
Lança teu vero perdão!"

E Cristo, não sendo besta,
ouviu a mãe foi na hora!
João sem mais reviveu,
e logo já foi-se embora.
Ninguém não diz quando volta...
Mas volta, Virgem Maria,
Valha-me, Nossa Senhora!

Concluindo a recitação, Chicó começava a passar o chapéu entre a assistência, dizendo os versos finais:

Meu verso acabou-se agora,
minha história verdadeira!
E sempre que eu canto ele,
vem dez mil-réis pra algibeira!
Hoje estou dando por cinco,
talvez não ache quem queira!

As pessoas se persignavam, colocando algumas moedas no chapéu de Chicó. Em seguida entravam no ônibus, que logo pegava a estrada de volta.

Era raro que um ou outro questionasse Chicó sobre algum detalhe da história. Mas o fato é que, às vezes, isso acontecia. Alguém levantava a mão e perguntava:

— Ô, Seu Chicó! Não entendi muito bem uma parte do que o senhor contou aí! O senhor disse que o bruto cangaceiro, após a morte do chefe, e assediado por todos os lados pelos tiros dos soldados, conseguiu acertar seu amigo João Grilo com um tiro só, bem na caixa dos peitos, estando o cabra aqui fora e João Grilo já dentro da igreja. Como foi isso?

E Chicó se saía como sempre:

– Não sei, só sei que foi assim!

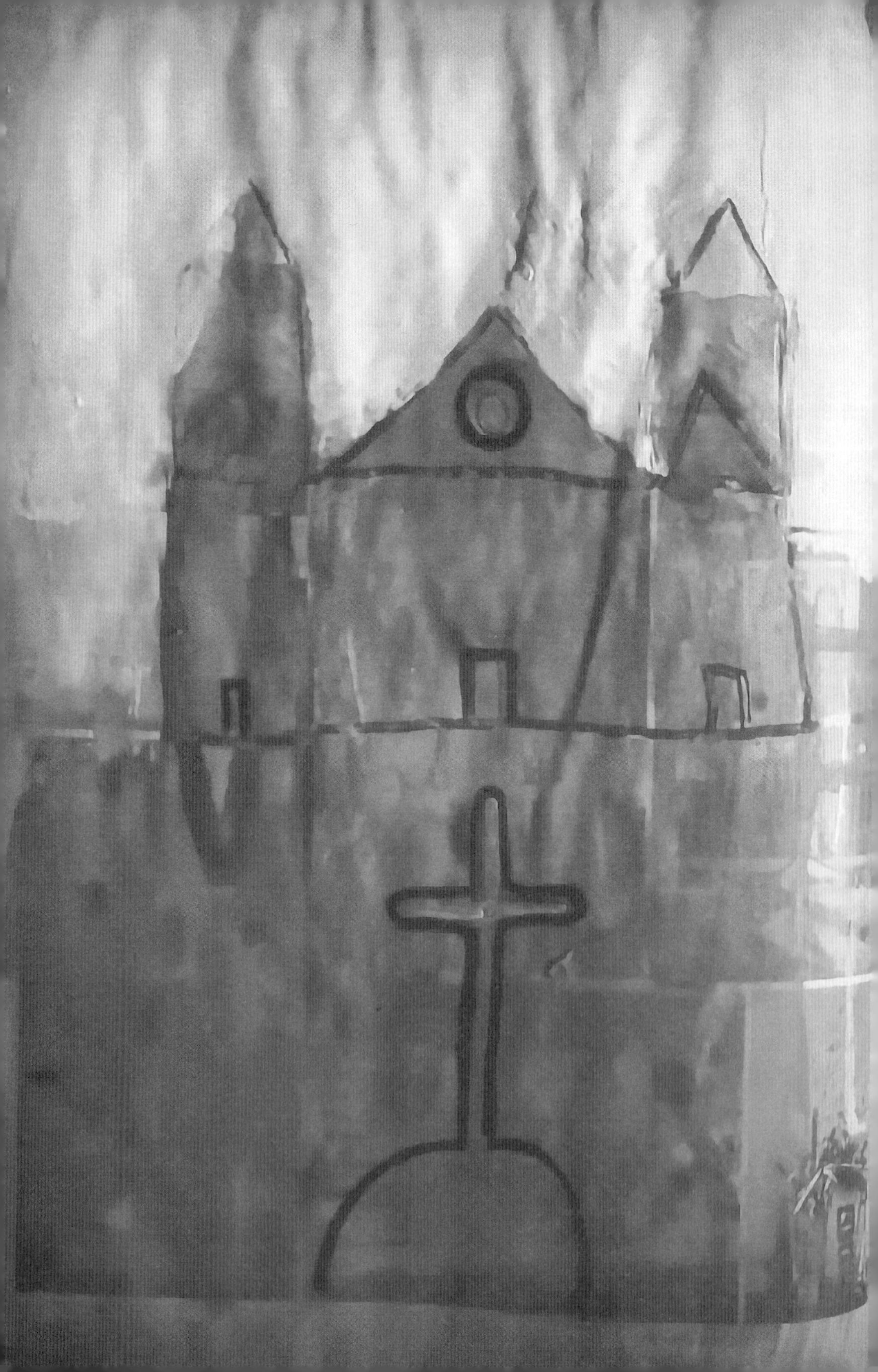

Capítulo 2

A noite já estava caindo quando Chicó entrou na sacristia, sentou-se no tamborete e virou o chapéu sobre a mesa. Algumas moedas rolaram, e o saldo do dia não era nada animador. Quase nada havia para jantar. Juntou, numa panela velha, um punhado de feijão e um osso de carneiro com alguma carne em volta, para fazer uma sopa. Em seguida, acendeu o fogo num pequeno fogão de duas bocas, colocando a mistura para cozinhar. De repente, a luz da sacristia se apagou. Olhando pela pequena janela basculante, Chicó percebeu que havia luz nos postes de iluminação e nas casas mais próximas. Só a igreja estava às escuras. Logo em seguida, viu, de relance, uma luz atravessando o vão da porta que ligava a sacristia ao salão da igreja.

Frouxo como ele só, Chicó sentiu que suas pernas começavam a tremer. E foi tremendo que ele entrou no salão. Viu, então, um enorme vulto em forma de gente que se movia por trás do altar, e que crescia cada vez mais, levantando os braços teatralmente. Não percebeu que um foco de luz, localizado no centro da nave, projetava uma sombra na parede do fundo da igreja. Já completamente apavorado, girando o olhar para todos os lados, Chicó falou, com a voz fraca e trêmula:

— Quem és tu, ó, criatura? Vieste por bem ou por mal? És de carne e sangue ou de matéria ectoplasmática?

Projetada sobre a pintura do fundo do altar, ressurgiu a sombra enorme, que respondeu, novamente erguendo os braços:

— Eu sou o que sou!

Chicó imaginou reconhecer a voz de João Grilo. Num lapso, pensou então que João, há tanto tempo sem dar notícias, teria morrido de vez, vindo agora do além para pedir-lhe satisfações pelo fato de ele, Chicó, estar usando aquela história da sua salvação por Nossa Senhora para ganhar algum dinheiro. Ajoelhado, perguntou ao vulto:

— É João Grilo?

Disse a voz, em tom de pregação:

— Fui enviado dos céus e dos infernos para buscar as almas pecadoras e os lesos! És tudo isso e eu te levarei!

Engatinhando, chorando e fugindo da enorme sombra, Chicó foi se aproximando dos pés de João Grilo. Fora João quem cortara a luz da igreja. Chegara há pouco a Taperoá e estava agora fazendo uma de suas costumeiras presepadas com o amigo, valendo-se de um candeeiro que colocara em cima de um banco.

— Eu paro! Eu largo! Eu mudo! – gritou Chicó. – Nunca mais pecarei, ó enviado do Senhor! Eu juro por tudo quanto é sagrado!

João Grilo se aproximou e disse em tom lamentoso, botando a mão no ombro de Chicó, que se arrepiou todo:

— Lá é tão frio, Chicó!

Chicó deu um pulo e rapidamente se escondeu atrás de um banco:

— Ai, meu Deus! Valha-me, Nossa Senhora! João, prometo rezar nove novenas por tua alma!

— Prefiro um prato de cuscuz com leite!

Chicó abriu os olhos e se virou para o vulto:

— Oxente! E alma come comida, é?

— Deixe de besteira, Chicó! Se eu estivesse morto, minha barriga não estava roncando desse jeito!

Perguntou Chicó, já com coragem de aparecer por trás do banco:

— És tu, João Grilo?!

— Você já perguntou isso, Chicó!

E novamente Chicó, agora aproximando-se com cautela:

— Eu estava perguntando pra um morto, agora é pra um vivo!

Batendo a poeira do corpo, João respondeu ao amigo:

— Sou eu, Chicó! Em carne, osso e um restinho de cabelo...

Reticente, sem reconhecer bem o amigo e pensando ainda tratar-se de um fantasma, Chicó viu o candeeiro, pegou-o e se aproximou de João, para observá-lo mais de perto:

— Você está diferente...

— Eu estou igual a mim mesmo.

— É o mesmo diferente — disse Chicó, girando o candeeiro em torno de João.

— E você acha que não envelheceu, não, é?

— Mas com minha cara de abestado já estou acostumado.

João perdeu a paciência. Tirou o candeeiro da mão de Chicó, colocou-o novamente sobre o banco e, de braços abertos, disse:

— Me dê logo um abraço, homem! Pra gente passar dessa parte e ir direto ao que interessa, e que está dentro daquela panela lá na sacristia, cheirando que só!

Chicó correu a abraçá-lo:

— Só pode ser você mesmo, João Grilo. Tem outro não!

— E não sou eu, abestalhado?

— Meu amigo João!

Chicó segurou o rosto de João com as duas mãos, para senti-lo melhor. Ainda emocionado com o reencontro inesperado, confessou ao amigo:

— Nesse tempo todinho, João, não houve um dia em que eu não lembrasse de você!

– Eu também me lembrava de você todos os dias... No que eu ouvia uma mentira, eu lembrava!

– Ah, meu amigo João! Se você fizesse ideia do que eu estou sentindo agora...

– Você, eu não sei. Mas eu estou sentindo um cheirinho é de queimado...

– Eita, João, eu me esqueci da panela!

Chicó desabraçou João e correu para a sacristia, seguido de perto pelo amigo.

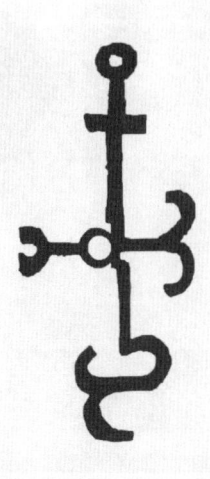

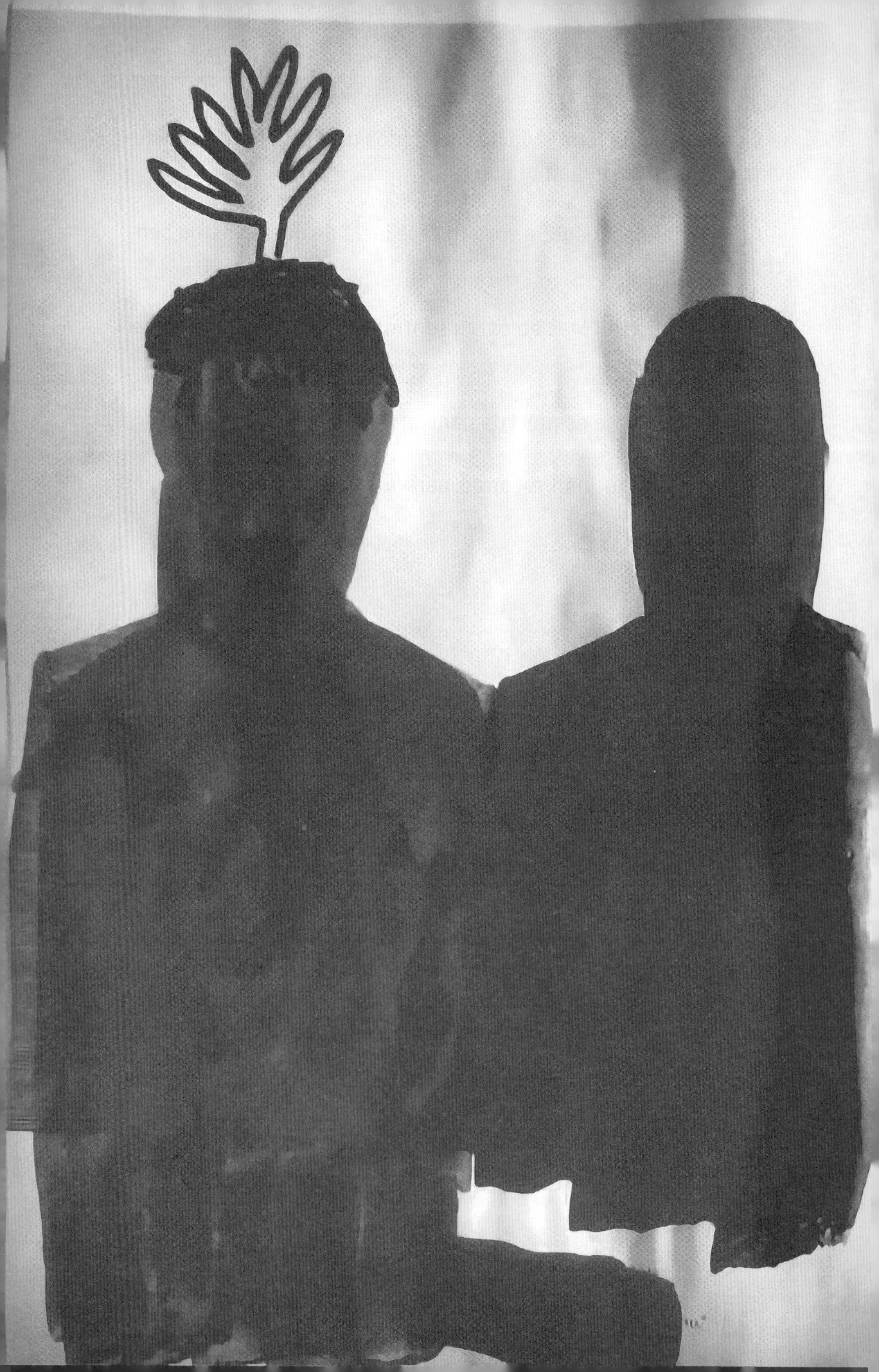

Capítulo 3

Os dois amigos comeram com vontade a gororoba que Chicó havia preparado. Não há melhor tempero para a comida do que a fome, como o povo costuma dizer. Já estavam raspando os pratos quando João comentou:

— Nem parece que queimou.

— Não queimou, não, João. Foi só o cheiro mesmo.

— E como é que pode o cheiro de uma coisa queimada acontecer antes da coisa queimar?

— Bem, se queimou, eu nem senti. O gosto estava ruim?

– Não.

– Então pronto.

– Mudando de assunto, Chicó, o que você andou fazendo, além de cuidar dessa igreja abandonada?

– Fiquei por aqui, espiando a maçaranduba do tempo.

– Vamos aventurar comigo, Chicó!

Chicó levantou-se, esticou os braços e falou para o amigo:

– Acho melhor não, João! Eu já estou é sentindo um cheirinho de complicação no ar. Cheirinho de coisa complicada, não sabe? Desses que vêm antes que a coisa se complique. Só pra depois a gente se perguntar por que não deu ouvidos ao nariz.

João Grilo também se levantou, olhou para cima e disse, passando a mão direita no ar, como se estivesse lendo o título de um filme no letreiro da fachada de um cinema:

– "As novas aventuras de João Grilo e Chicó". Já pensou?

– Já. Já pensei e já passou. Eu sei bem como é. Eu vou indo na sua conversa e quando vi, já fui!

– Ora, Chicó! O que mais o prende aqui, se Dona Rosinha o deixou?

– E se ela resolve voltar, um dia? Como é que vai me encontrar?

– E você vai ficar preso para sempre nesse lugar?

– Se eu não vivesse aqui, você também não tinha me encontrado!

— E você acha que ela pode voltar também?

— Acho, João! Mas o que eu acho mais, mesmo, é que eu nunca vou desistir de esperar.

Chicó falou com uma voz tão pungente que somente então João Grilo percebeu, de fato, a grandeza do amor que o amigo sentia por Rosinha. Um amor de toda a vida, daqueles que ele só conhecia dos folhetos de cordel, a exemplo da história de Alonso e Marina, que tantas vezes ouvira ser declamada nas feiras, ali mesmo, em Taperoá.

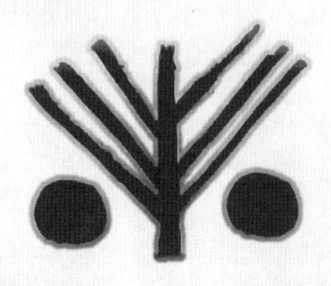

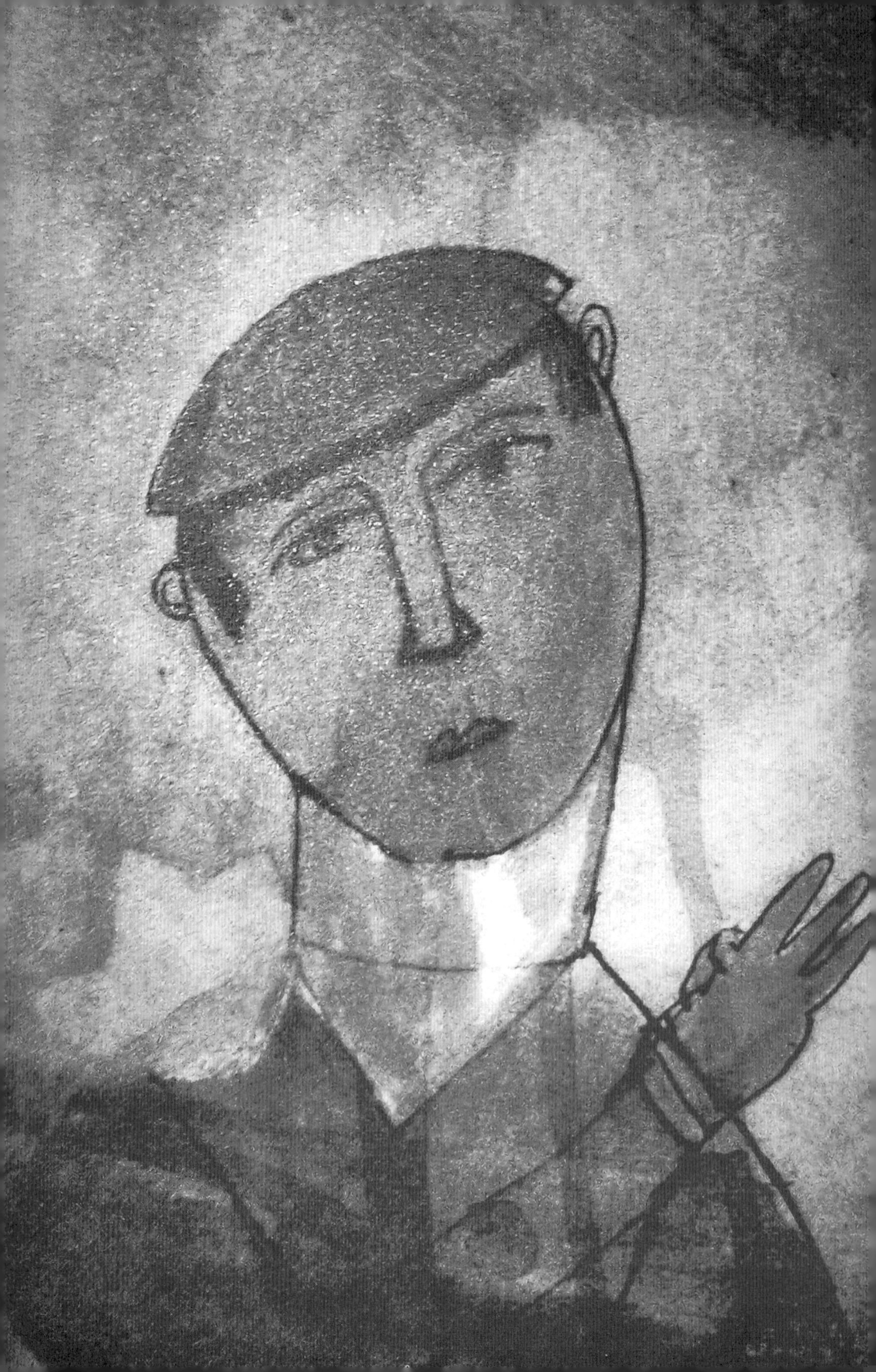

Capítulo 4

Na manhã seguinte, enquanto Chicó varria a frente da igreja, João Grilo, sentado na beira da calçada, procurava identificar as mudanças ocorridas na cidade em que vivera tantas aventuras, sobretudo no tempo em que trabalhara na padaria de Seu Eurico e Dona Dora. Percebia que, no fundo, ainda nutria alguma raiva pelos ex-patrões, friamente assassinados, há tanto tempo, a mando do terrível cangaceiro Severino do Aracaju. "Carne passada na manteiga para o cachorro e fome para João Grilo, é demais!" – dizia consigo mesmo.

A cidade, a bem dizer, mudara muito pouco. Quatro ou cinco lojas que não conhecia, três ou quatro ruas de terra batida que receberam calçamento. No mais, a mesma ponte sobre o leito seco do rio, debaixo da qual tantas famílias de retirantes se abrigaram, de passagem para o litoral; algumas casas mais abastadas, dos comerciantes e poderosos do lugar; e, perambulando pelas ruas, em meio ao sol e à poeira, aquele mesmo povo pobre, humilde e sofredor, mas que enfrentava a vida com excepcional coragem.

— Taperoá parece assombrada! — disse, voltando-se para Chicó.

— Faz seis anos que não chove, João! — disse Chicó, apoiando-se na vassoura e olhando para a frente. — A seca anda levando tudo: planta, comida, emprego, serviço e faz favor.

— Está ruim desse jeito?

— Pior do que você imagina!

Chicó entregou a vassoura a João Grilo, fazendo gesto para que o amigo concluísse a varrição, e sentou-se na calçada, para enrolar um cigarro. João Grilo, de pé, não varreu; ficou apenas brincando de equilibrar a vassoura com o cabo no dedo. Continuou Chicó:

— Galinha está tão cara que, no caminho que se vai, ela não bota mais ovo, porque não acha pinto para pôr dentro.

Cansado de brincar com a vassoura, João Grilo usou o cabo como apoio para se sentar mais facilmente ao lado de Chicó. Disse:

— Isso enquanto os bichinhos não morrerem de fome.

— Pior que morrer de fome é morrer de comida... — disse Chicó, já acendendo o cigarro e dando a primeira baforada.

— E quem morre disso?

– Uma cabra que eu tive morreu. Foi quando eu morava em Cabrobó...

– E você morou em Cabrobó?

– E então? Com a terra seca, João, eu levava a cabra pra fora do cercado e a largava no meio do nada. O tempo ia passando e a cabra emagrecendo. Ela passava o dia no pasto seco, sem ter o que comer.

– E por que você não a deixava sem comer nada no quintal de casa mesmo?

– E como é que ela ia aprender a viver sem comer nada, se não visse que não tinha pasto pra comer?

– Fome se vê com a barriga.

– Se quiser você pode contar a história! – disse Chicó, já se irritando com as intervenções de João.

– Eu, não! Conte sempre, a história é sua!

– Aviso logo que o final é triste...

– Já sei, a cabra morreu de fome!

– Não, morreu de comida! Um dia ela encontrou um pasto bem verdinho. Comeu tanto que...

– Engordou de novo?

– Nada! O íntimo de suas entranhas recebeu a presença alimentar e, quando o primeiro resquício passou pelo piloro, houve um dramático apelo, que, partindo do fígado, teve incrível ressonância. O pulmão se contraiu, ela estremeceu e esticou a canela, morrendo sorrindo.

– Pelo menos morreu alimentada.

– Aí é que você se engana, João! Seu mal foi ter comido. Ela estava quase se acostumando sem comer, e foi por ter comido que morreu.

– Quer dizer que, se ela tivesse aguentado mais uns dias, era capaz de passar a vida sem comer?

– Era.

– E continuava andando, vivendo, tudo do mesmo jeito?

– Até morrer de outra coisa.

– E como é que sua cabra encontrou um pasto bem verdinho no meio de uma seca medonha?

– Não sei, só sei que foi assim.

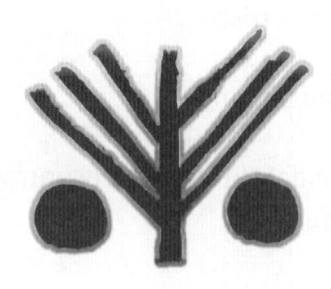

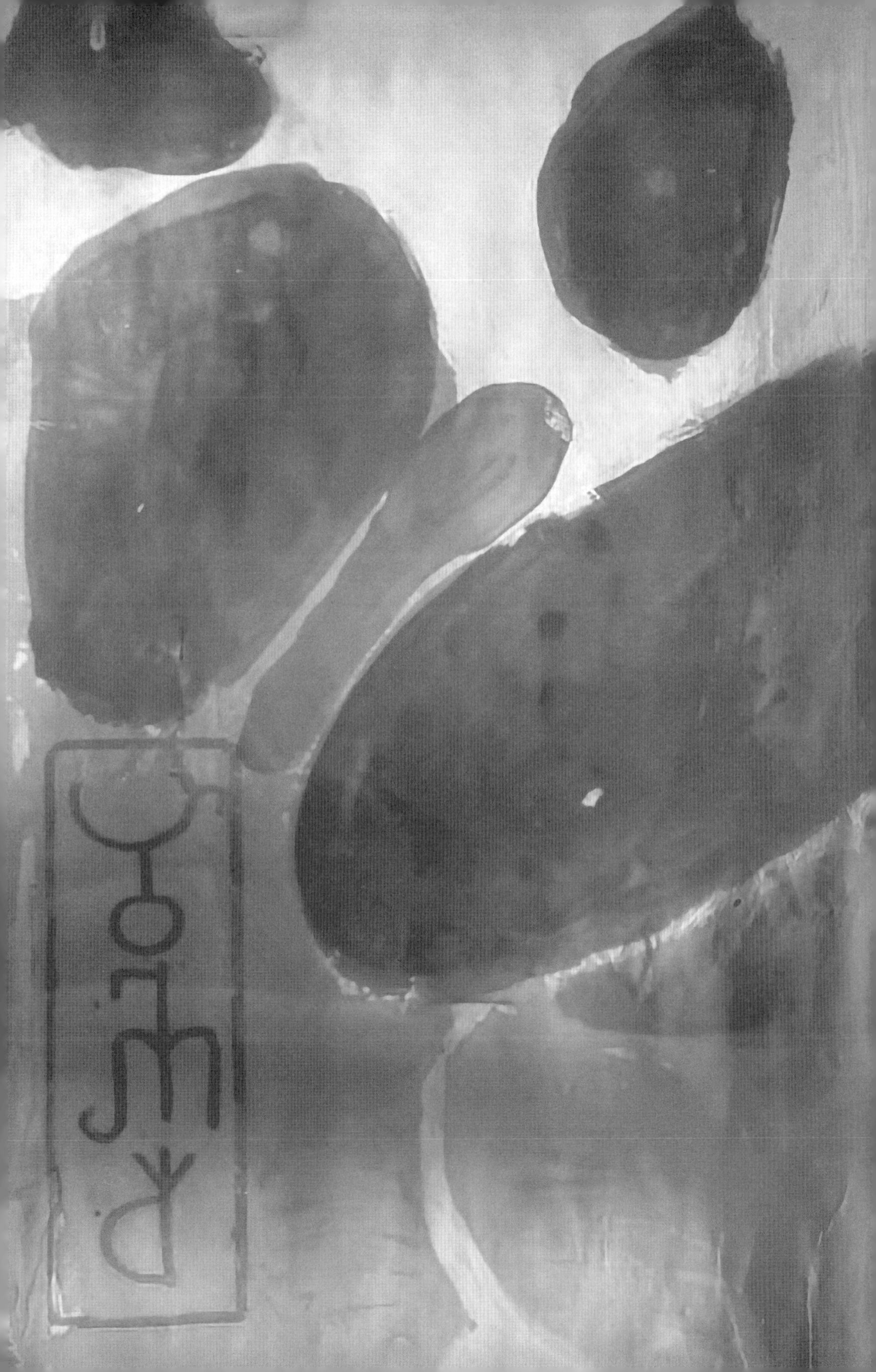

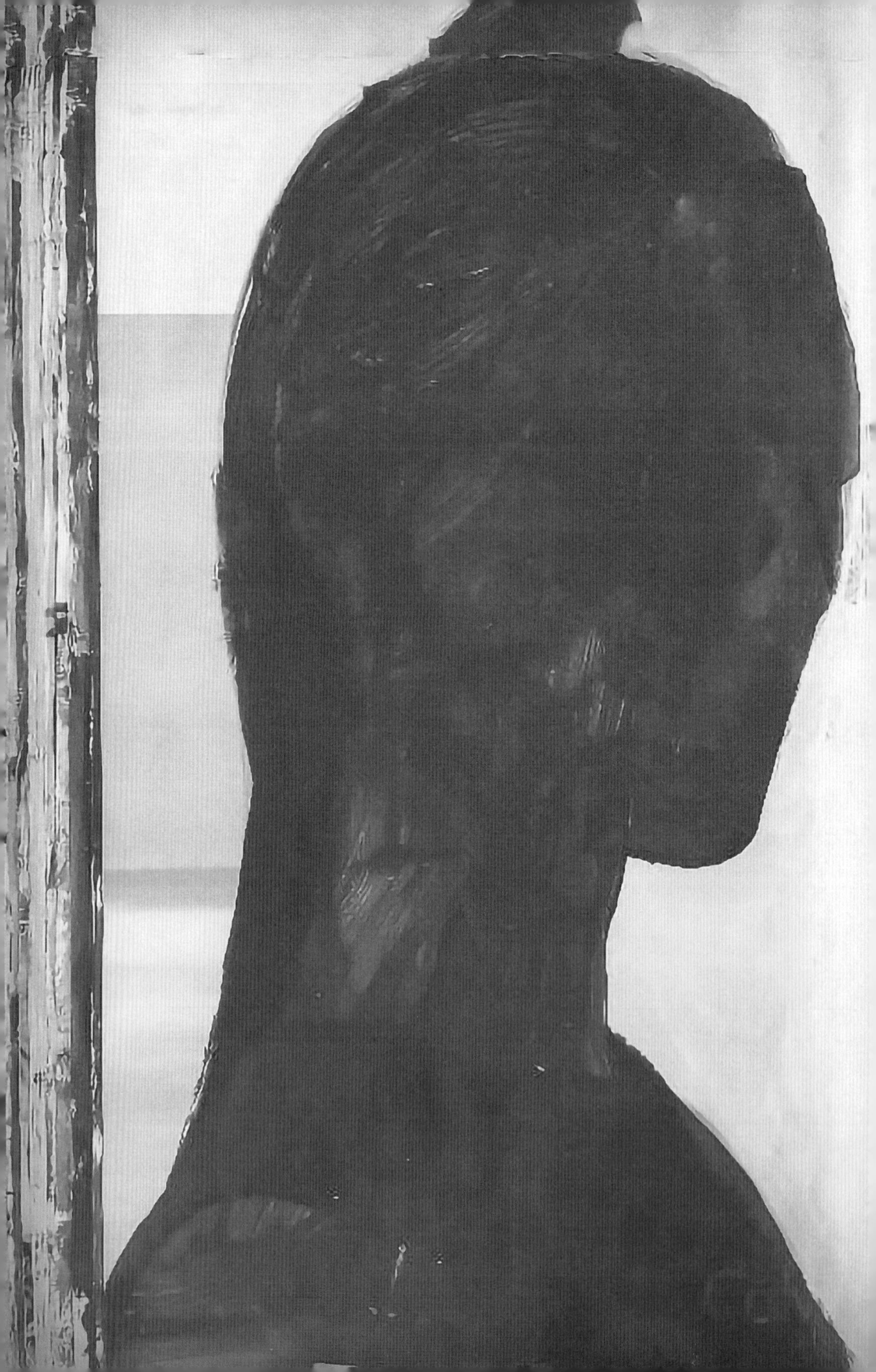

Não era para menos. Depois de tanto tempo ouvindo Chicó contar a "Vida, Paixão e Morte de João Grilo", o povo de Taperoá já considerava João como uma espécie de celebridade religiosa, um homem abençoado por Deus e protegido de Nossa Senhora. Bastou que um o reconhecesse, ali na frente da igreja, para que a notícia da sua volta logo se espalhasse como uma faísca elétrica no meio do povo.

O primeiro a se aproximar de João foi Joaquim Brejeiro. Joaquim era ninguém mais, ninguém menos do que o cangaceiro que atirara em João após tentar ressuscitar, sem sucesso, o seu capitão, Severino do Aracaju, tocando a gaita que Severino acreditava ter sido abençoada por Padre Cícero. Antes de cair no cangaço, Joaquim havia sido jagunço, sob as ordens de Dom Pedro Sebastião Garcia-Barretto, o homem mais poderoso de todo o Sertão da Paraíba, cruelmente assassinado, certo tempo depois, em condições tão misteriosas que o crime jamais fora devidamente esclarecido. E, uma vez desfeito o bando de Severino do Aracaju, Joaquim se empregara como jagunço novamente, agora trabalhando para o Coronel Ernani, que era, no momento, o fazendeiro mais rico e poderoso ali de Taperoá.

Em sua peculiar visão de mundo, Joaquim achava que o retorno à condição de jagunço representava, de certo modo, uma nova ascensão profissional, depois do rebaixamento a que fora submetido durante o seu tempo de cangaço. Continuava a fazer o que bem sabia, isto é, a brigar e a matar – muito embora não matasse ninguém "por gosto", e sim "por costume". Não precisava mais, porém, embrenhar-se durante meses seguidos na caatinga espinhenta e pedregosa, em meio às correrias das fugas e aos tiroteios com os soldados das forças volantes, a quem os cangaceiros chamavam de "macacos".

Ao chegar, Joaquim foi logo perguntando a João:

– Com todo o respeito, está correndo na cidade a notícia de que foi o senhor que eu matei.

– Se foi, não me avisaram não.

Capítulo 5

Enquanto escutava a história de Chicó, João percebeu que as pessoas que passavam pela rua olhavam para ele de um modo diferente. Uns claramente o apontavam, sem qualquer cerimônia; outros cochichavam alguma coisa com quem estava mais próximo; e havia quem chegasse mesmo a se persignar, fazendo os costumeiros três sinais em cruz.

Percebendo que Joaquim viera em missão de paz, Chicó fez as devidas apresentações:

— João, este é Seu Joaquim. Ele foi aquele cangaceiro que atirou em você.

— Gosto de matar não — afiançou Joaquim. — Mas quem mandou o senhor inventar que aquela gaita era milagrosa? Me fez dar um tiro no meu capitão, pra ele visitar nosso padrinho Padre Cícero, e até hoje o pobre não voltou!

Como João nada dissesse, Joaquim continuou:

— Eu só vim aqui para ver se era verdade que o senhor tinha revivido.

— O senhor acha que eu sou mentiroso, é? — interveio Chicó.

— Não, mas é poeta. Nas suas histórias a verdade acaba e você continua...

— Às vezes a verdade nem começa... — acrescentou João Grilo.

— Mas uma coisa é certa — continuou Joaquim. — Você está vivo. E é menos uma morte pesando nos meus ombros.

Dizendo isso, Joaquim deu as costas aos dois e foi embora, louvando Nossa Senhora em alto e bom som, de modo a ser escutado por todos os que estavam mais próximos:

— Louvada seja Nossa Senhora, que fez de um morto, vivo, e de um assassino, inocente!

Assim que ele se afastou, João Grilo comentou com Chicó:

— Não acredito que terminaram acreditando na sua mentira!

— Aponte uma mentira na minha história.

— Uma só? Eu nunca morri na vida, nem nunca revivi da morte.

— Quer dizer que você não levou um tiro?

— Levei.

— E não caiu estatelado bem aqui?

— Caí.

— E depois não acordou bonzinho?

— Bonzinho.

— E isso foi o quê?

— Biloura. A bala passou de raspão e eu nem dei conta. Mas quando vi o ferimento, desmaiei do susto.

— Isso foi milagre, João! Biloura, a pessoa desacorda e acorda ligeiro. Eu sei, porque eu sou frouxo e vivo abilourando. Você passou um tempão morto no céu, foi julgado, e se não fosse Nossa Senhora...

— E por que eu não me lembro de nada disso?

— Porque quem volta do além se esquece de tudo que viveu lá, que é pra não sair contando os segredos da eternidade.

— Como é que você sabe?

— E como é que você não sabe? Todo mundo sabe disso, João.

— Sabe como, Chicó, se quem volta não se lembra de nada?

— Não sei, só sei que foi assim.

— Você sempre fala isso quando fica sem resposta.

Chicó arrematou a conversa, já impaciente:

— Você quer que milagre tenha explicação, é?

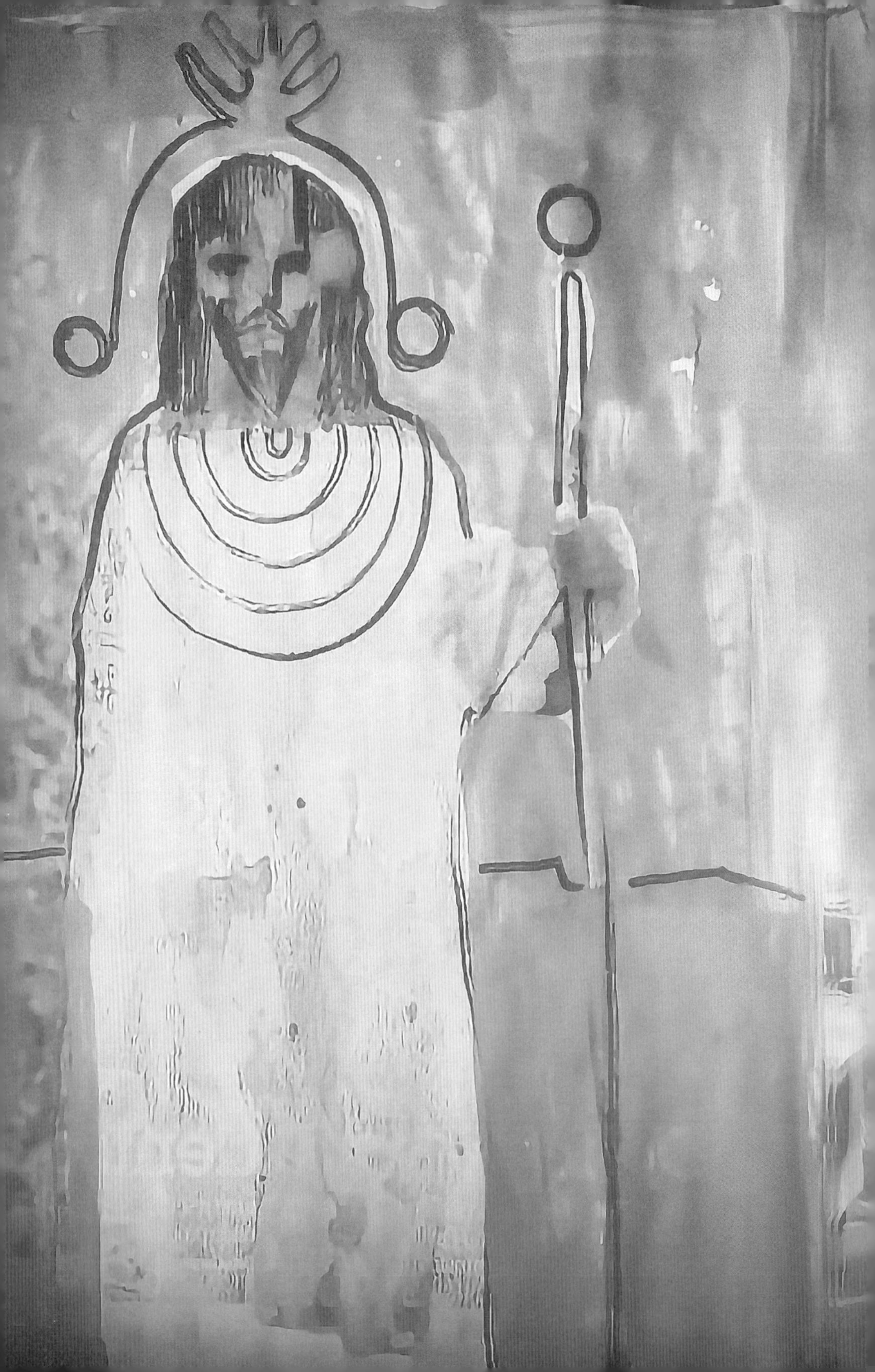

Capítulo 6

Mal haviam voltado para dentro da igreja, na intenção de se abrigarem do sol, os dois amigos começaram a escutar, ao longe, um coro de vozes. Aos poucos, as vozes vinham se chegando cada vez mais. De certo modo já desconfiados do que estaria por vir, eles então se dirigiram até a porta que dava para a rua e abriram uma fresta, cautelosamente, para espiar o que estava acontecendo lá fora. Uma procissão inteira vinha em direção à igreja.

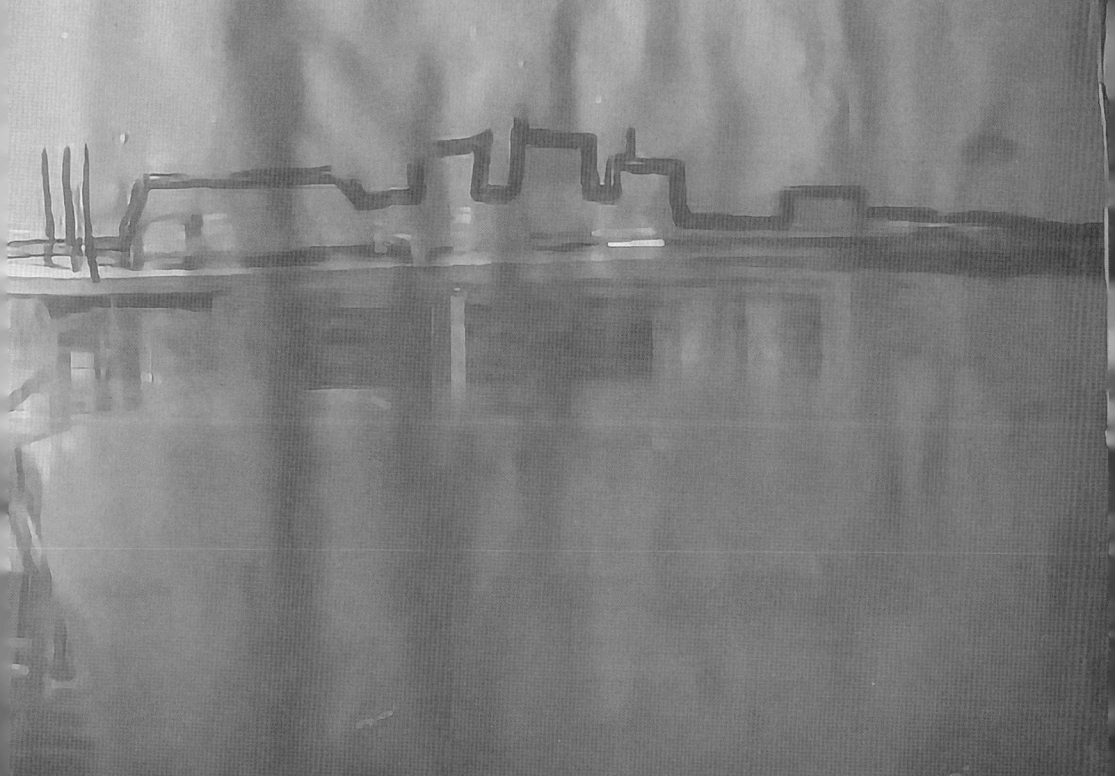

Eram dezenas de pessoas carregando crucifixos, terços, flores e imagens de santos. Uma delas, que vinha mais à frente, conduzia um velho e esfarrapado estandarte com uma imagem de Nossa Senhora. Todas cantavam em uníssono:

*Com minha Mãe estarei
na santa Glória, um dia;
bem ao lado de Maria,
no Céu eu triunfarei!*

João Grilo virou-se para Chicó e perguntou:

— Hoje é dia santo?

— Isso tudo é por conta de sua volta, João! — respondeu o amigo.

— E eu virei santo?

— Não vê Joaquim Brejeiro entre o povo? Vieram louvar Nossa Senhora pelo milagre de sua ressurreição.

João avistou Joaquim e percebeu que ele era um dos devotos mais emocionados de toda a procissão. Abriu então a porta e ficou de frente para o povo, com os braços abertos, como se tivesse a intenção de abraçar todos que vieram vê-lo. O coro de vozes ganhou mais força ainda, e todos se ajoelharam diante de João, emocionados:

*No Céu, no Céu, lá no Céu
com minha Mãe estarei!*

Cada vez mais impressionado, João ficou mudo, observando as pessoas que o idolatravam. Chicó se aproximou e o provocou, cochichando no seu ouvido:

— Mas já que você diz que a história que eu conto é mentira, aproveite e conte a verdade para o povo...

E, num átimo, mal terminara de falar, Chicó o empurrou para o meio das pessoas. João Grilo, então, passou a caminhar entre os fiéis ajoelhados. Todos queriam tocá-lo. Todos traziam, no rosto, expressões de fé e devoção. Alguns faziam o sinal da cruz, outros beijavam as imagens e os crucifixos que carregavam. Emocionado, João Grilo começou a cantar junto com o povo:

Com minha Mãe estarei
na santa Glória, um dia;
bem ao lado de Maria,
no Céu eu triunfarei.

Três rapazes que estavam na esquina, assistindo à procissão sem dela participar, aproximaram-se da frente da igreja. Um deles perguntou a João Grilo, na evidente intenção de pô-lo à prova:

— Já que você esteve no Céu, João Grilo, me diga: onde Deus mora?

João apontou o dedo para o rapaz, girou o dedo, indicando "todo canto", ao tempo em que respondeu:

— E você me diga onde Ele não mora!

— Quantas estrelas tem no Céu? – perguntou o segundo rapaz.

— Nove milhões, oitocentas e setenta e três mil! – respondeu João, sem pestanejar.

— Como você sabe? – tornou o curioso.

E João, rápido como sempre:

— Se você duvida, suba lá e vá contar!

Gritou o terceiro rapaz, da calçada:

– Qual o segredo da vida?

João Grilo parou e se virou para o rapaz, como se fosse revelar o que ele lhe perguntava. O povo ficou em silêncio para prestar atenção e ouvir a resposta. João fez um suspense, olhou fixo para o rapaz e disse:

– Não posso dizer porque é segredo!

– É um santo, é um santo! – alguém falou no meio da multidão.

– João, eu tenho muito medo de morrer! – disse um velho, ajoelhado, segurando a barra da calça de João Grilo.

João se abaixou, segurou-o pelos dois braços, dando-lhe ânimo, e disse:

– Não se preocupe! Estando vivo, a sua morte não existe ainda; e, quando ela vier – João Grilo tapou os olhos do velho com as mãos –, você não estará mais vivo pra se preocupar!

– É um santo, é um santo! – diziam por todo lado.

a

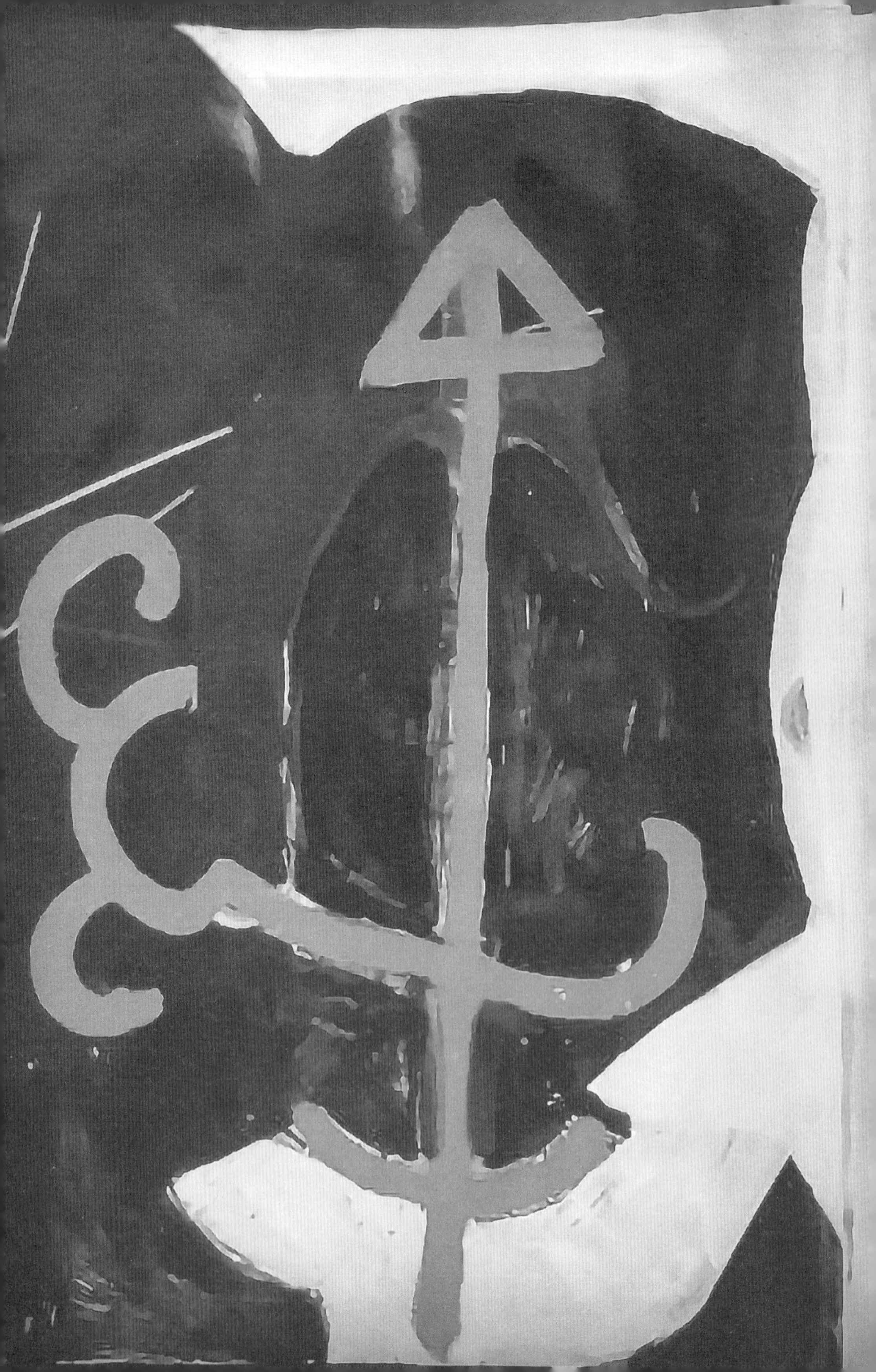

Capítulo 7

Por causa da história de Chicó, João Grilo não podia sair à rua sem que fosse logo abordado pelas pessoas, que lhe pediam conselhos, mezinhas e orações. No dia seguinte ao da procissão em sua homenagem, por volta das 9 horas da manhã, estava ele observando a cidade de dentro da igreja, por um dos janelões da parede lateral. Chicó, na sacristia, cuidava de colocar para cozinhar alguns ovos que João havia ganho do povo. Foi então que começou, na rua, o maior corre-corre. As pessoas corriam, porém, não em direção à igreja, mas à praça; não com flores, terços e crucifixos, mas com latas, baldes e panelas.

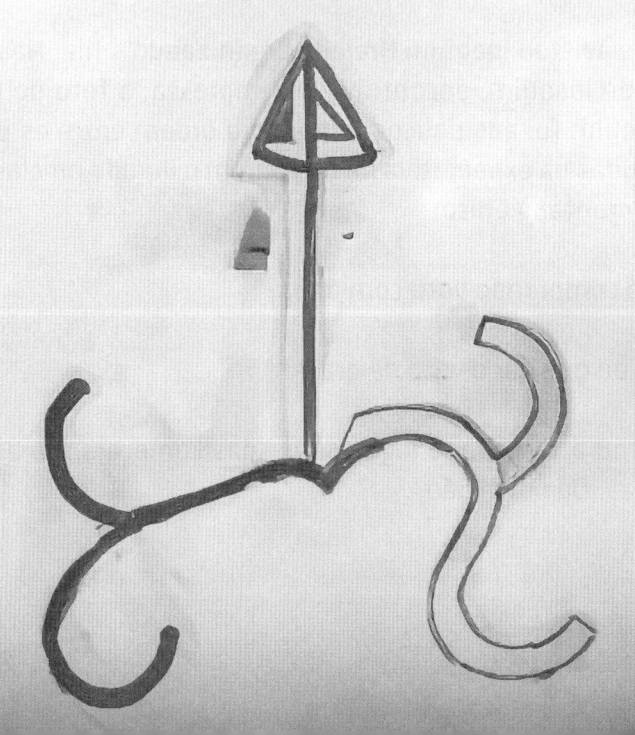

João foi até a porta principal da igreja, abriu-a e chamou Chicó. Via, dali, a fila que o povo começava a formar, e a poeira que se levantava por lá, com a chegada de um caminhão. Perguntou então a Chicó, que ia chegando:

— Que alvoroço danado é esse, Chicó?

— É o caminhão de água da prefeitura, João. Já estava esquecido que hoje é dia de água. Vou agorinha lá, com a minha lata.

— Água de onde?

— A prefeitura compra do Coronel Ernani.

— E vende a lata por quanto?

— Dá de graça, pro povo votar no candidato da situação.

— E quem é o candidato da situação?

— Ora, João, quem mais poderia ser? O Coronel Ernani!

João olhou e avistou Joaquim Brejeiro organizando a fila. Nas costas da camisa de Joaquim, encontrava-se, impressa, a foto do Coronel Ernani. Joaquim foi aos poucos impondo a ordem entre as pessoas ansiosas, todas na expectativa de receberem o líquido precioso. João voltou a perguntar a Chicó:

— E ele está comprando voto com água?

— É melhor do que dar o voto de graça!

Joaquim abriu a torneira, e logo as pessoas começaram a aplaudir, emocionadas. De novo João:

— O povo paga imposto à prefeitura, ela compra água do Coronel e distribui pro povo, dizendo que foi o Coronel que deu...

— E o pior, João, é que esse poço, que hoje é do Coronel, foi tomado de uma família vizinha das terras dele.

— Ele expulsou a família da terra?

— Nem precisou. O poço ficava perto da divisa da fazenda do Coronel. Aí o Coronel empurrou a cerca na marra, passando o poço para o lado dele.

— Então deve ter mais água na terra dessa família, Chicó!

— Tem nada! Eles até arribaram de lá, porque era o único poço que tinham.

— Não custa procurar. A gente podia cavar por lá, nas imediações das terras do Coronel.

— Não dá sorte ir pras bandas das terras do Coronel... vamos não!

— Já pensou a gente ter um poço só da gente? Água para um pomar de fruta, fruta e água pra fazer suco, água pra tomar banho bebendo suco de fruta... água, Chicó!

— Eu até iria com você, João. O problema é que a fazenda do Coronel é muito longe.

— Isso não seria problema. A gente não iria a pé. Quando é que o caminhão vem de novo?

– Depois de amanhã. Ele volta para o poço ainda hoje, reabastece e amanhã vai distribuir água para os pequenos sítios e arruados da zona rural.

– Você consegue uma picareta pra gente cavar, que eu arranjo uma carona pra seguir o caminhão até as proximidades do poço.

– Combinado! Deixe agora eu ir pegar o nosso quinhão de água, senão amanhã não se bebe nem se cozinha por aqui.

Depois que o caminhão distribuiu toda a água, João percebeu que ele manobrava lentamente em marcha ré para sair da praça, passando em frente ao mercado público e daí pegando a estrada que ligava o núcleo urbano à zona rural de Taperoá.

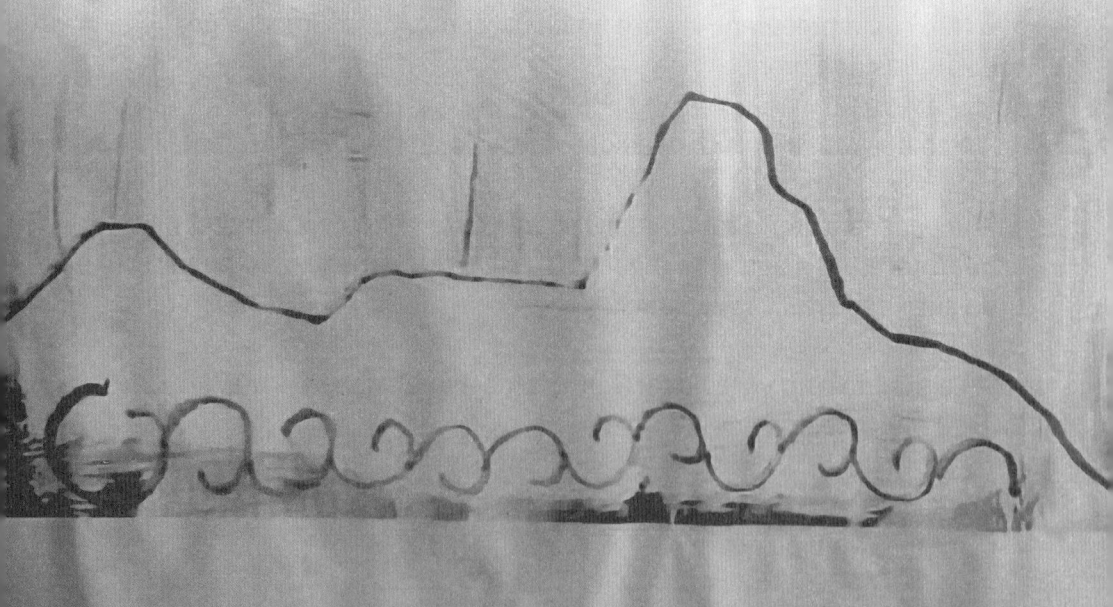

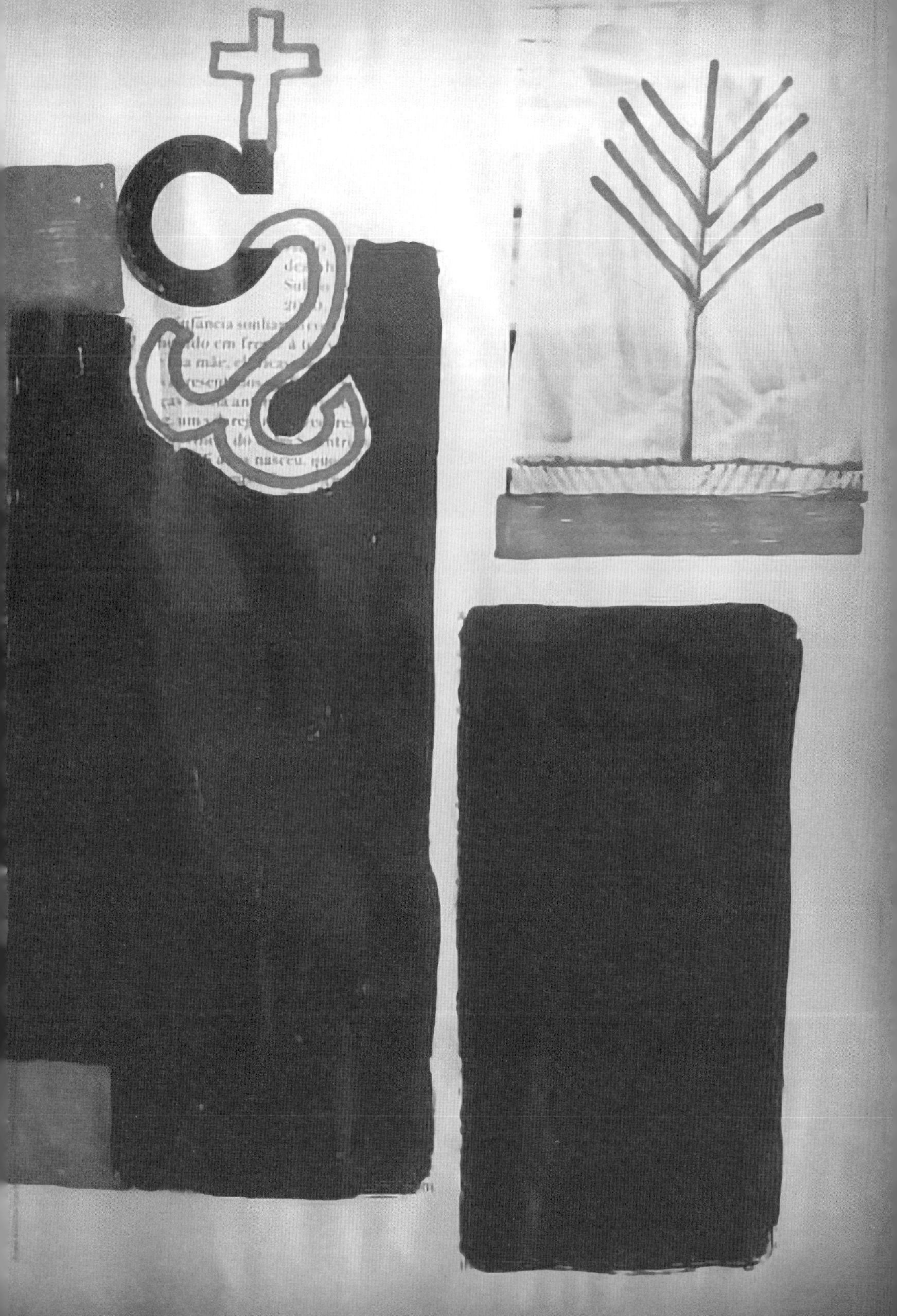

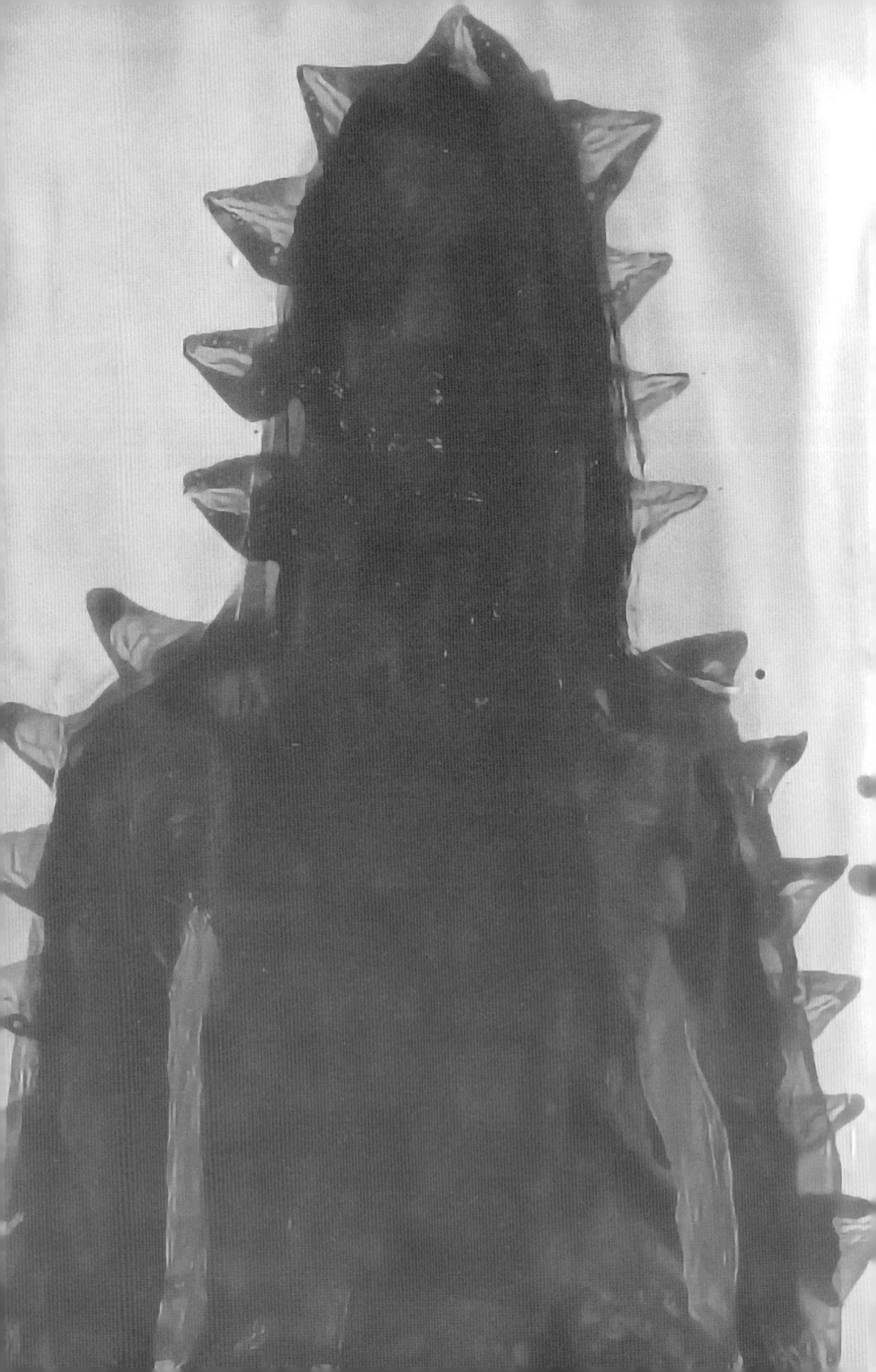

Capítulo 8

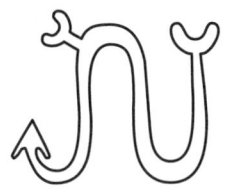

No dia combinado, Chicó entrou na sacristia segurando uma picareta que arranjara emprestada.

— Pronto, João! O caminhão já chegou e eu consegui a picareta. Arranjou a carona?

— Arranjei demais! Ela vai nos pegar lá perto do mercado público.

— Então vamos, antes que eu desista dessa maluquice.

Saíram e foram então para o oitão do mercado. Chicó percebia que a distribuição de água já estava terminando e nada de a carona aparecer.

— E a carona, João?

— Vem já. Tenha paciência, Chicó!

Como da vez anterior, após encher todas as latas e baldes que as pessoas haviam trazido, Joaquim Brejeiro fechou a torneira, recolheu a mangueira e entrou no caminhão. O motorista deu partida no motor e começou a manobrar de marcha ré, aproximando-se do oitão do mercado.

— Cadê a carona, João?

— Ela está vindo aí, Chicó!

Foi só então que Chicó compreendeu:

— Eu não acredito! Você, por acaso, está pensando em amorcegar o caminhão do Coronel?

— Estou não, Chicó, *estava*! — disse João Grilo, já pulando e se agarrando atrás do caminhão. E, percebendo que o amigo ficara parado, voltou-se para ele: — Ainda está aí?

O motorista engatou a primeira marcha e o caminhão começou a sair da praça lentamente. Chicó ainda ficou alguns segundos ali, parado, olhando o caminhão avançar. De repente, fez o sinal da cruz e pulou no caminhão.

Pegando a estrada que liga Taperoá a Juazeirinho, o caminhão-pipa começou a atravessar a paisagem desoladora do Sertão em tempo de seca, com os dois amigos amorcegados atrás. Não havia uma nuvem no céu, e o sol, esturricante, mais parecia aquele "Monstro do Sertão" imaginado pelo genial xilogravador popular J. Borges.

– Você ficou doido, João? A gente não tem mais idade pra isso, não! – reclamava Chicó, morrendo de medo, agarrando-se ao caminhão com uma mão só, enquanto a outra segurava a picareta, e equilibrando-se como Deus era servido.

– Fale por você, meu filho, eu bebo água da fonte da juventude, sou um broto! – e, para provar o que acabara de dizer, João Grilo agilmente foi até a boleia e começou a surfar em cima do caminhão, fazendo munganga e se amostrando para o amigo.

– Meu Deus, é um louco varrido! E eu atrás dele! – disse Chicó consigo mesmo.

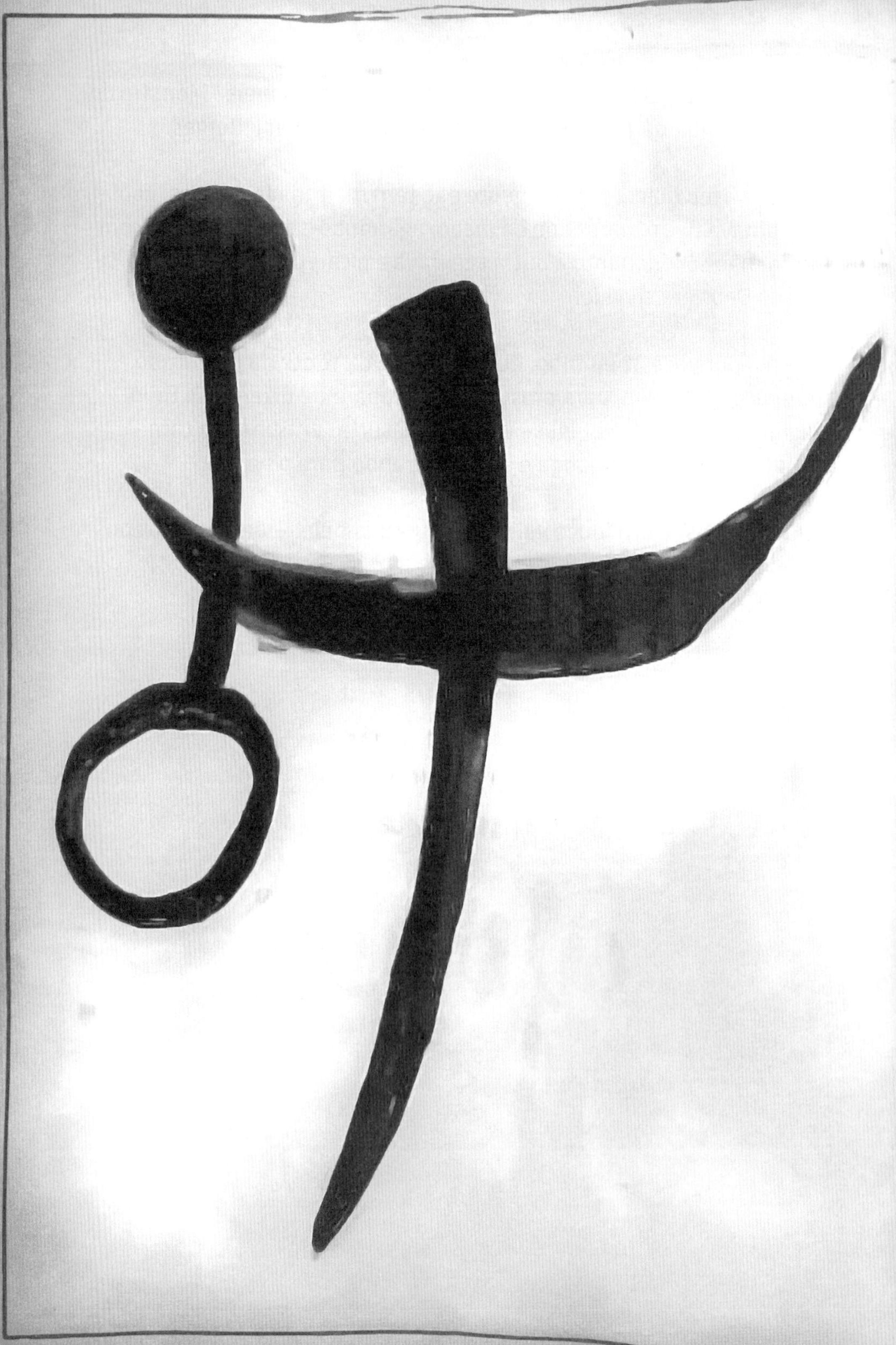

Capítulo 9

Deixando a estrada de asfalto, o caminhão ainda rodou por cerca de vinte minutos em uma esburacada estrada de terra batida, até diminuir a marcha para avançar lentamente, agora já nas terras do Coronel Ernani. Chicó estava em petição de miséria. No momento oportuno, quando o caminhão já estava praticamente parando, os dois amigos saltaram e se esconderam por detrás de umas pedras, de onde o viram estacionar junto ao poço, para ser reabastecido de água.

— É por aqui que a gente vai cavar, Chicó!

— Nas *imediações das terras do Coronel* é muito diferente de *ao lado do poço do Coronel*! Nunca estudou Geografia, não?

— Eu tenho culpa se a água corre bem aqui, debaixo dos meus pés, bem ao lado do poço do Coronel? E veja que a gente vai cavar do outro lado da cerca, fora das terras dele. Ele não tem do que reclamar!

— Você sempre acha que sabe de tudo!

— Onde tem um poço é porque tem um lago subterrâneo por baixo, Chicó!

— É nada!?

Algum tempo depois, enquanto Chicó cavava o buraco à procura da água, João Grilo, sentado num montículo de terra, procurava se proteger do sol, na pouca sombra que fazia uma pequena árvore ressequida.

— Por que só eu é que cavo?

— Ora, Chicó, só temos uma picareta, e alguém tem que começar! — disse João Grilo, ajeitando o montículo de terra para ficar mais confortável.

— Pois bem, já cavei bastante! Está na hora de você continuar! — rebateu Chicó, saindo do buraco cuja profundidade já ia acima de sua cintura e entregando a picareta a João Grilo.

— Mas eu já descobri onde tem água...

— Cadê? — disse Chicó, sentando-se por sua vez no montículo de terra.

— Você só quer saber de descansar, Chicó!

Assim que João Grilo começou a cavar, a contragosto, ouviram o barulho de um automóvel que se aproximava.

– João, é o carro do Coronel Ernani! – disse Chicó, desesperado, entrando dentro do buraco e se abaixando.

– Segure as pregas, homem!

– Pra quê? Eu sou frouxo mesmo, o valente aqui é você!

– Então confie em mim! – disse João, tentando sair do buraco.

– Confio nada! – respondeu Chicó, puxando João de volta. – Quando a conversa aperta, quem termina ficando bem na frente do perigo sou eu!

O Coronel, que havia descido do automóvel para tratar de uns assuntos com Joaquim Brejeiro, ao perceber o movimento do outro lado da cerca, procurou uma passagem já conhecida entre dois mourões meio frouxos, atravessou o limite de sua fazenda e foi até a beira do buraco.

– Bom dia, Coronel! – disse Chicó, agachado, olhando-o de baixo para cima, o que fazia com que a figura do Coronel ficasse mais imponente e terrível.

– Bom dia! Só é pena que o dia de vocês tenha começado todo errado...

– Mas melhorou bastante com a vossa presença! – interveio João Grilo.

– Fiquem à vontade para esburacar a estrada – disse o Coronel Ernani, sentando-se na beira do buraco.

– Queira desculpar, meu patrão, é que Chicó estava doido por água e eu achei que aqui poderia ter... – disse João, saindo do buraco.

– Ah, e estão tentando cavar um poço, é? Pensei que esse buraco era para a sepultura de vocês!

— Ainda não, coronel-chefe! — disse Chicó, levantando-se com um leve tremor nas pernas.

O Coronel voltou-se para João Grilo:

— Você disse que estavam atrás da água de minha cacimba, só pode ser pra morrer.

— Com sua licença, coronel-patrão, mas a sua cacimba está logo ali, do outro lado da cerca... — respondeu João Grilo, vendo Joaquim Brejeiro guardar a mangueira após ter terminado de bombear a água do poço para o caminhão-pipa.

— A minha terra só vem até essa cerca. Mas a minha água continua por debaixo da terra e vai indo, vai indo, vai indo...

— E vai até onde? — perguntou João.

— Vai até onde ela acaba — sentenciou o Coronel.

— Mas essa cerca eu não vi não, coronel-general!

— Não viu porque ela fica embaixo da terra, cercando a água. Mas eu não aconselho ninguém a cavar para ver se cavou dentro ou fora da cerca não, porque se o sujeito der a sorte de encontrar água, é sinal que cavou dentro. E aí deu azar!

— Por sorte a gente deu azar de não encontrar a água do senhor, coronel-general-presidente! — disse Chicó, voltando à superfície, fazendo reverências e mostrando o buraco seco.

O Coronel Ernani acenou então para Joaquim Brejeiro, chamando-o para seu lado. Quando Joaquim vinha se aproximando, o Coronel empurrou João Grilo e Chicó para dentro do buraco de novo:

— Continuem procurando que vocês vão encontrar!

Em seguida, o Coronel falou para seu jagunço, enquanto se encaminhava para o outro lado da cerca:

— Ô Joaquim Brejeiro! Dê uma daquelas pisas boas nesses dois camaradas que estão ali dentro! Daquelas que com cem anos eles ainda vão se lembrar!

Joaquim pulou a cerca e se chegou para a beira do buraco, já com o cipó de boi na mão. Mas logo parou ao ver João Grilo.

— Mas Seu Coronel, esse aqui é João Grilo, o ressuscitado de Nossa Senhora!

— E eu acredito lá nessas besteiras! — disse o Coronel Ernani.

— Mas devia, Coronel! — respondeu Joaquim. — Todo mundo conhece essa história aqui em Taperoá!

— E você agora quer me dar aula de religião? — gritou o Coronel, crescendo para cima de Joaquim.

Percebendo a oportunidade, João Grilo surgiu de dentro do buraco e falou, por trás de Joaquim Brejeiro:

— Seu Joaquim está falando é de política, Coronel! Ele pode me estuporar na peia, que eu vou continuar votando no senhor. Mas o povo que acredita que eu fui protegido por Nossa Senhora pode deixar de votar...

O Coronel Ernani fez um sinal para Joaquim Brejeiro voltar. Disse então a João Grilo, enquanto se dirigia para o seu carro:

— Mas não se fie demais nisso, não! Nossa Senhora pode mandar lá em cima. Do meu chapéu para baixo, mando eu!

O Coronel entrou no carro e saiu arrancando, fulo da vida. Chicó ficou se benzendo, ao lado de João Grilo.

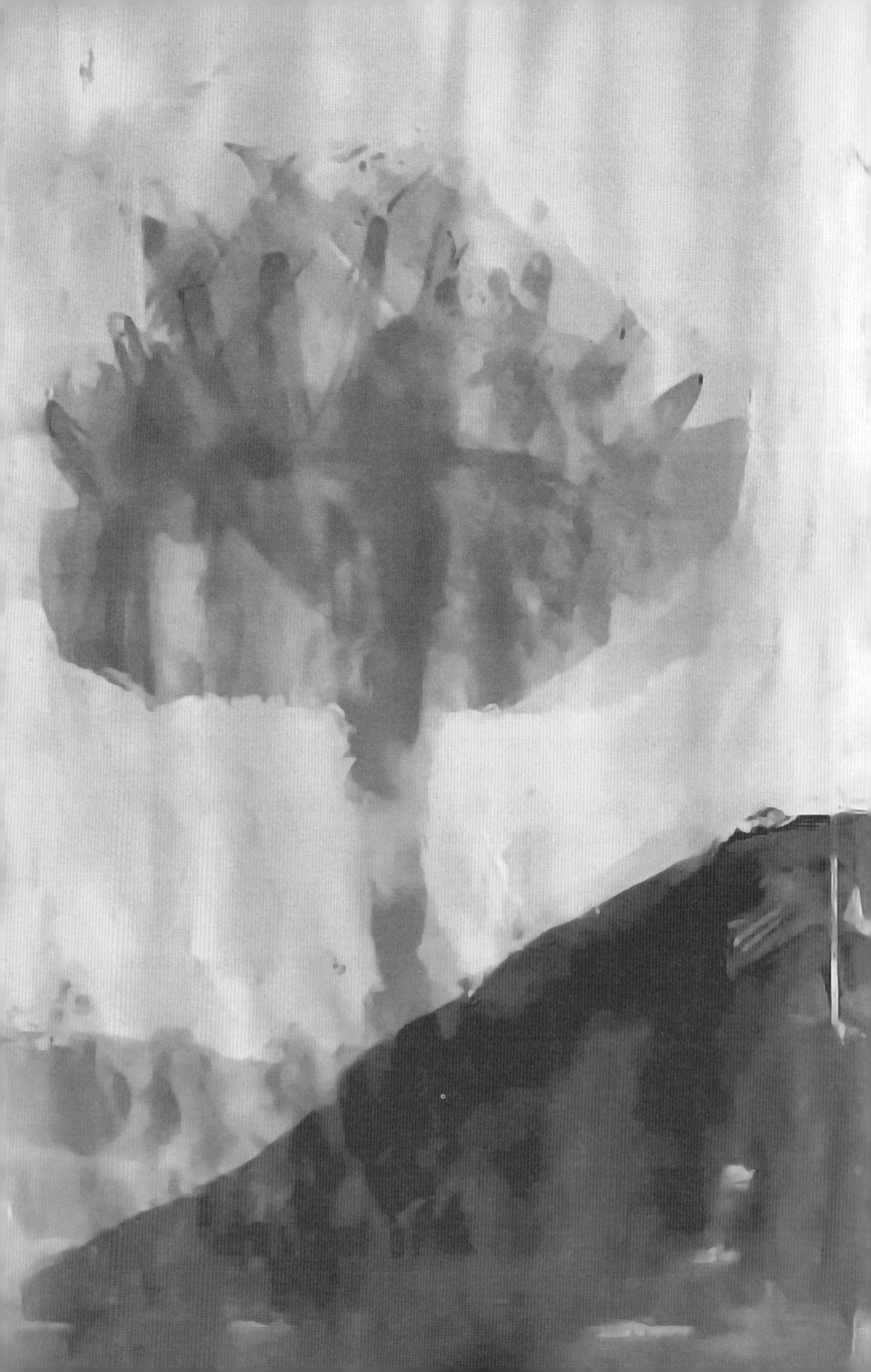

Capítulo 10

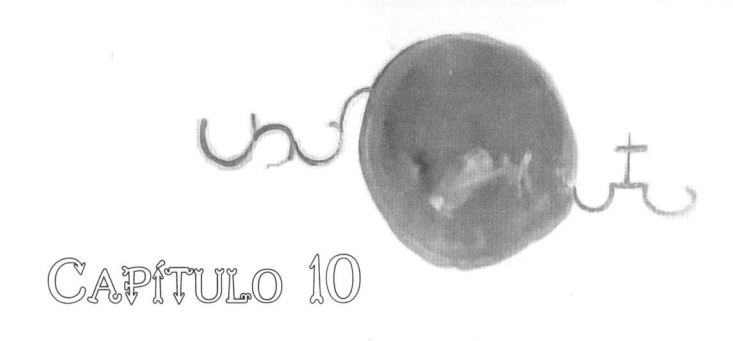

Depois da malograda aventura do poço, os dois amigos tiveram que voltar a pé para a cidade. Chicó reclamava, enquanto João Grilo tentava contar alguma vantagem:

— Rico só adula pobre, que nem eu, quando é tempo de eleição.

— E o Coronel precisa lá do seu voto!

— Agora que eu fiquei famoso, ele pode ganhar mais uma ruma de voto sendo meu amigo.

Ao chegarem à estrada de asfalto, já estavam cansados e estropiados, com fome e com sede. Andaram assim por mais de três quilômetros, até que a sorte, finalmente, lhes apareceu, na forma de um caminhão dirigido por um homem de bem e que viajava no rumo do Teixeira. O motorista deu-lhes uma carona, deixando-os no centro comercial de Taperoá.

Caminhando pelo centro, em direção à igreja, João Grilo ia chamando a atenção das pessoas. Respondia ao aceno delas e, vez por outra, levantava os olhos e as duas mãos para o céu, como se estivesse agradecendo à Nossa Senhora a oportunidade de estar ali, vivo, no meio do povo.

— João, não brinque com isso que você se dana! — disse Chicó.

— Oxente, Chicó, não foi você mesmo que me convenceu de que eu fui ressuscitado por Nossa Senhora?

Ao passarem diante da vitrine da "Loja Magazin", João se deparou com uma prateleira que continha vários modelos de rádio. Disse então a Chicó:

— Não sabia que já tinha aparelho de rádio pra vender em Taperoá.

— Tem, mas é só aí, na loja de Seu Arlindo.

— E aqui já tem emissora de rádio?

— Tem, mas é só a emissora de Seu Arlindo — disse Chicó, apontando para cima e mostrando uma grande antena de rádio, fixada na cobertura do edifício de três andares da loja.

— E o que é que o povo gosta de escutar?

— O único programa que tem.

— Qual é, Chicó?

— O programa de Seu Arlindo.

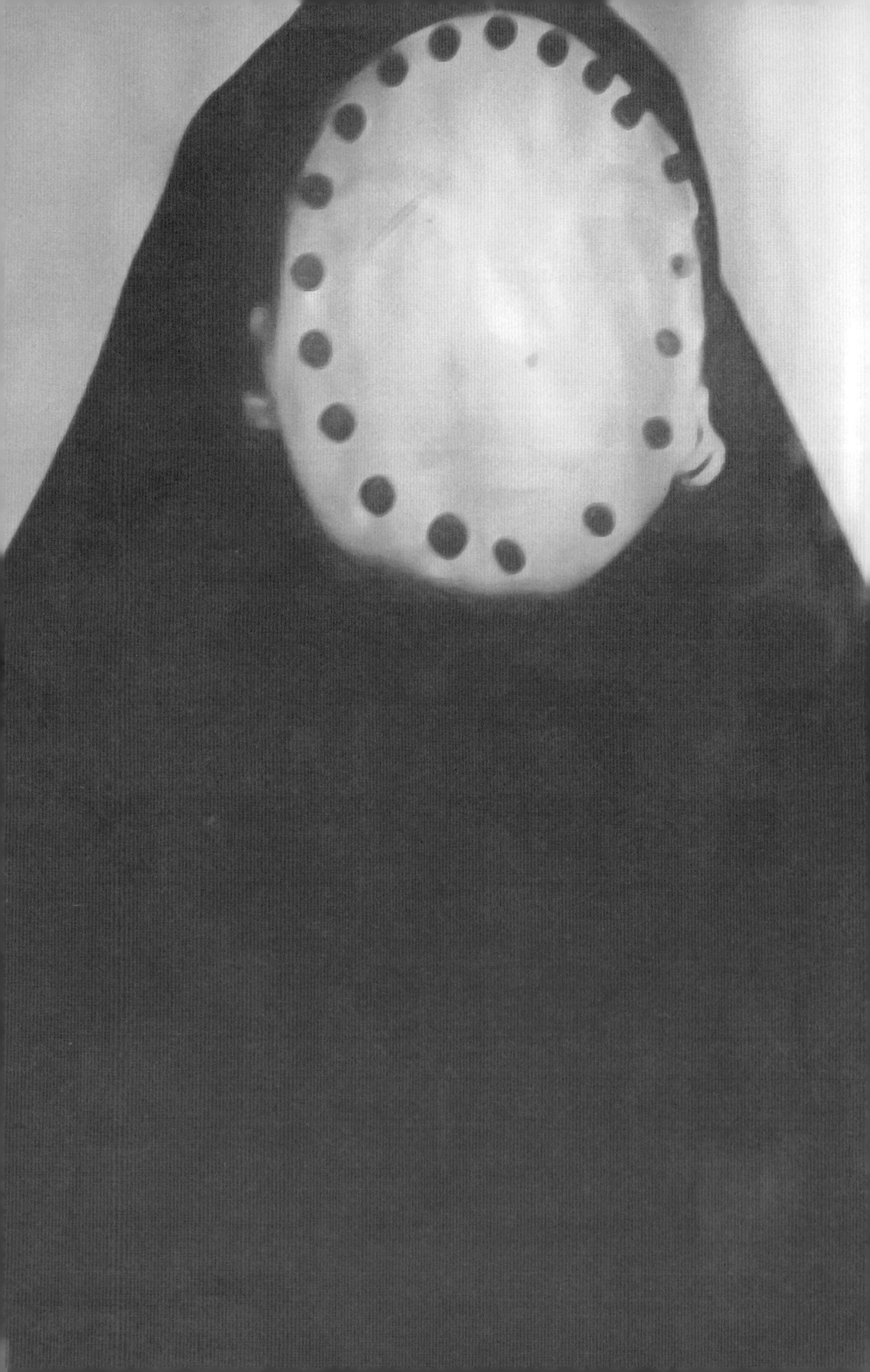

Capítulo 11

João estava tão cansado da aventura do dia anterior que acordara mais tarde na manhã do dia seguinte. Dormia num dos bancos da igreja, forrado com um cobertor que Chicó lhe emprestara e usando as próprias alpercatas a modo de travesseiro. Ao entrar na sacristia para tomar café, encontrou Chicó escutando, num aparelho de rádio, o programa de Seu Arlindo.

Dizia a voz do locutor:

Para você que procura um novo amor, ou quer reencontrar um amor perdido, nós estamos dando início a mais um "De um Alguém para Outro Alguém".
O nosso primeiro recado de hoje é de uma certa "Mariposa Apaixonada" para o seu "Belo Indiferente". E a música que ela oferece é...

— Onde você arrumou dinheiro para comprar um rádio, Chicó?

— Seu Arlindo abriu um crediário.

— Eita, bicho besta! Crediário é uma maneira de o vendedor ganhar duas vezes. Vendendo o produto e vendendo os juros.

— Eu não comprei os juros, só comprei o rádio! E Seu Arlindo fez tudo em suaves prestações mensais...

— Os juros vêm nas "suaves" prestações, Chicó! Todo mês um dinheiro a mais. Na conta final você compra um rádio, mas paga dois.

— Sim, mas isso se eu tivesse dinheiro para pagar as prestações...

— E para que você quer um rádio, homem de Deus?

— Eu vou botar um recado pra Rosinha no programa "De um Alguém para Outro Alguém"!

— E você precisa de aparelho de rádio pra mandar o recado?!

— Não, mas preciso do aparelho de rádio pra escutar a resposta dela!

— E por que você ainda não botou o recado?

— Seu Arlindo cobra caro que só para ler o recado! E eu gastei tudo o que eu tinha juntado para dar entrada no rádio.

O programa de Arlindo continuava:

Loja Magazin. Tão fácil pagar que você compra sem querer. Roupas, calçados, eletrodomésticos, enxovais...

João Grilo voltou à carga:

— Seu Arlindo botou um programa de música na rádio para o povo comprar os aparelhos e ainda escutar propaganda da loja dele!

— Da loja só, não, João! Ele também faz a propaganda eleitoral dele mesmo para prefeito!

— Oi, e ele também é candidato, é? Está aí outro que vai gostar de ser meu amigo!

O programa continuava com a voz de Seu Arlindo e terminava com a música da sua campanha:

Vou modernizar a educação, modernizar a saúde, modernizar as modernizações...

Bote fé no mais capaz,
Vote no que é mais lindo!
Vote no que faz mais,
Bote fé que é Seu Arlindo!

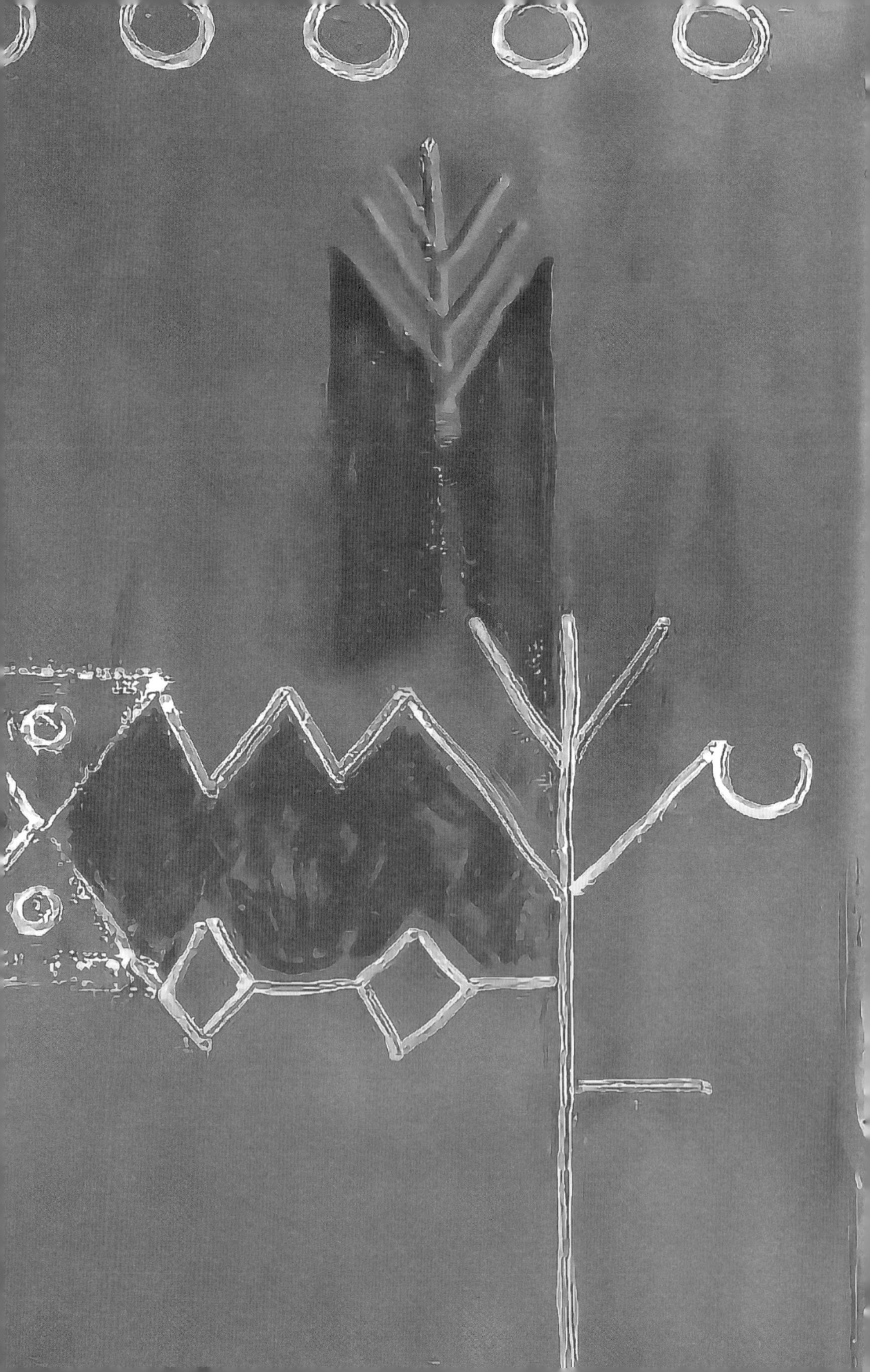

Capítulo 12

Após ter ingerido uma xícara de café fraco com um pedaço de pão dormido, João Grilo foi procurar Seu Arlindo. Caminhando em direção ao centro comercial, chamava, como sempre, a atenção das pessoas. Acenava para todos, mesmo para aqueles que apenas lhe dirigiam o olhar. De dentro da sua loja, Arlindo o viu se aproximando, cercado de gente. Correu então à porta do estabelecimento, abriu teatralmente os braços e falou bem alto, de modo que o povo pudesse ouvi-lo:

— João Grilo, meu amigo! Há quanto tempo eu não o vejo?

— Essa é a primeira vez... — disse João, abrindo-se num sorriso maroto.

— Pois então muito prazer! — tornou Arlindo, apertando-lhe a mão e logo em seguida puxando-o para seu lado, permanecendo, por alguns segundos, com o braço direito segurando João pelo ombro, como se estivesse posando para uma fotografia.

Depois que percebeu o efeito que aquela demonstração de intimidade causara no povo, Arlindo convidou João para entrar. Chegando no seu escritório, entabulou a conversa:

— Aceita um café?

— Tem bolo de quê?

— Quer de milho ou de mandioca?

— De milho *e* de mandioca.

Não demorou muito para que João começasse a tirar a barriga da miséria, servindo-se de incontáveis fatias de bolo e de xícaras e mais xícaras de café. Ao mesmo tempo, começou a elogiar Arlindo:

— Taperoá precisa de um homem que nem o senhor, Seu Arlindo!

— Que nada, João, você só diz isso para me agradar... — respondeu Arlindo, posando de modesto.

— Foi também. Mas o senhor acaba de provar que é um homem inteligente, percebendo que eu estou querendo lhe agradar. Taperoá precisa de um homem que nem o senhor.

— Precisamos derrotar as forças do atraso!

— Tome cuidado, pois o Coronel está comprando é muito voto, distribuindo água de graça...

— Aqueles morta-fome que vão pegar água numa lata não votam! São quase todos analfabetos e não têm direito a título de eleitor.

— Mas a partezinha dos pobres que votam já é muito mais gente que os ricos tudinho, e é ela quem decide a eleição. A sua propaganda para a prefeitura tem que chegar mais na massa.

— Para isso eu já tenho a rádio e o meu programa!

— Com todo respeito, Seu Arlindo, mas o povão, mesmo, não está escutando sua rádio! Faça um programa com um apresentador que fale a fala do povo e que seja bem popular, que eu lhe garanto que a audiência de sua rádio vai multiplicar por dez.

— Bem popular e falando a fala do povo só tem você...

— Olha que ideia boa o senhor teve agora! Um programa apresentado por mim, na sua rádio! E ainda vou cobrar menos que um locutor importado.

No fim da tarde daquele mesmo dia, João Grilo estreava como locutor na rádio de Seu Arlindo. Chicó, que estava ouvindo a rádio e não sabia de nada, estranhou quando começou a ouvir a música de fundo que dava início ao novo programa, aquela mesma canção cantada pelos devotos na procissão em homenagem a João Grilo e que começava dizendo "No Céu, no Céu com minha Mãe estarei". Logo, porém, reconheceu a voz do amigo:

Boa tarde, Taperoá! Boa noite, não é?, porque já deu seis horas da tarde! Todo dia, na hora da Ave-Maria, eu vou apresentar o programa "Bote Fé". Já que a morte é certa, a gente tem que acertar na vida também, para dar empate. Mas também ter fé na vida após a morte. Perder a fé só vai me atrasar mais. A conta que eu faço é esta: se eu tiver fé na vida eterna, mas depois de morrer não existir mais vida, eu não perdi nada. Se existir, eu ganho o Céu por ter acreditado. Faça uma fezinha na vida e ganhe sem perder. Mas não estou querendo lhe dar conselho. Até porque, como diz o povo, se conselho fosse bom não era de graça. E o que estou falando nem de graça é, porque Seu Arlindo está pagando!

Ao final da fala de João, toda a cidade escutou o *jingle* da campanha do dono da rádio:

Bote fé no mais capaz,
vote no que é mais lindo!
Vote no que faz mais,
bote fé que é Seu Arlindo!

O Coronel Ernani, que voltava para a sua casa, na fazenda, com o rádio do carro ligado, escutou, ainda mais surpreso do que Chicó, o programa de João e o *jingle* da campanha do seu adversário político. Entrou em casa batendo a porta, possesso de raiva e rosnando entredentes:

– Vamos ver se esse João Grilo é mesmo bom de ressuscitar!

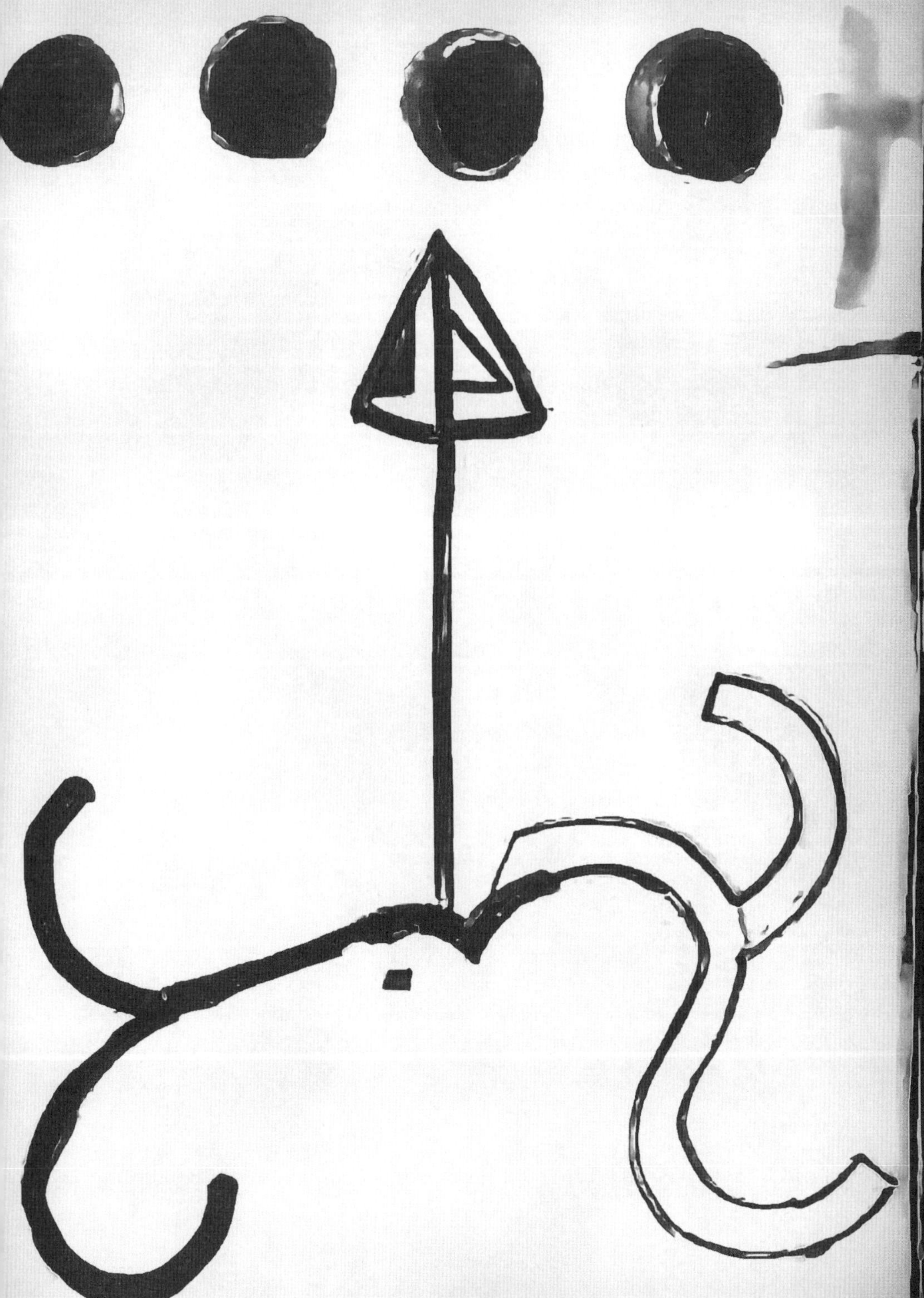

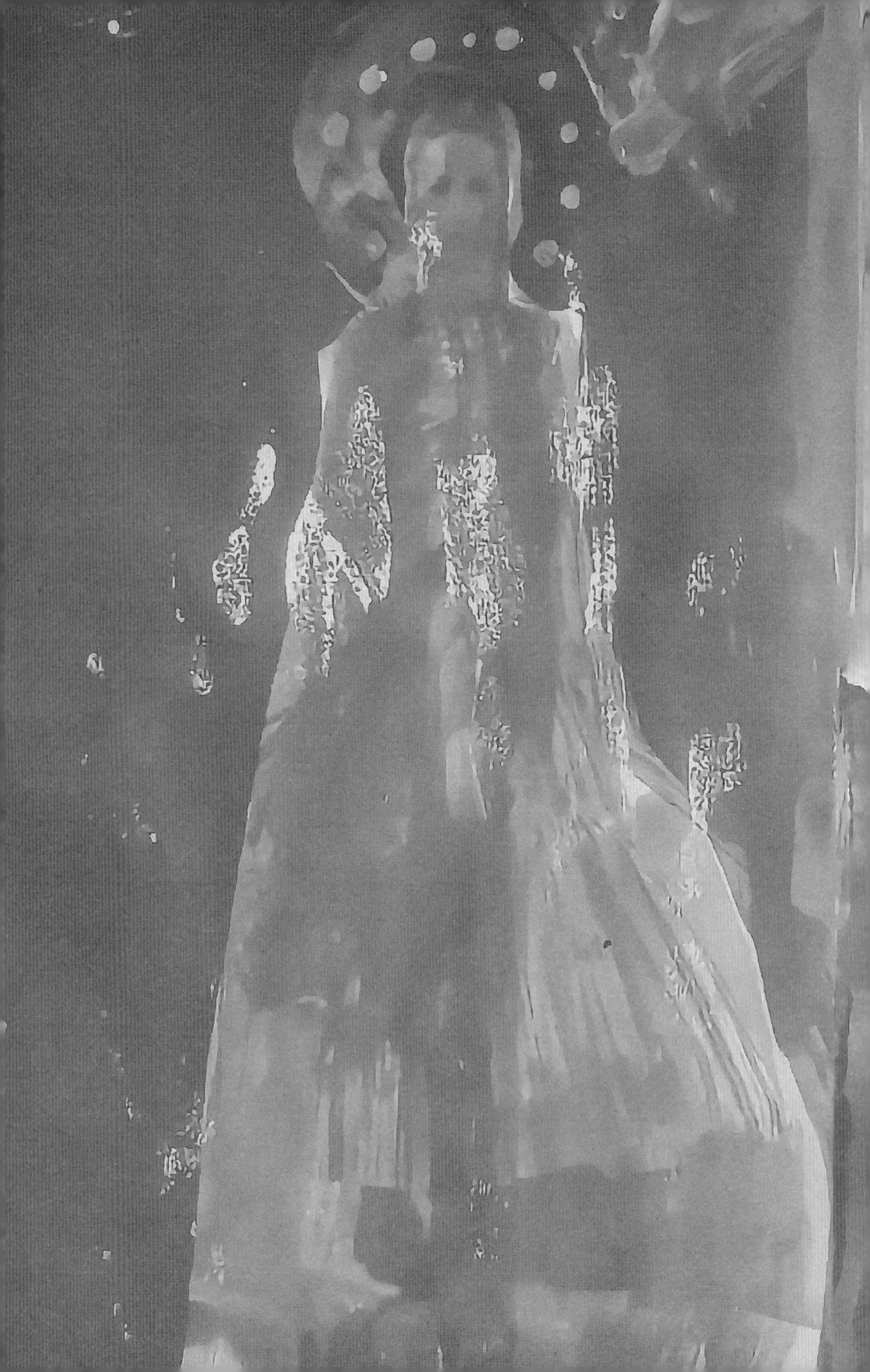

Capítulo 13

Terminado o seu programa de estreia, João Grilo cuidava de recolher, num guardanapo de papel, para levar consigo, os restos de bolo que haviam ficado em cima da mesa. Chicó entrou no estúdio da rádio, temeroso e esbaforido:

– João, trate de se esconder, que o Coronel mandou chamá-lo! Tem dois capangas dele aí embaixo, armados, esperando por você! E o povo todo em volta! A tribuzana vai ser grande!

— Oxente, Chicó, deixe de besteira! Eu estava mesmo querendo ir à fazenda para falar com o Coronel!

— Então passe na igreja antes, pra se arrepender dos seus pecados!

— Não se preocupe, homem, que eu vou é trabalhar para o Coronel também! — disse João, já descendo as escadas do prédio em direção à rua.

— Veja lá, homem! Pobre que nem a gente não tem condição de ficar de nenhum lado dessa briga, não!

— Sempre quis esse negócio de ter dois patrões, para ganhar dois salários e testar minhas habilidades.

João se entregou pacificamente aos capangas do Coronel e saiu com eles em direção à fazenda, acenando para o povo.

O Coronel Ernani recebeu João Grilo na sala de sua casa e foi logo soltando os cachorros em cima dele:

— Eu estou na dúvida se extraio sua língua com uns dentes junto ou se vou apertando você até sua alma sair pelo fiofó!

— Calma, Coronel! Seu Arlindo não me falou nada de propaganda política, só me contratou para um programa de rádio.

— Um programa com o maior cabo eleitoral da cidade!

— O maior cabo eleitoral da cidade é Nossa Senhora. Se o senhor me juntar com ela, vai ter os dois maiores...

— Juntar como? — perguntou o Coronel, já cedendo um pouco de sua raiva para a curiosidade.

– O que é que se faz para homenagear um fato importante?

– Uma estátua.

– Olha que ideia boa o senhor está dando! Fazer uma estátua bem grande da Santa, com minha figura ajoelhada aos pés dela!

– Eu vou terminar indo para o Céu, com tanta adulação a Nossa Senhora...

– E então? Agora só falta a minha parte! – disse João Grilo, fazendo, com o indicador e o polegar da mão direita, o tradicional gesto que indica dinheiro.

– E é você que vai fazer a estátua, por acaso?

– Não, mas vou posar para ela.

– Desde quando ficar parado é trabalho?

– De joelhos?! O senhor acha que é fácil?

À noite, já na igreja, João Grilo contava, com a ajuda de Chicó, o dinheiro que ganhara dos dois candidatos à prefeitura.

– Veja como são as coisas, Chicó! Tanta gente que não consegue arranjar um patrão, e eu arranjei logo dois!

– Patrão é a pior coisa do mundo, ainda mais dobrado.

– Sim, mas quando paga mal. Os meus são ricos!

– E o perigo é esse mesmo. Se pagassem bem, não tinham ficado ricos. Uma hora o caldo entorna para o seu lado.

— Só se for caldo de cana doce, Chicó. Isso tudo não é propaganda só para os políticos não, é propaganda para a cidade toda; e, melhor ainda, propaganda para o nosso negócio. "A espantosa ressurreição de João Grilo por Obra e Graça de Nossa Senhora" vai ficar conhecida no estado todinho por causa da estátua e do programa de rádio.

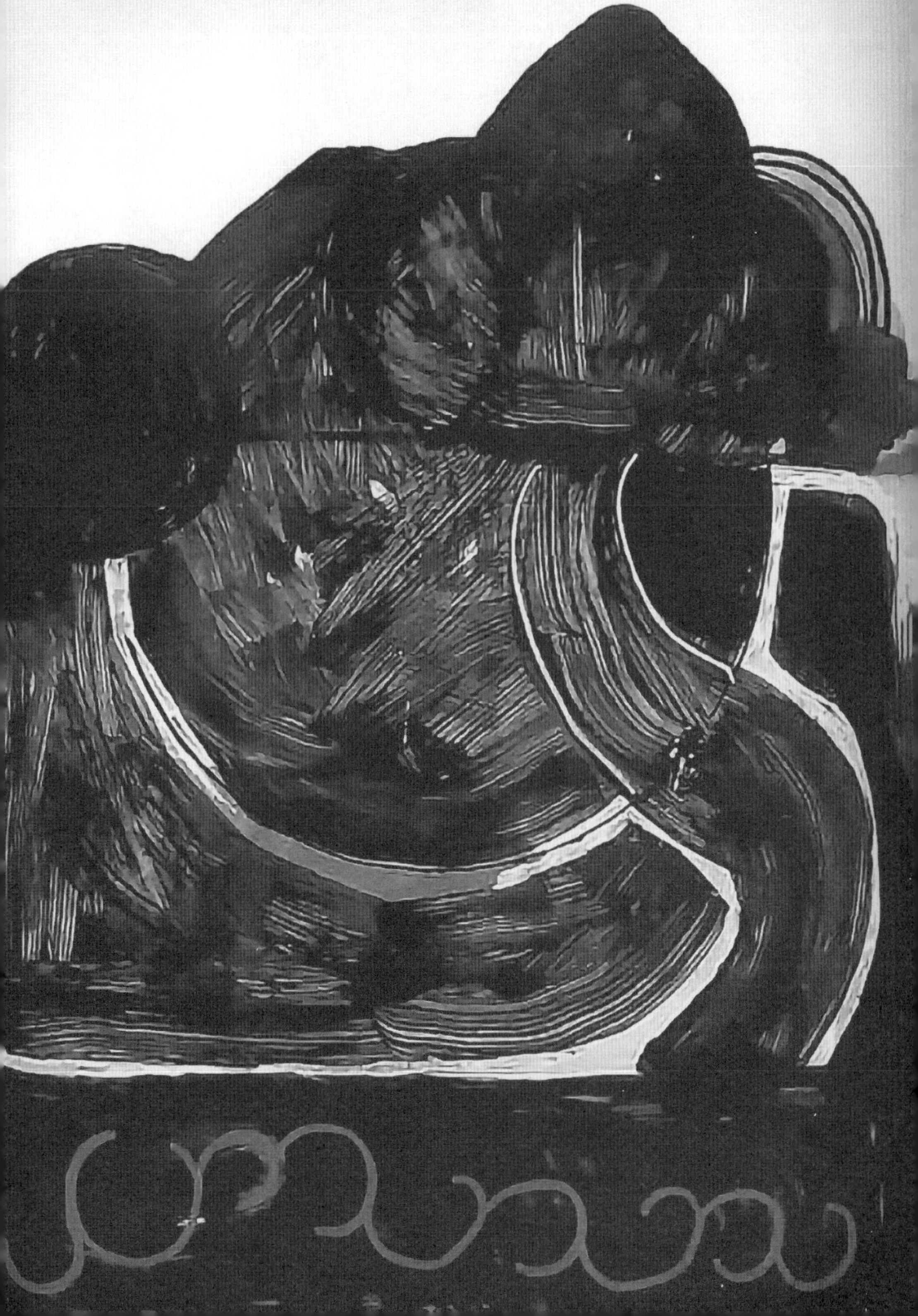

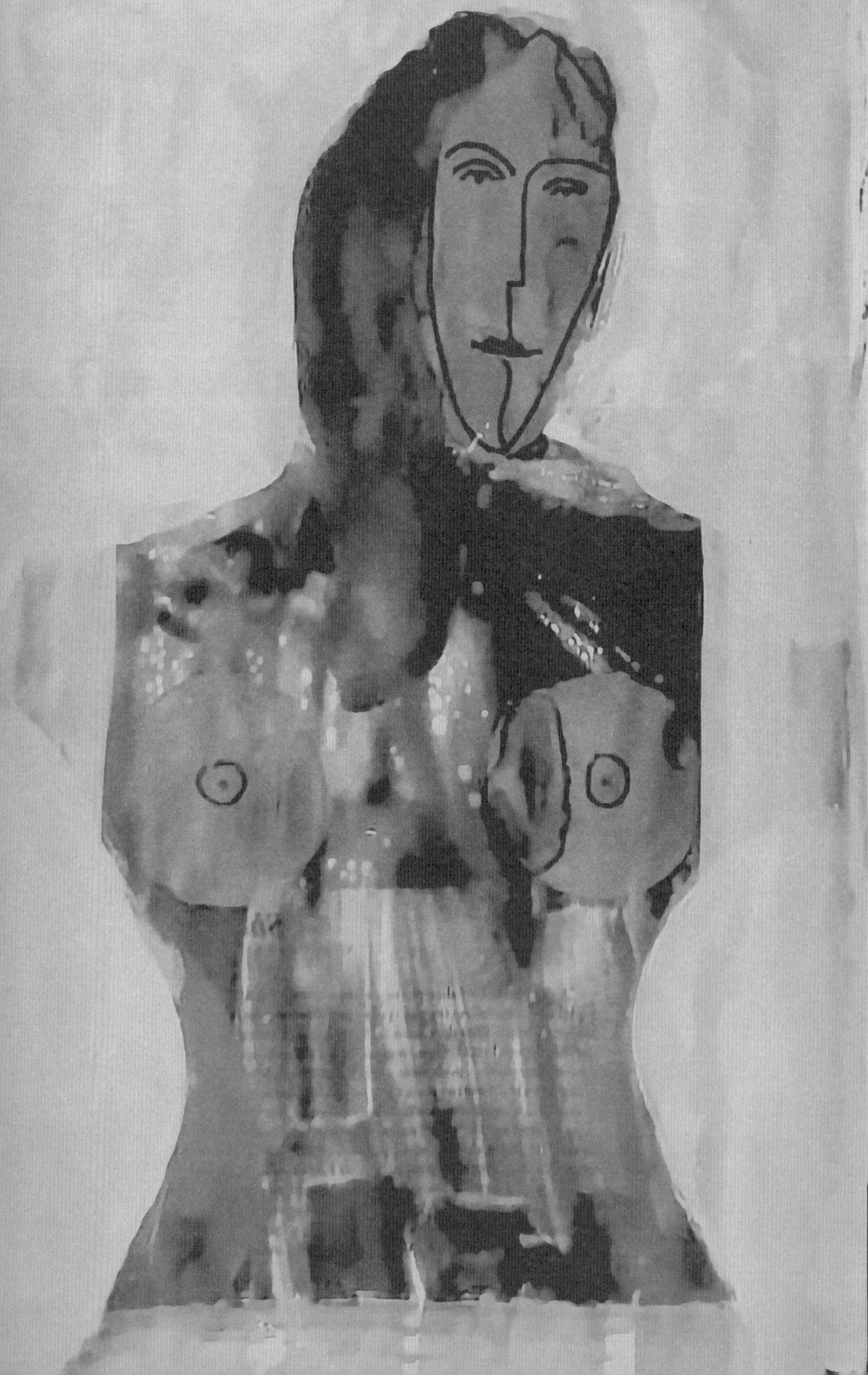

Capítulo 14

Para surpresa de Chicó, João Grilo não errara o seu prognóstico. Com efeito, algum tempo depois, a situação estava muito mudada. O Coronel Ernani encomendara a um escultor do Recife uma estátua em cimento, em tamanho natural, representando Nossa Senhora com João Grilo ajoelhado a seus pés, e a instalara bem em frente à igreja, perto do local onde os ônibus deixavam os turistas que vinham escutar a história contada por Chicó.

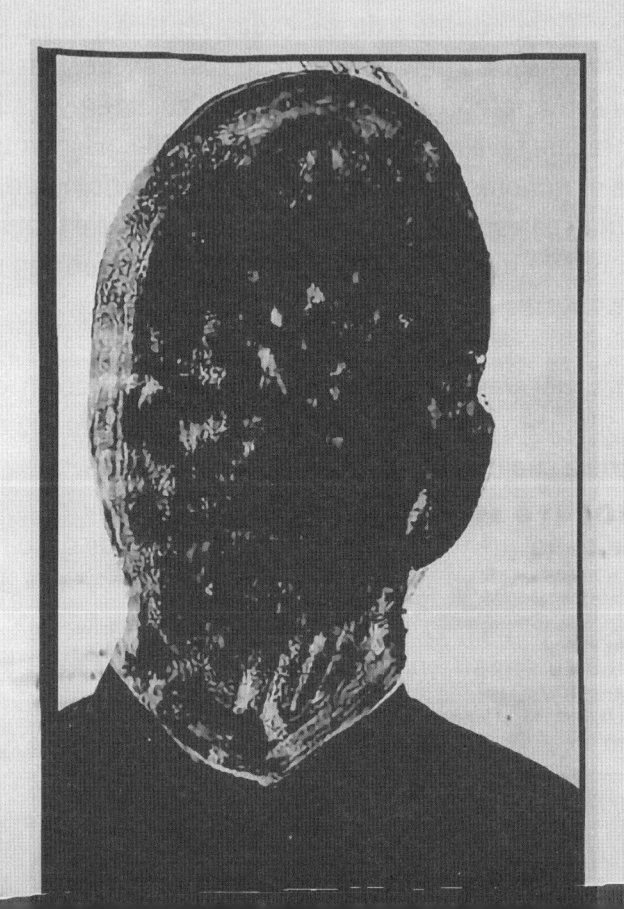

O programa de João Grilo, na rádio de Seu Arlindo, alcançava níveis de audiência cada vez maiores, o que só fazia aumentar a devoção do povo pelo locutor e a crença de que ele era, de fato, um ressuscitado de Nossa Senhora. Os turistas, agora, vinham em maior quantidade, e de lugares cada vez mais distantes, inclusive da capital.

Chicó, em vez de se esforçar à cata de turistas para contar a sua história, como no início, falava agora para uma quantidade de ouvintes cada vez maior, mais bem-vestido e confortavelmente instalado em sua banca, onde também vendia miniaturas em barro da famosa estátua, encomendadas por ele ao melhor imaginário de Taperoá.

O povo ia se chegando e Chicó soltava a sua verve, segurando uma das miniaturas da estátua na mão:

— Eu vou contar para vocês uma história verdadeiramente verídica: a espantosa, divertida, trágica e jamais imaginada "Vida, Paixão e Morte de João Grilo", desde a desgraçada aventura que ele teve ao topar, para mal de seus pecados, com uns cangaceiros desalmados, seguida por seu Apoteótico Julgamento no Céu, o terrível susto chacoalhante que teve ao se deparar com o diabo, as inumeráveis artimanhas e tramoias que usou para confundir o demônio, tudo findando com sua espetacular ressurreição por Obra e Graça de Nossa Senhora, numa enfiada de acontecimentos que não dão sossego uns aos outros...

Um dia, uma moça exuberante saiu de um ônibus recém-chegado. Ao descer, olhou em volta, decepcionada, e pensou em voz alta, ainda segurando a sua mala:

— Não acredito no que vejo! Ônibus, turista, posto de gasolina. Cadê a pureza? O Sertão está se corrompendo!

Avistando Chicó em sua banca, a moça caminhou até ele. Pegou uma das imagens em barro e disse, de modo afetado:

— Quando eu saí daqui, ainda era tudo de verdade! As pessoas vinham nuns cavalos, era tudo tão primitivo, tão belo, não acha?

— Eu prefiro o ônibus, que é muito mais macio! — respondeu Chicó.

— Não me decepcione! — a moça voltou à carga, olhando Chicó dos pés à cabeça. — Não venha me dizer que você não é autêntico! Você é autêntico?

— Não senhora, eu sou um pouco asmático, autêntico, não!

A moça achou graça no modo de Chicó falar e concluiu:

— Só pela sua resposta, já dá para ver que você é autêntico!

— A senhora veio da capital? — perguntou Chicó, curioso com aquela turista de trajes e modos tão chamativos.

— Como é que você adivinhou?

— Igual se reconhece passarinho.

E Chicó, galanteador, aproveitou para dizer uns versos de improviso:

Vejo ali a seriema,
junto ao canário real;
o azulão, o barbudinho,
e a moça que chegou da capital!

— Nem acredito que você é poeta! — disse a moça, encarando Chicó de forma sedutora. — Eu sou uma amante da arte popular. Tenho aqui as minhas raízes.

Chicó viu então o carro do Coronel Ernani chegando, com um motorista que logo reconheceu a moça e buzinou para ela.

– Eu sou a filha do Coronel Ernani – disse a moça, virando-se para ir em direção ao carro.

– Dona Clarabela? – perguntou Chicó.

– Você lembra de mim? – disse a moça com surpresa, virando-se de novo para Chicó.

– E bem não ia lembrar! A senhora era tão bonita...

– *Era*?

– Era, porque agora bonita é pouco! Prazer!

– Quanto é a escultura de barro?

– Uma é três, três é sete, cinco é dez e seis eu não sei, porque nunca vendi tantas de uma vez!

Clarabela achou graça novamente e disse, virando-se para partir:

– Vou levar!

O motorista guardou a mala de Clarabela no carro e ela o acompanhou. Chicó, atrapalhado, pegou uma imagem para embrulhar.

– Uma? – perguntou à cliente.

– Todas! – disse Clarabela, já entrando no carro. E, vendo que Chicó se apressava para juntar as esculturas, procurou tranquilizá-lo: – Não se avexe, não! Me traga na fazenda.

Surpreso com tudo aquilo, Chicó ainda a escutou dizer, com o carro já em movimento:

– Agora tive certeza de que vim para ficar!

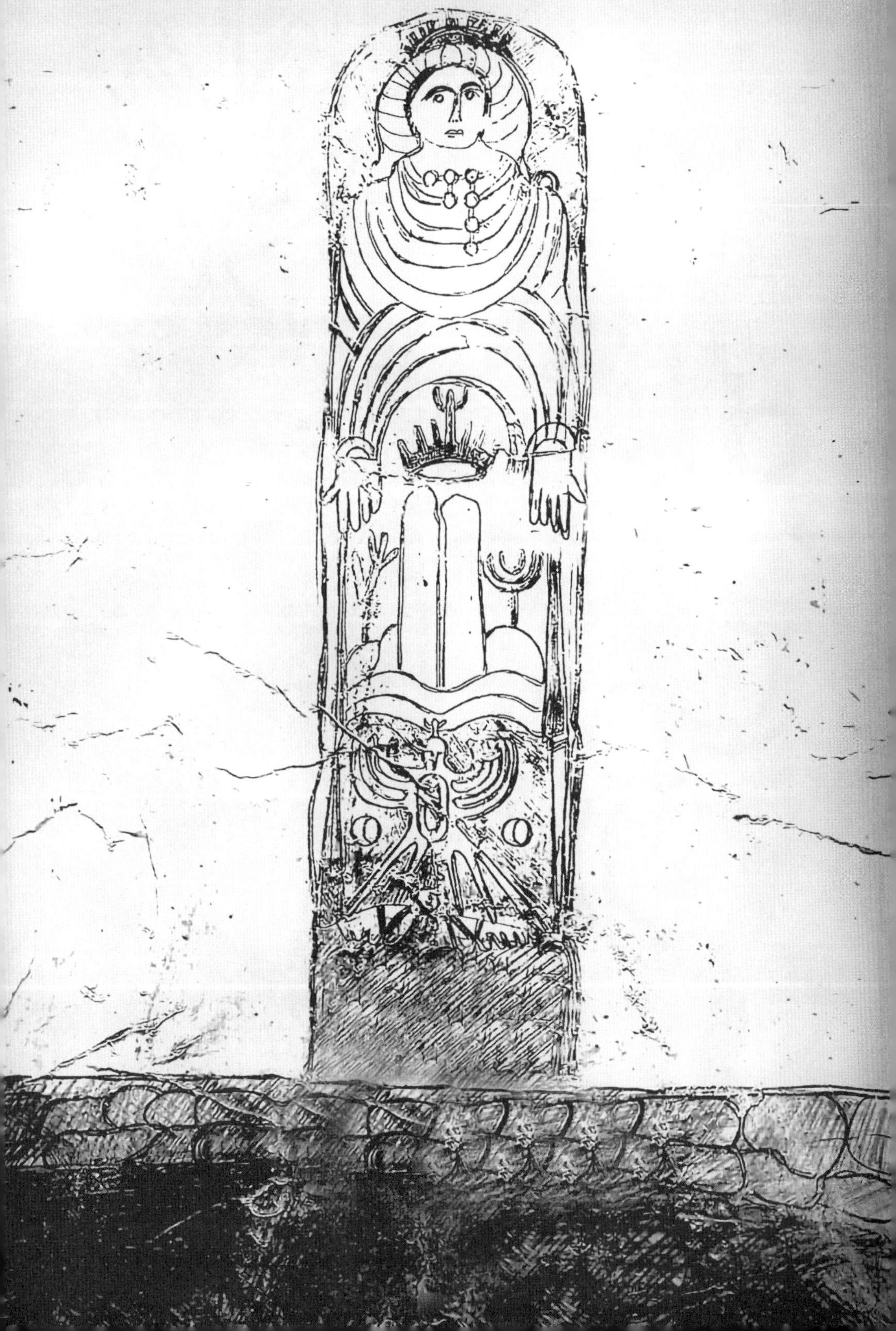

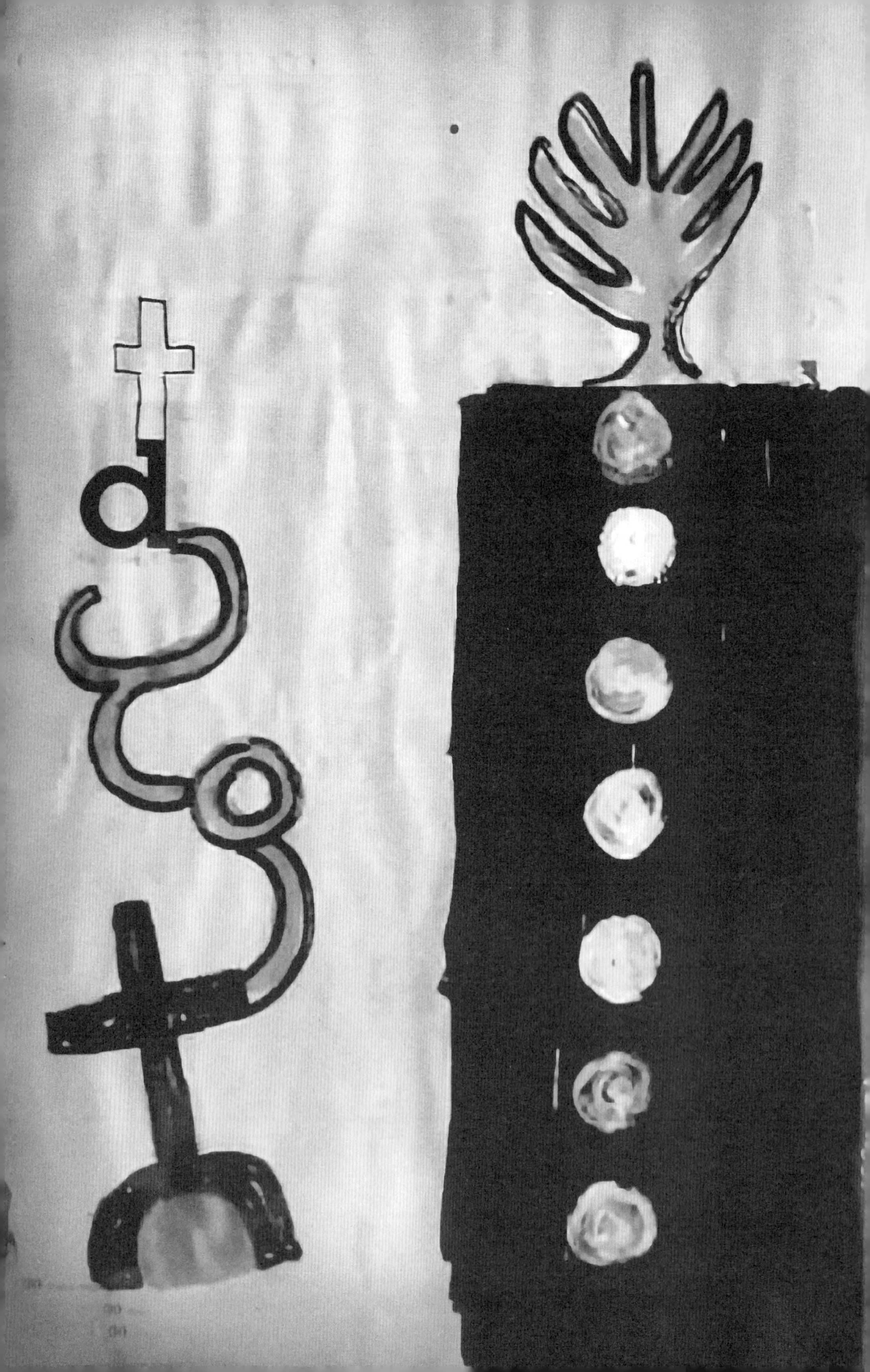

Capítulo 15

Ao cair da noite, na sacristia, Chicó e João Grilo estavam contentíssimos contando o dinheiro que haviam apurado ao longo de mais um proveitoso dia de trabalho. O dinheiro estava todo espalhado em cima da mesa. Chicó mais parecia uma criança, organizando as cédulas e moedas, contando e recontando para se certificar do cômputo final.

— Nunca vi tanto dinheiro! — disse João Grilo.

— Nem quando você sonha?

— Quando eu sonho estou de olho fechado.

— Pois eu vejo essa dinheirama até de olho fechado.

— E você vai contar dinheiro como? Abra seu olho, Chicó!

— A única coisa que eu gosto de contar mais do que história é dinheiro. Tome aqui a sua parte.

João Grilo pegou seu montante e o guardou rapidamente nos bolsos. Depois, com as duas mãos, avançou na parte de Chicó e puxou mais um maço de notas para o seu lado.

— Que é isso, João?

— Essa é a minha parte por minha história ter entrado na sua, certo?

— Ah, e é? Mas então tem que pagar a parte de Nossa Senhora também, não tem, não?

— Também não é assim, não é, Chicó? Se fosse, tinha que pagar para Jesus e para o Diabo tudo o que eles fizeram nessa história...

— E não tem não, João? — perguntou Chicó, a sério, já se benzendo.

— Tem não, Chicó. Esses daí só cobram pelo que a gente faz, graças a Deus!

Em seguida, Chicó começou a arrumar, dentro de um caixote, todas as estatuetas de barro do seu estoque, que ele já havia embrulhado, uma por uma, com folhas de jornal.

– Foi tanta estátua que Dona Clarabela comprou, que eu passei mais de meia hora embrulhando!

– Isso é que é gostar de arte... – ironizou João Grilo.

– É uma mulher cheia de manejos, João.

– As patroas se agradam é muito de você, Chicó! Foi aquela mulher do padeiro, foi Dona Rosinha, que é filha do major Antônio Moraes, que quase lhe arrancou o couro... que é o que o Coronel Ernani vai fazer quando descobrir que você está se enxerindo com a filha dele!

Cerca de trinta minutos depois de ter saído da cidade, Clarabela chegou à casa da fazenda do seu pai, onde havia anos não colocava os pés. Assim que o carro parou em frente à casa, o Coronel Ernani foi até ela.

– Papai, há quanto tempo!

– Quase não a reconheci, com essa pintura na cara! Cadê o meu beijo?

– De longe, de longe, para não estragar a maquiagem! – disse Clarabela, procurando afastar o seu rosto do pai.

Ernani segurou a filha pelos ombros, com ambas as mãos, e sentenciou:

– Você está mais enfeitada do que bicicleta de matuto!

– Gostou? – perguntou Clarabela, soltando-se do pai e dando uma voltinha sobre si mesma. – É de uma estilista famosa, chama-se "Chuva no Sertão"!

– Quem dera... – disse o Coronel.

Caso tivesse sido gravado e chegasse a algum sociólogo da capital, o interessante diálogo que se travou a partir daí, entre pai e filha, seria certamente utilíssimo para a elaboração de diversos artigos acadêmicos, ou mesmo de uma tese de doutorado inteira, tal foi expressivo em revelar duas antagônicas visões do Sertão – a de quem o vê de longe, do litoral, e a de quem o vê bem de perto, calcado na sua dura realidade do dia a dia.

– Ai, que saudade do Sertão!... – disse Clarabela, respirando fundo e abrindo os braços.

–...um calor dos infernos...

–...o canto das juritis...

–...um fedor de chinica de galinha...

–...a vida pura...

–...a plantação secando...

–...a vida renovada!...

–...o gado se acabando...

–... isso lava a alma...

–...se tivesse água!...

–...é como disse o poeta: "o Sertão é dentro da gente!"

– O Sertão é o fim do mundo. Aposto que você não aguenta um mês.

– Tenho que voltar antes, para concluir o meu curso de teatro.

— Você muda mais de curso do que macaco de galho.

— Recebi o chamado da Arte, a beleza salvará o mundo!

— O que pode salvar o mundo é a chuva!

— O Sertão seco é mais Sertão. Eu vim pesquisar o Nordeste para minha peça de formatura, papai! O Teatro Regionalista está na moda!

— O que sustenta o seu teatro é a nossa lavoura, pois sem chuva os dois se acabam.

— Como o senhor é materialista! Nem sei como pôde fazer uma filha tão espiritual como eu!

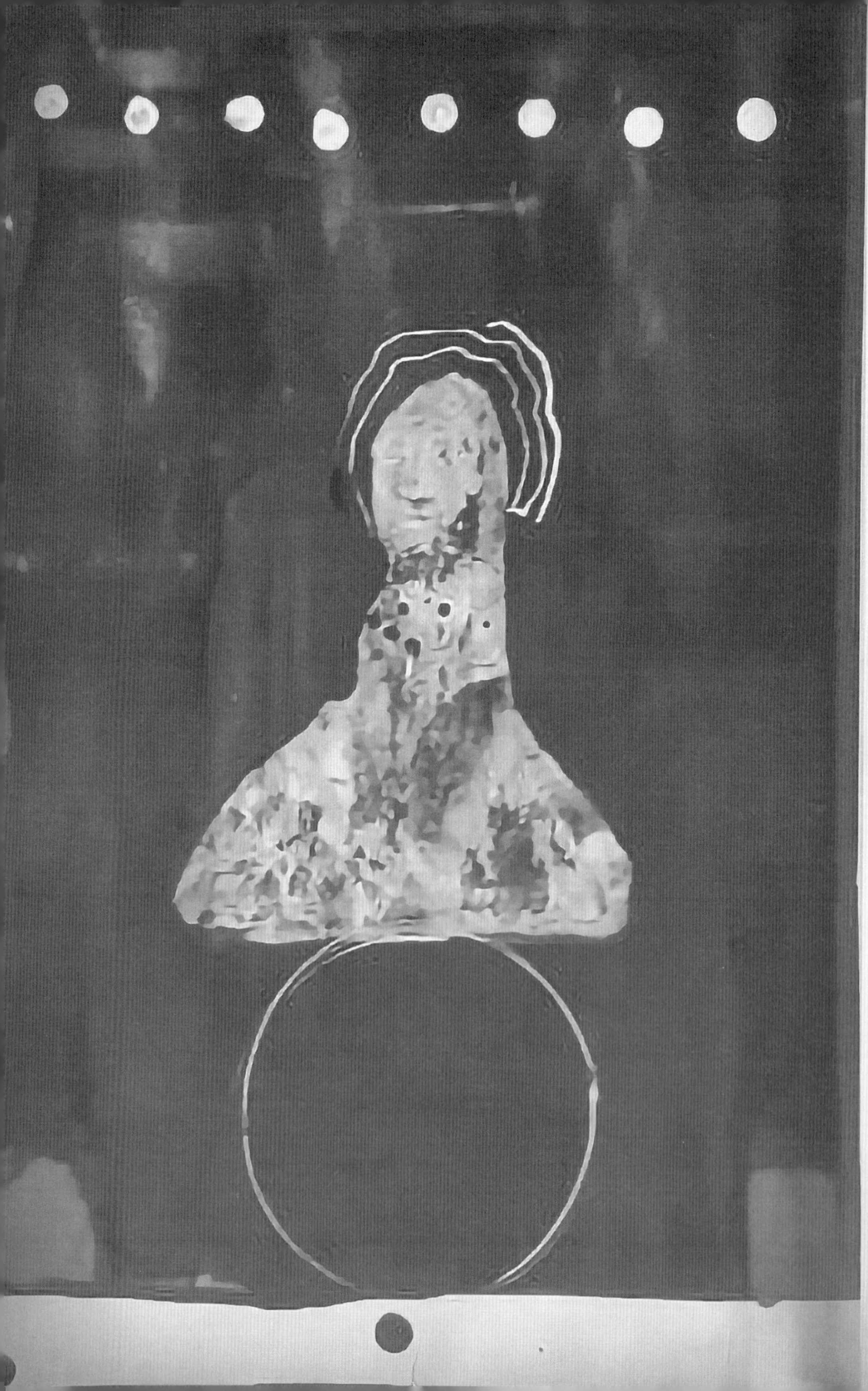

Capítulo 16

No dia seguinte, por volta das 9 horas da manhã, Chicó, na igreja, se aprontava para ir ao encontro de Clarabela. Recebera um recado da moça, através de um empregado da fazenda que fora à cidade especialmente para isso. O recado dizia-lhe para ir à fazenda pontualmente às 10 h, levando as esculturas de barro que Clarabela havia encomendado, e deixava subentendido que a moça estaria sozinha naquele horário, aguardando por ele. Enquanto se penteava, Chicó disse a João Grilo:

— Dona Clarabela é toda aparelhada, tem é muito vocabulário. Me chamou de rústico, autêntico e mais uma ruma de nome difícil!

— Cada macaco no seu galho...

— Deixe de besteira, João! Fui logo dizendo *jetême* e ela ficou toda molenguinha — disse Chicó, com ar de sonhador.

— *Jetême*?

— Sim, quer dizer formosa, em japonês.

— É difícil, mas eu aprendi.

— Eu tenho três fraquezas na vida: preguiça, verso e mulher.

— Você é pobre, Chicó! Devia parar de gostar de mulher rica. A pessoa é para o que nasce.

— É nada! A pessoa muda até antes de nascer.

— Que conversa é essa?

— Sabia não? Na barriga da mãe todo macho já foi fêmea e toda fêmea já foi macho.

— Quem lhe disse isso?

— Eu lembro de quando eu estava lá...

— Na barriga de sua mãe?

— Sim, por quê? É proibido? — disse Chicó, já acendendo um cigarro.

— Não, pode contar, sinta-se em casa...

— Antes de nascer eu era uma menina linda... — começou Chicó, tão logo deu a primeira baforada.

E continuou:

— Mas minha mãe já tinha uma ruma de filhas. Tudo menina moça. E tinha muita vontade de ter um menino. Quando ela viu que vinha menina, pense numa mulher braba da bobônica! E danou-se a pensar em coisa de homem: navalha de fazer barba, cueca suja, peito cabeludo... E na última hora eu virei o disco!

— E como sua mãe sabia que você ia nascer menina?

Chicó deu nova baforada, jogou o cigarro fora e disse como sempre:

— Não sei, só sei que foi assim...

Às dez horas, em ponto, Chicó estava com Clarabela, na sala da casa do Coronel Ernani. O pai da moça, de fato, havia saído. Ela pegou a caixa com as imagens de barro e arrumou todas as peças na prateleira de uma estante que havia esvaziado somente para isso.

— Pelo visto, a senhora gosta é muito de boneco de barro!

— Sou uma amante das Artes, uma colecionadora, uma *marchand*! – disse Clarabela, retirando da bolsa uma enorme piteira para encaixar um cigarro.

— Que piteira comprida amolestada! A fumaça já chega fria na boca, não é?

— Ai, que coisa pura!

— Agora posso morrer e dizer a todo mundo que já vi uma piteira!

— É por isso que eu gosto do povo: é tão primitivo, tão puro, tão *naïf*, tão *folk*, tão encantadoramente anacrônico...

— A senhora deve ser muito inteligente, Dona Clarabela! Fala tão difícil, que a gente chega esmorece!

— Inteligente é você, sua poesia é linda.

— A senhora acha? Eu estou pensando em fazer uma engraçada! É sobre uma gata que pariu um cachorro! Quando a gata pare, em vez de gato é cachorro! Já pensou na raiva do gato?

— Que criatividade borbulhante, *Chico*.

— *Chicó*!

— Chicó! Ai, que nome gostoso! Sente um pouco, que eu vou lhe fazer uma massagem.

— Diabo é isso?

— É assim: você deita aqui nesse banco, eu pego você por trás, vou amolegando assim, bem devagar, como quem prepara massa! Agrado, esfrego, amolego.

— Dona Clarabela, a senhora não me tente não...

— Deixe de bobagem, Chicó! Olhe, se eu quisesse conseguir um amorzinho com você, podia?

— A senhora é branquinha e lisa que nem macaxeira... – disse Chicó, já completamente enfeitiçado.

— Ai, aproveite Chicó...Quero esgotar a taça do prazer até o fundo!

Estavam nisso, quando escutaram o barulho de um carro chegando. Olhando pela janela, viram que era o Coronel Ernani, que havia voltado para casa muito antes do que a filha previra.

— Lascou-se foi tudo! — disse Chicó, já entrando em pânico.

Clarabela ficou inteiramente alvoroçada. Mas logo lembrou-se de um enorme tacho que estava no quintal, próximo à porta da cozinha, e que o Coronel havia deixado ali porque estava pensando em vender. Correu até lá, apontou o tacho para Chicó e ordenou para ele:

— Entre aí!

Chicó entrou a tempo de não ser visto pelo Coronel, que se aproximou com alguns trabalhadores da fazenda, entre os quais estava Joaquim Brejeiro.

— Joaquim Brejeiro! — disse o Coronel Ernani, chamando o jagunço.

— Senhor!

— Leve esse tacho para o Sítio do Tatu.

— Já vou, Coronel.

— Levar o tacho? — interveio Clarabela.

— E eu não lhe falei que queria vender?!

— Falou, papai! Mas quanto lhe ofereceram por ele?

— Dois mil.

— Eu vendi por quatro! — disse, num átimo, Clarabela.

— Foi? Vendeu para quem?

– Apareça aí, Chicó! – disse Clarabela, falando para dentro do tacho.

Para espanto do Coronel, Chicó surgiu de dentro do tacho. Estava morrendo de medo, mas conseguiu fingir alguma naturalidade:

– Bom dia a todos!

– É engraçado! – disse Clarabela, dirigindo-se ao pai. – O senhor, que conhece todo mundo por aqui, e anda por tudo quanto é lugar, conseguiu um preço bem pior do que o meu!

Tornou o Coronel Ernani para Joaquim Brejeiro, em tom de desconfiança:

– Seu Joaquim, ajude a levar o tacho, pra esse homem sair o mais ligeiro possível daqui...

– Espere aí! – disse Clarabela, enquanto o seu pai já estava se afastando dali. – Eu não vou entregar a mercadoria imunda desse jeito.

– Seu Joaquim, faça a limpeza do tacho, mas não tire o olho desses dois! – disse o Coronel, entrando para a sala.

– Pode deixar, Coronel!

– Olhe aqui! – disse Clarabela para Joaquim Brejeiro, mostrando o interior do tacho. – Está todo encrostado por dentro.

Joaquim Brejeiro entrou no tacho e sumiu-se lá dentro. Clarabela, vendo que o pai já não estava mais ali, pôs a cabeça na boca do tacho, como se quisesse acompanhar o serviço de limpeza de Joaquim, vigiando-o, e fez um sinal para que Chicó a massageasse nas costas. Assim, enquanto Chicó, meio sem jeito, ia executando a massagem, ela dava ordens a Joaquim:

– Raspe aqui... ali e ali também... Olhe, ficou uma casquinha, aqui!

∽∿∾

De volta à igreja, Chicó logo contou para João Grilo a aventura da manhã, que por pouco não acabara mal. Enquanto o fazia, trocou a flor que mantinha num pequeno vaso, em frente ao porta-retrato que continha uma foto dele com Rosinha.

– Você devia se ajeitar com Dona Clarabela e esquecer Dona Rosinha – disse João Grilo, mais por pena de Chicó do que por qualquer outra coisa.

– Eu não consigo parar de gostar dela, João!

– Fique pensando nos defeitos que ela tem.

– Que defeitos?!

– Quem ama não vê os defeitos da pessoa amada. Mas Dona Rosinha tem um olho um pouco pequeno.

– Um pouquinho. Mas faísca que nem o sol no mês de janeiro.

– A boca meio grande...

– E carnuda, do jeitinho que eu gosto...

– Ela é um pouco desengonçada...

– Igual uma menina. Rosinha não fica velha nunca!

– E meio enfezada!

– Ela é séria!

— Arengueira...

— Ela sabe o que quer!

— Como é que você vai ficar esperando por uma pessoa que sumiu, ninguém sabe, ninguém viu, sem deixar nem ao menos um bilhete?!

— Mas Rosinha deixou um bilhete.

— Dizendo o quê?

— Não sei. Não li. Você sabe muito bem que eu não sei ler!

— E Dona Rosinha não sabia? Por que você nunca contou?

— Tive medo de ela deixar de gostar de mim.

— E por que nunca pediu para alguém ler, Chicó?

— Tive medo de saber por que ela deixou de gostar de mim.

— Está para nascer homem mais frouxo do que você, Chicó! Não tem vergonha, não?

— Tenho, mas é pouca. Medo eu tenho mais!

— Se você quiser, eu leio e não lhe conto.

— Meu coração é fuleiro, João. Eu vou afrouxar e pedir que você me conte.

— Não há perigo de eu lhe contar.

Chicó foi até uma prateleira e retirou um bilhete de dentro de um encarte de disco, entregando-o a João. João desdobrou-o com cuidado e começou a ler em silêncio. Chicó ficou agoniado:

– O assunto Rosinha faz eu tremer muito mais do que quando o assunto é tremer de medo.

À medida que ia lendo, João Grilo reagia com gestos os mais instigantes, ora levando a mão à boca, ora arregalando os olhos, despertando ainda mais a curiosidade de Chicó. Este, cada vez mais aflito, não se conteve:

– Eu não lhe disse que ia pedir para que você me contasse?

– E eu não disse que não ia contar de jeito maneira?

– É bom? É ruim? É mais ou menos?

– É bom, é ruim, e é mais ou menos!

– Homem, por tudo quanto é de sagrado no mundo, me conte logo!

– Ela diz aqui: "Chicó, meu pai veio me ver. Disse que se eu não o abandonasse, ele ia mandar matá-lo. Mas se você quiser, podemos viver longe daqui. Vou esperá-lo, entre 4 e 5 horas da tarde, na saída norte. Você escolhe se foge comigo ou não."

– João do céu! Então ela ainda gostava de mim!

– Parece que sim.

– E por que não voltou depois que o pai morreu?

– Quem sabe? Talvez tenha achado que você não queria mais saber dela...

– Eu vou atrás dela para saber!

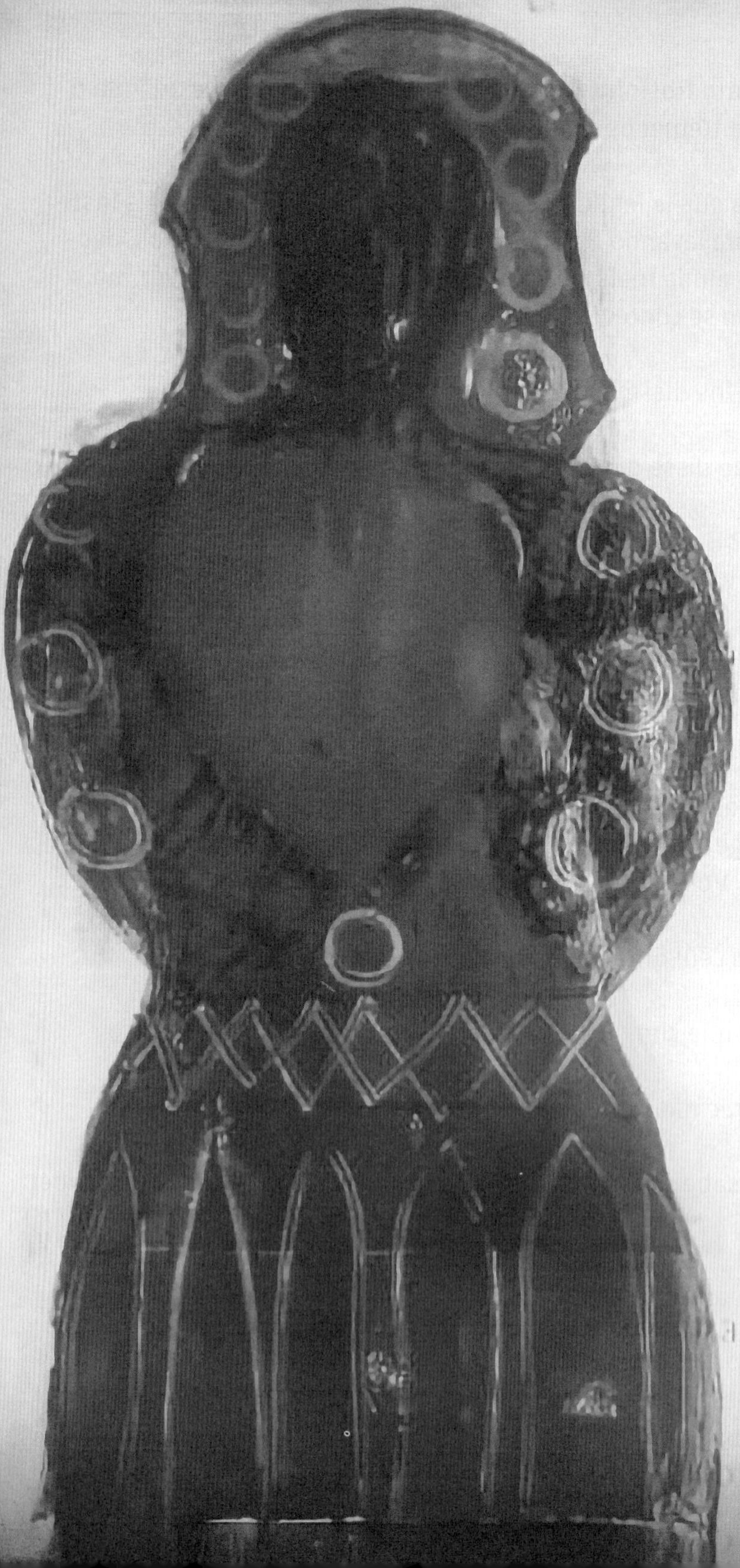

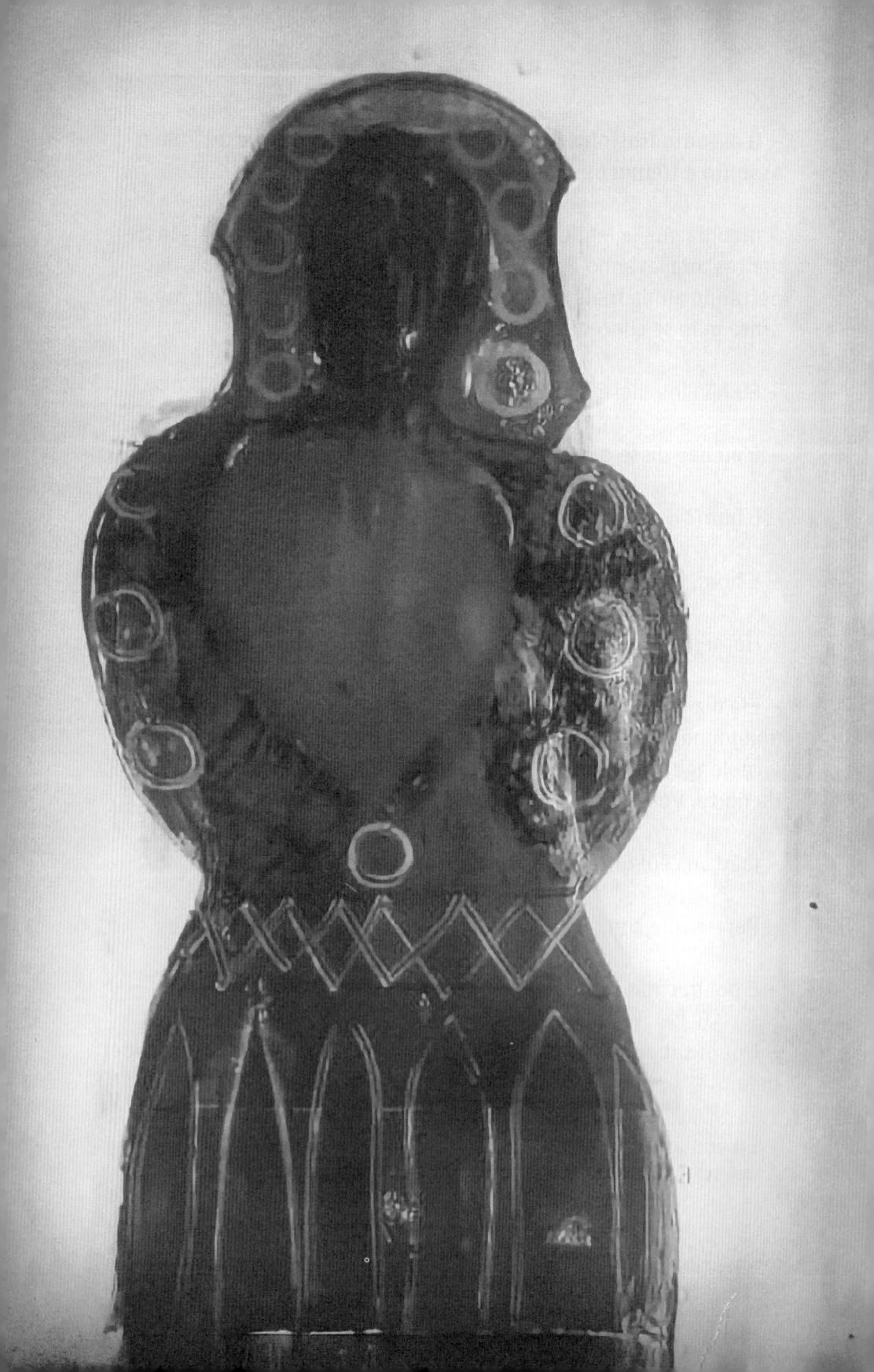

Capítulo 17

Chicó deixou a igreja e foi correndo até a rádio de Seu Arlindo. Agora, com dinheiro no bolso, e sabendo que Rosinha o abandonara apenas para protegê-lo, não havia motivo algum que o impedisse de tentar reencontrar o grande amor da sua vida, colocando um anúncio no programa "De um Alguém para Outro Alguém". Chegou da rua ainda meio esbaforido e foi logo dizendo ao dono da rádio:

– Eu quero oferecer uma música no seu programa, Seu Arlindo!

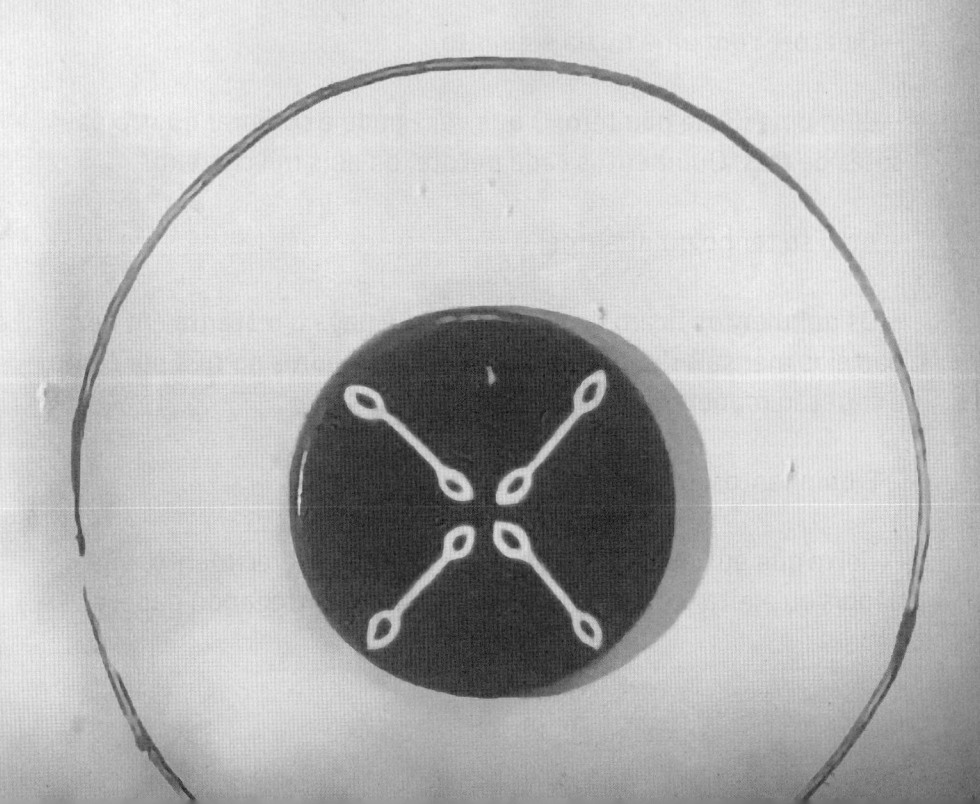

Arlindo, como todo bom negociante, sentindo a ansiedade da sua futura vítima, perguntou com a voz tranquila de quem sabia que o negócio já estava feito:

— Pra quando é?

— Pra hoje!

— Comprando no dia é duzentos.

Chicó, sem vacilar, estendeu-lhe a quantia. Isso, claro, só fez incentivar Arlindo a um novo bote:

— Não vai comprar logo o de amanhã? A pessoa destinatária dificilmente escuta na primeira vez. Quanto mais tocar, mais chances da pessoa amada ouvir. E amanhã já vai ser o preço de hoje, e depois de amanhã também, o que dará o total de seiscentos cruzeiros. Mas você pagando hoje o pacote com as três, fica tudo por quinhentos.

— O pacote com uma dúzia é quanto?

— Com uma dúzia não tem. O que você pode é comprar quatro pacotes de três. Quinhentos cada pacote, dá dois mil cruzeiros.

— Aqui só tenho quinhentos!

— Os quinhentos ficam de entrada e você paga o restante em dez parcelas mensais de cento e cinquenta, com juros de três por cento e correção monetária de dois.

— É quinhentos, mil ou dois mil?

— Deixe que eu vou calculando. Faça logo seu oferecimento, que depois eu ajeito – disse finalmente Arlindo, entregando papel e lápis para que Chicó escrevesse a dedicatória que seria lida antes do início da música.

Chicó engoliu em seco, mas não perdeu a pose:

— Prefiro ditar, posso? É que meu verbo sai melhor falando do que escrevendo.

Arlindo pegou de volta o lápis e o papel.

— E não ajeite não, meu oferecimento — disse Chicó. — Pode dizer ele assim mesmo, sem jeito, que a destinatária vai entender!

E assim, naquele mesmo dia, todos os ouvintes da rádio de Seu Arlindo puderam ouvir o oferecimento de Chicó:

Ofereço esta gravação a certo alguém, com nome de certa flor, melhor dizendo florzinha, e mais não preciso dizer. Pois quando as ondas da rádio alcançarem vossa escuta, a senhora saberá que essa canção é pra senhora. E que sou eu que ofereço.

Durante toda a semana, o oferecimento de Chicó foi lido diariamente no programa de Seu Arlindo, antecedendo a mesma música. Era a primeira vez que aquilo acontecia. E, numa cidade pequena, como Taperoá, em que tudo se espalha rapidamente, logo o povo ficou sabendo quem era o autor do oferecimento e para quem ele se dirigia. No quinto dia do anúncio, na fazenda do Coronel Ernani, Clarabela, escutando a rádio e já ciente de tudo, reclamava ao pai da insistência daquela música:

— Ninguém aguenta mais essa música!

— Então desligue o rádio.

– Um descaramento esse sujeito ficar marcando namoro pelo rádio!

– A moça é casada? – perguntou o Coronel.

– É!

– E cadê o marido dela, que não pega esse cabra e lhe dá um soco na amarra do chocalho?

– Ela é casada com ele, papai! O senhor não entende nada!

– E o que você tem a ver com isso? Por que é que está se metendo onde não foi chamada?

– E por que é que Chicó não me contou que era casado?

– Chicó?! Eu bem que desconfiei que você andava de fuxico com esse cabra!

– Eu? O senhor acha que eu ia dar corda para um sem futuro daquele?

– Acho!

– Ele é que devia estar cheio de más intenções, pra me esconder que era comprometido!

– A sorte dele é não querer nada com você!

– O senhor é que acha!

– Acho não, tenho certeza! O sujeito está mais triste do que carneiro capado, com o sumiço da esposa.

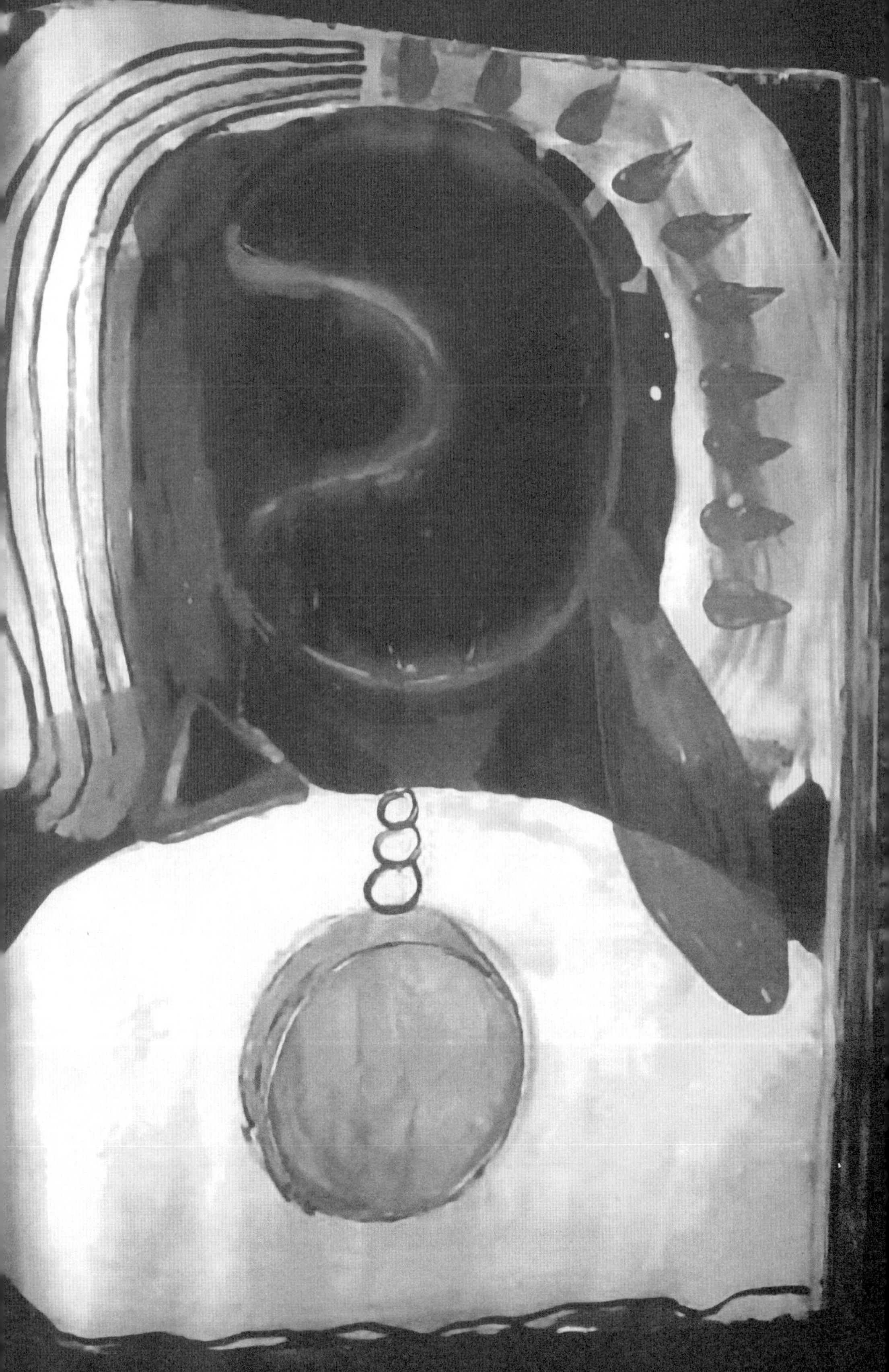

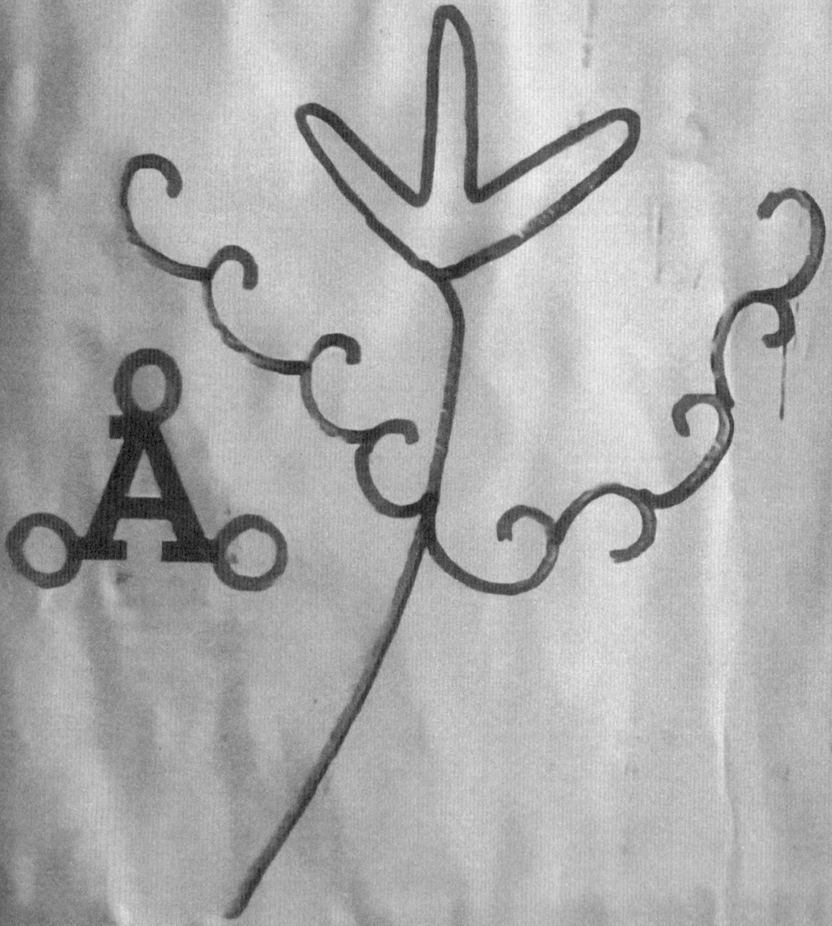

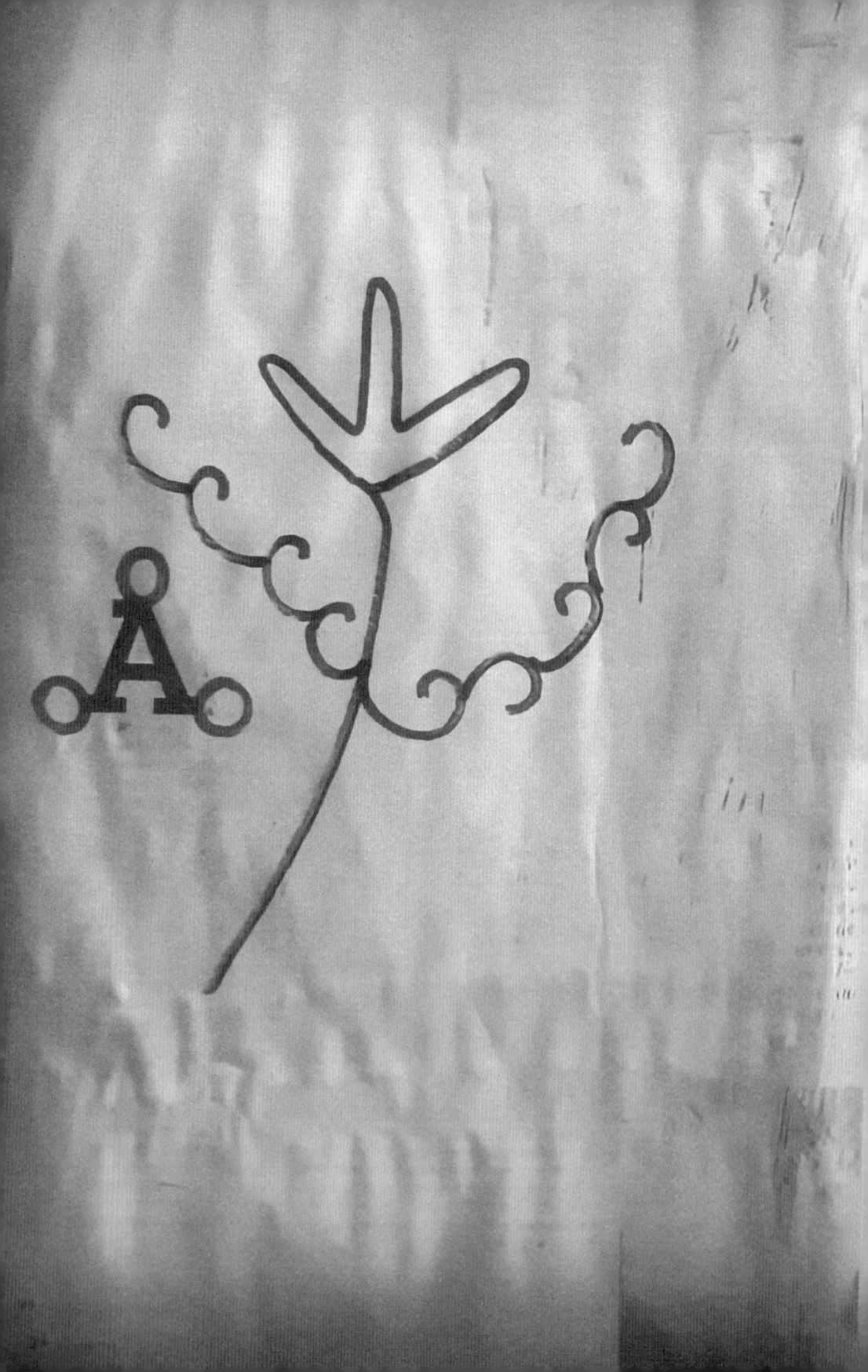

Capítulo 18

O Coronel Ernani estava certo. Nos últimos dias, Chicó vinha mergulhado numa tristeza de fazer dó. Não conseguia dormir nem comer direito. Na sacristia, queixava-se a João Grilo, enquanto escutava, no rádio, a música dedicada a Rosinha:

— Uma semana e nem sinal dela, João.

O amigo tentava confortá-lo:

— Quem sabe ela mora longe, ou não pode vir porque tem compromisso por lá.

— Será que ela está num lugar onde não pega a rádio Magazin?

— Pode até ser, Chicó! Mas mesmo que pegue, é difícil a pessoa estar escutando uma estação de rádio bem na horinha em que passa o anúncio dedicado a ela.

Chicó foi até uma gaveta, tirou, de lá, uma caixa em que guardava o seu dinheiro e pegou uma boa parte. Disse então ao amigo:

— Eu vou botar um anúncio de hora em hora, até ela escutar!

— Ficou doido, Chicó? Veja que pode até ser pior: ela escutou e não quer voltar. Você assim termina gastando tudo o que economizou.

O conselho de João Grilo teve o efeito inverso do que ele esperava. Chicó agitou-se ainda mais. Voltou à caixa de suas economias, pegou todo o dinheiro que havia lá e disse, resoluto:

— Pois então eu vou botar de minuto em minuto, pra ela saber que eu não esqueço dela nunca!

No exato instante em que Chicó tomava esta decisão, um caminhão, cujo rádio estivera sintonizado no programa de Seu Arlindo, passava por Juazeirinho a caminho de Taperoá. Ao chegar à cidade, o caminhão se dirigiu para o centro comercial, estacionando o mais próximo que pôde da "Loja Magazin".

Chicó, depois de resistir às ponderações em contrário de João Grilo, que não foram poucas, servindo apenas para retardar a sua ida à rádio, chegara em frente da loja quase no mesmo instante em que o caminhão estacionara. Ouviu, do caminhão, uma buzinada. Em seguida, a figura do motorista saltou do caminhão e foi em sua direção. O motorista vinha na contraluz, e Chicó achou algo de familiar naquele andar, saracoteado demais para um caminhoneiro. Trajava um macacão sujo de poeira, calçava botas surradas e estava de óculos escuros e boné. Ao chegar mais perto, retirou o boné e soltou os cabelos, que eram longos. Retirou, em seguida, os óculos escuros. Só aí, quando já estava a dois metros de Chicó, este o reconheceu. O motorista era uma mulher. E aquela mulher era Rosinha.

– Dona Rosinha? – perguntou Chicó, gaguejando.

– Oi, Chicó!

– A senhora ouviu meu recado?

– Não sei quantas vezes!

– Não arranjou um carro menorzinho pra vir não, foi? – disse Chicó, apontando para o caminhão.

Rosinha deu uma voltinha sobre si mesma, mostrando o seu traje, e disse:

– Eu virei caminhoneira... gostou?

– Tendo você dentro qualquer roupa fica boa...

Rosinha puxou Chicó para um beijo, enquanto o sol se punha no horizonte.

Quando chegaram à igreja, Chicó e Rosinha já estavam plenamente reconciliados. Mesmo afastados, continuaram apaixonados um pelo outro. João Grilo havia saído, de modo que o casal pôde ficar inteiramente à vontade.

— Como é que você aguentou tanto tempo sem me ver? — perguntou Rosinha, nos braços de Chicó.

— Só aguentei porque achei que você tinha ido embora porque tinha parado de gostar de mim, e aí eu parei de gostar de mim também. Como é que eu vou gostar de um sujeito de quem Dona Rosinha não gosta?

— Quem disse que não? Você não encontrou meu bilhete?

Foi só então que um envergonhado Chicó confessou para a esposa que não sabia ler. A confissão foi uma surpresa para Rosinha:

— Jamais imaginei isso, Chicó! Você levava a lista de compras e trazia tudo certinho; e, na missa, seguia o folheto do ofício dizendo palavra por palavra.

— Eu aprendo tudo decorado, que nem eu faço com meus poemas. Eu não queria que você descobrisse que eu sou analfabeto!

— Se eu soubesse, eu já teria ensinado você a ler e a escrever! Com a memória que você tem, vai aprender ligeiro que só foguete.

— Mas por que você não falou comigo direto, em vez de mandar bilhete?

— Eu achei que você ia ficar mais à vontade para decidir. Se quisesse falar comigo, para dizer se ia ou não ia, era só ir me encontrar no lugar marcado. Como você não foi, eu achei que você tinha ficado com vergonha de me dizer que estava com medo. Você sabe que eu sei que você é frouxo.

— Posso ser analfabeto, mas não sou frouxo! Eu ia lá ter medo de me topar com seu pai? Porque eu sou como prego cravado em pau-ferro: me quebro dentro e não saio! Eu ligo lá pra ronco de ninguém! Ronco, ronco, o mar também ronca, e se eu for lá eu mijo nele!

— Você ia ter coragem mesmo, Chicó?

— Coragem eu não sei, mas eu ia do mesmo jeito. Porque maior que o meu medo de morrer é o que eu tenho de perder a senhora...

— Você é o frouxo mais corajoso que existe, Chicó! — disse Rosinha, puxando Chicó para um novo beijo.

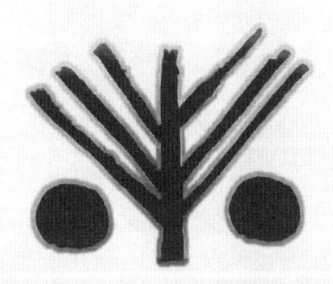

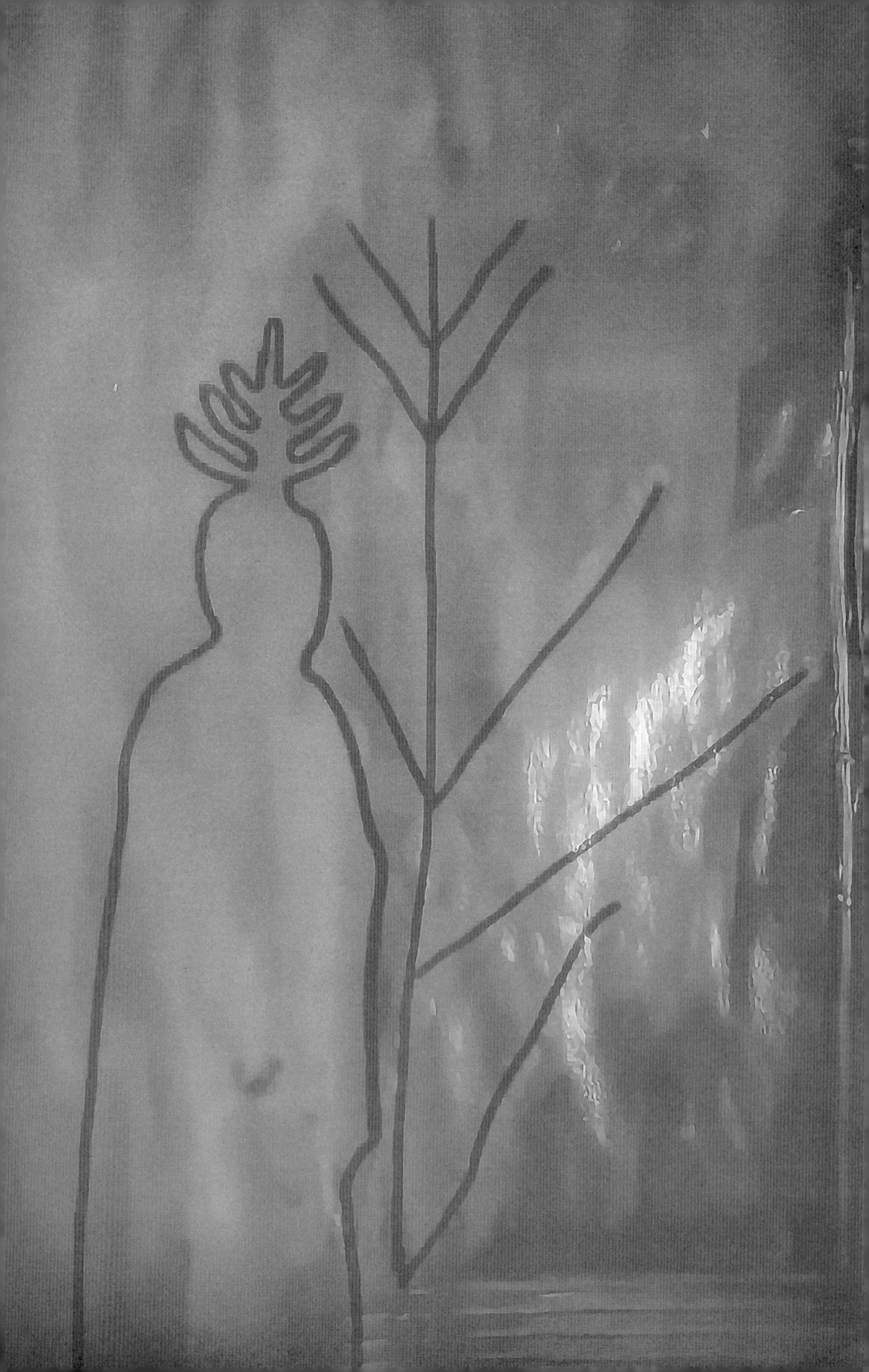

Capítulo 19

Enquanto isso, João Grilo continuava fazendo das suas, fingindo apoio para os dois adversários políticos que então disputavam a prefeitura, ganhando dinheiro dos dois ao mesmo tempo e não declarando abertamente o seu voto para o povo que o idolatrava. Assim, dia após dia, ia se enredando, cada vez mais, na teia que ele mesmo começara a tecer.

Chegando à casa do Coronel Ernani, foi logo revelando o que parecia um segredo do adversário:

— Seu Arlindo disse que este ano vai fazer a maior festa da padroeira que Taperoá já teve. Mas vai ter que ser em frente à loja dele!

— Ah, miserável! E agora ele quer ser o dono da festa da padroeira, é?

— Foi o que eu perguntei pra ele. Se for assim, o jeito é o senhor fazer outra festa, ainda maior, na frente da estátua!

Depois, saindo da fazenda, foi procurar Arlindo, para relatar o que teria apurado com o Coronel.

— O quê? O Coronel pretende fazer uma festa, e na frente da estátua? E ele pensa que o dia da padroeira é só dele, é? — reclamou Arlindo, que, até então, não havia pensado em patrocinar coisa alguma.

— Foi o que eu disse pra ele. Se for assim, o senhor vai ter que fazer outra festa, e ainda maior, na frente da sua loja!

— Ele vai gastar quanto?

～～

— Só pra montar o palanque o marceneiro pediu dois mil... — disse João Grilo, já novamente na casa de Ernani.

— Pois mande ele pedir pro diabo, que eu não pago nem com a molesta! — vociferou o Coronel.

～～

— Conversa vai, conversa vem, o marceneiro falou que precisava viajar para escolher a madeira e teria que comprar um cavalo por mil e quinhentos... — disse João Grilo, de novo diante de Arlindo.

— Por esse preço vale a pena...

— Juntando a sela e os arreios, fica por mil e oitocentos.

— É muito, mas vá lá.

⁂

— Mais um burro para o empregado, dois mil e duzentos — disse João, novamente para Ernani.

— De jeito nenhum, esse marceneiro está abusando!

— Mas o senhor quer que o empregado dele vá a pé, é?

— Eu quero que os dois se danem! — vociferou o Coronel.

⁂

— Você acha que eu sou besta, é, João Grilo? — disse Arlindo. — Você começou com o preço lá em cima, foi baixando e agora subiu de novo!

— Mas tem um jeito de o senhor pagar só a metade, Seu Arlindo!

⁂

— Um jeito de pagar só a metade? — perguntou Ernani. — Que jeito é esse?

— Os senhores botam a festa na frente da igreja e dividem as despesas.

⁂

— De que adianta gastar tanto dinheiro pra dividir as glórias com o Coronel? — perguntou Arlindo, diante da proposta de João Grilo.

— Melhor do que deixar as glórias e os votos pro Coronel sozinho...

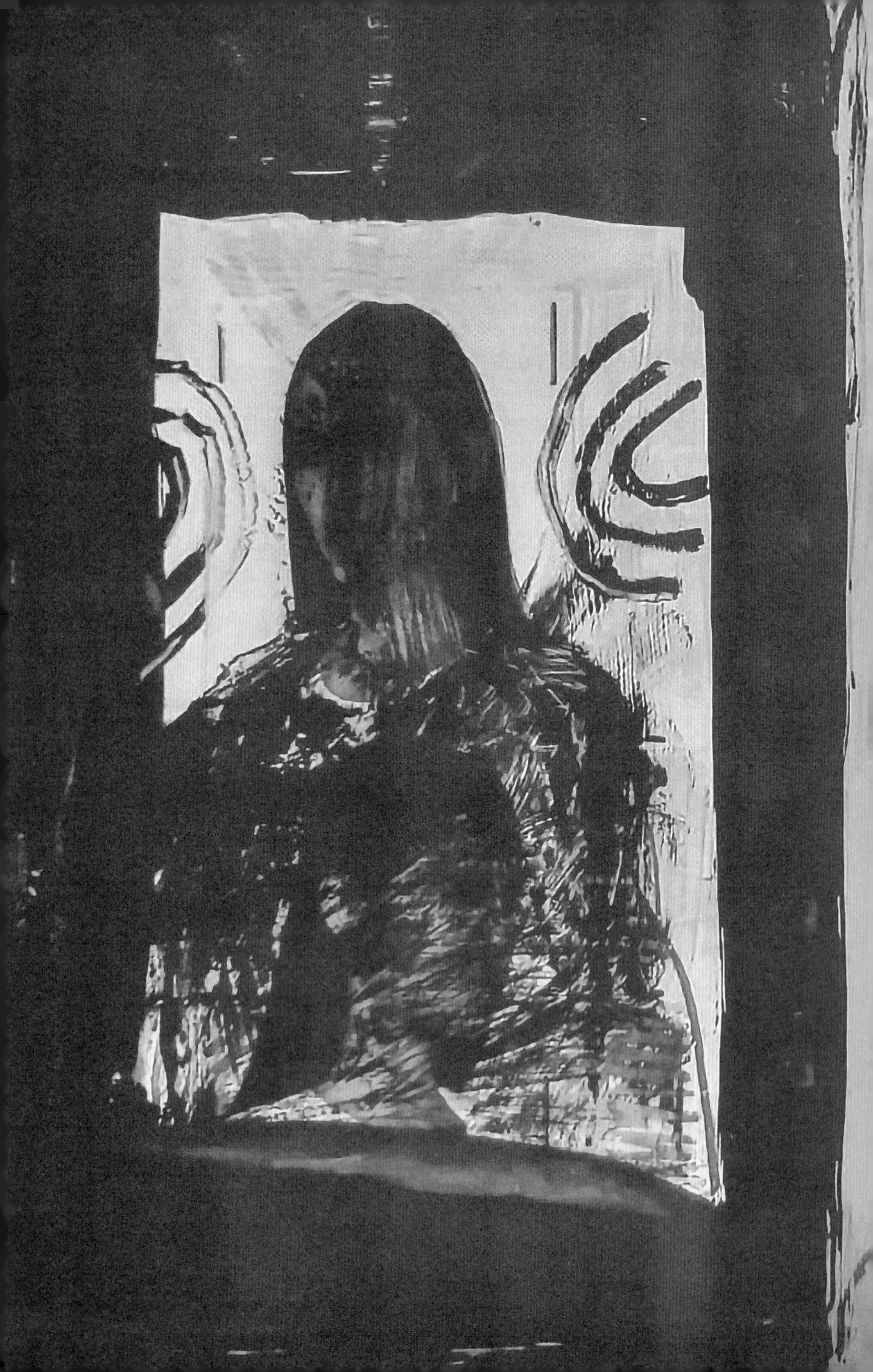

Capítulo 20

Na manhã do dia seguinte, bem cedo, logo após João Grilo ter saído da igreja para dar continuidade às suas armações, Rosinha escutou batidas insistentes na porta da sacristia que dava para o oitão da igreja. Ao abrir a porta, deu de cara com Clarabela.

– Achei que ia derrubar... – disse Rosinha, na sua tranquilidade de sempre.

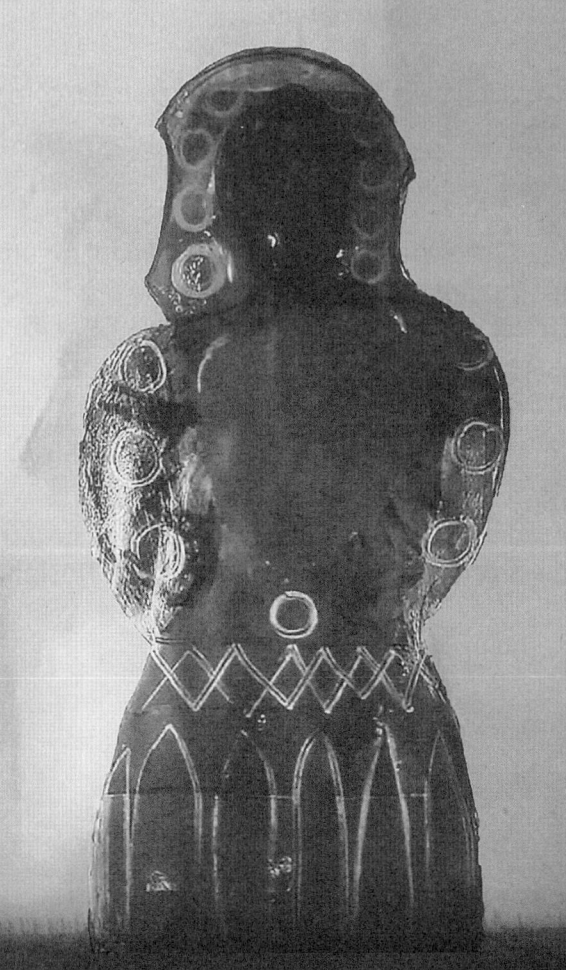

Clarabela não conseguiu esconder a sua surpresa:

— Ah! Você deve ser um "certo alguém, com nome de certa flor..."

— Dona Rosinha, para os íntimos.

— Clarabela, muito prazer – disse Clarabela, entrando sem ter sido convidada. – Chicó deve ter lhe falado de mim...

— Falou não, deveria?

Chicó, que estava varrendo o salão da igreja, apareceu na sacristia e deu de cara com a visitante inesperada:

— Dona Cora...Cara...Clara...bela! Algum problema...blema? – disse, enrubescendo e gaguejando.

— Não que eu saiba! – respondeu Clarabela, com expressão de raiva no rosto.

— E você, Chicó? – perguntou Rosinha, surpresa com a reação de Chicó. – Ficou "palído", ou melhor, pálido! Algum "problema" com Dona "Clarabola"?

Clarabela voltou-se para Rosinha:

— Na ocasião em que a gente se conheceu, ele não me disse que era casado!

— É que a gente andava separado – disse Rosinha.

— Ele também não disse.

— A senhora perguntou?

— Não.

— Deve ter sido por isso.

— Fiquei sabendo tudo pelo rádio.

— Então agora a senhora já sabe tudo.

— E a senhora, quase nada... — disse Clarabela, encerrando a conversa e saindo intempestivamente pela mesma porta por onde entrou.

Chicó olhou para Rosinha e tentou se explicar, ainda atrapalhado com a situação:

— Dona Cora...Clarabela é falha...filha do Coronel Ernani.

— E pelo enxerimento da moça e sua falta de jeito, naquela tal "ocasião" que ela falou vocês devem ter tido um caso...

— Um coiso?...um caso?

— Pode dizer, Chicó!

— Então eu não vou negar. Foi tudo culpa da massagem!

— Ah, teve uma massagem no meio...

— No começo. E eu não sei o que é que eu tenho, que sempre acontece isso comigo: quando uma mulher dá um cheiro em meu cangote, me dá aquela fraqueza nas pernas, que só vai me deitando. Aí, eu começo a cheirar o cangote dela também, e é aquela agonia, aquela agonia... quando eu vejo, já estão bolindo na minha mobília!

— É difícil ficar tanto tempo sem namorar, Chicó... Eu entendo...

— É?

— Comigo acontece a mesma coisa: quando um homem dá um cheiro em meu cangote, me dá aquela fraqueza nas pernas, que só vai me deitando. Aí, eu começo a...

Chicó interrompeu:

— A senhora não precisa contar os detalhes...

— Então você me faz uma massagem e vê com seus próprios olhos o que acontece...

Cerca de duas horas depois, acordando de um breve cochilo e percebendo que Rosinha não estava a seu lado, Chicó chamou por ela:

— Dona Florzinha!

— Oi! — respondeu Rosinha, lá da parte da sacristia que fazia as vezes de cozinha.

— Só agora foi que percebi que ainda não comi nada hoje. Pode me trazer o café da manhã?

Rosinha entrou no quarto improvisado toda arrumada com seu traje de caminhoneira:

— Que café da manhã, o quê, Chicó?! Estou apressada para trabalhar!

— Então eu espero você pra jantar...

— Que jantar, Chicó?! Eu vou buscar uma carga no Maranhão, só volto depois da festa da padroeira!

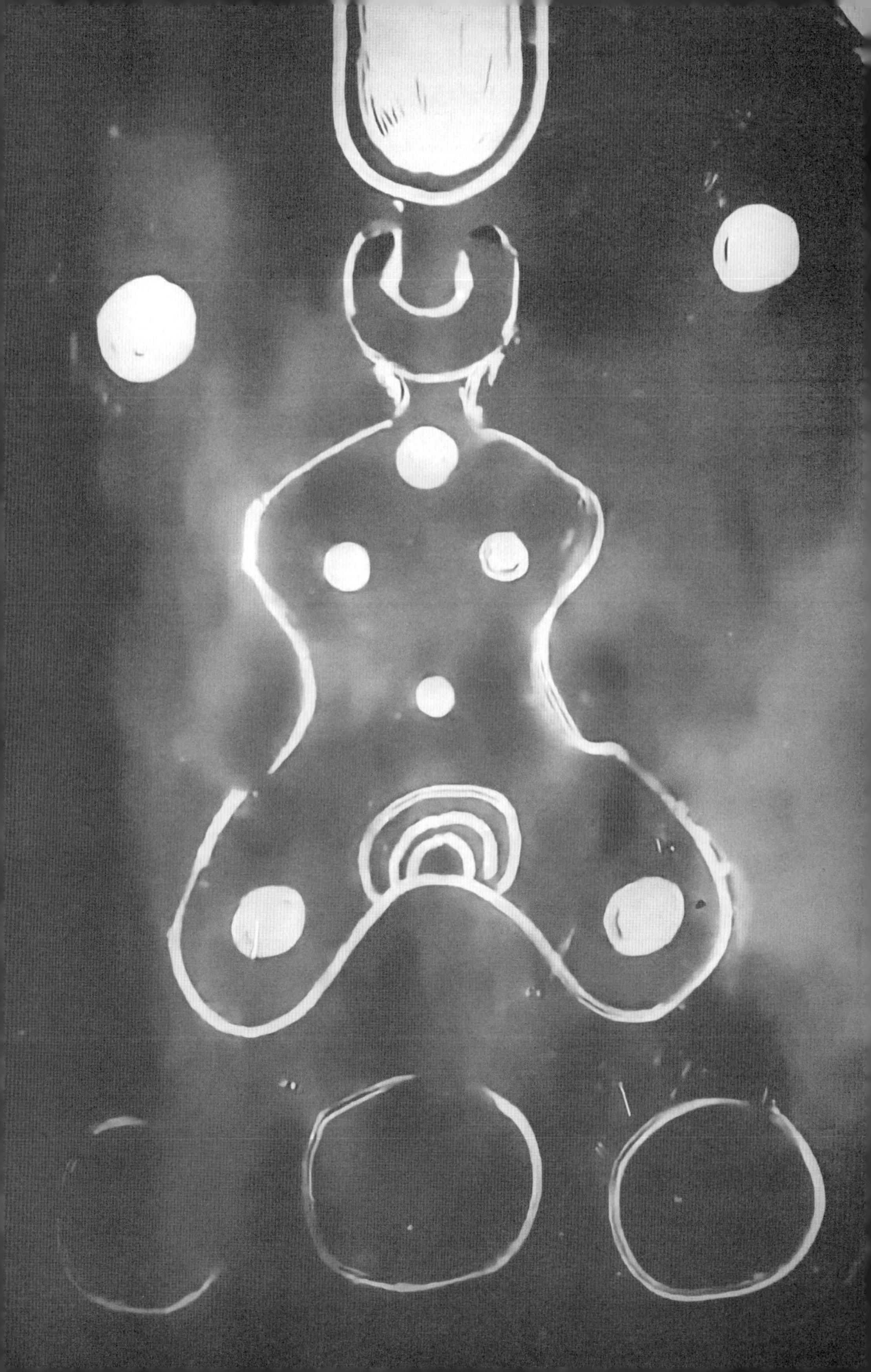

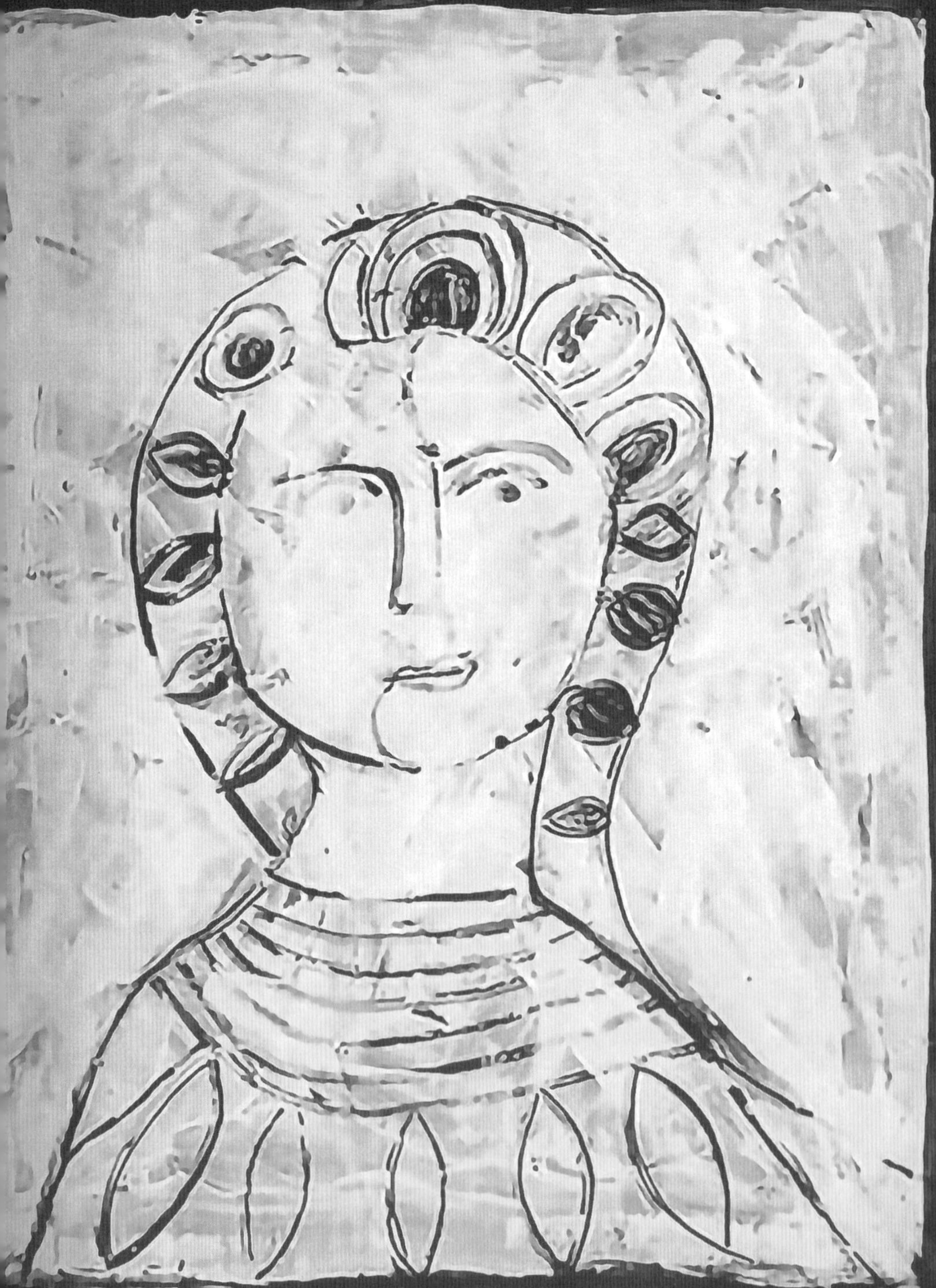

Capítulo 21

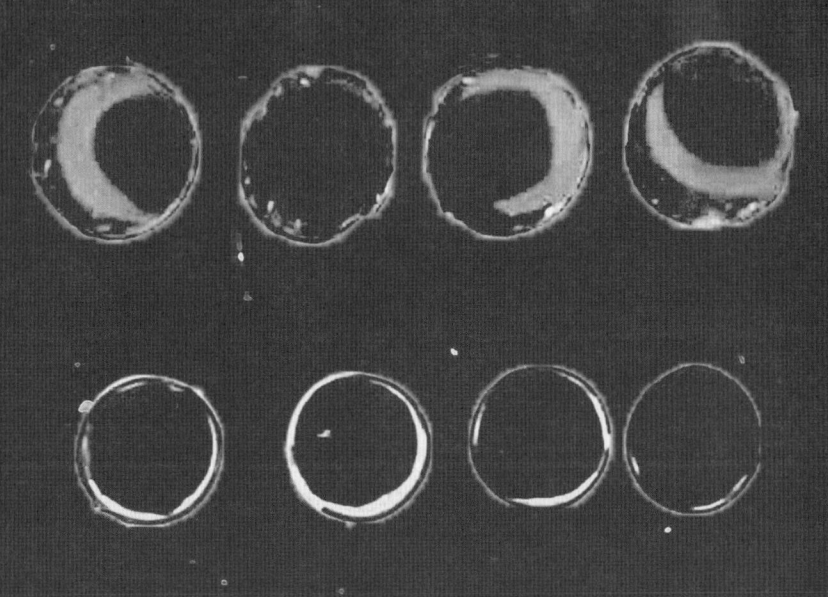

C hegara, finalmente, o tão esperado dia da festa em homenagem à padroeira de Taperoá, Nossa Senhora da Conceição. Barracas de comida se espalhavam por toda a praça principal da cidade. Bandeirinhas coloridas enfeitavam ruas e casas. Um palanque havia sido montado em frente à igreja, bem perto da famosa estátua de Nossa Senhora com João Grilo a seus pés. A igreja permanecia fechada e sem padre, de modo que aquela era uma festa mais política do que propriamente religiosa. Os dois candidatos a prefeito foram os patrocinadores do evento, e tudo fora feito segundo as recomendações de João Grilo, que providenciara os profissionais responsáveis pela montagem da estrutura necessária, recebendo gordas comissões pelo seu trabalho.

De um lado e do outro do palanque, foram armadas as barracas de campanha dos dois candidatos, e seus apoiadores, devidamente uniformizados com camisas e bandeiras, ocupavam a praça divididos em dois blocos, cada qual se concentrando em frente à barraca do seu respectivo candidato. Pela quantidade equivalente dos apoiadores de cada um, percebia-se que o povo de Taperoá estava praticamente dividido entre os dois postulantes à prefeitura.

De acordo com o que fora previamente combinado, João Grilo subiu ao palco para dar início à solenidade de abertura oficial da festa e chamar os dois candidatos, que, por sua vez, fariam breves pronunciamentos aos seus eleitores.

– Minhas senhoras e meus senhores: esta é a maior festa da padroeira que Taperoá já teve! – disse João, em alto e bom som, ao microfone. – Vamos então chamar ao palco os nossos patrocinadores!

Na calçada da igreja, por trás do palanque, Arlindo e o Coronel Ernani entreolhavam-se com certa animosidade. Ao serem chamados, ambos se precipitaram ao mesmo tempo pela escadinha de madeira, cada um empurrando o outro para tentar chegar primeiro ao palco.

– Os dois são candidatos a prefeito, os dois merecem seu voto, os dois merecem seu aplauso... – continuou João Grilo, enquanto os dois chegavam esbaforidos ao seu lado, cada qual querendo demonstrar maior intimidade com o ressuscitado da padroeira.

A plateia aplaudiu entusiasmada, erguendo as bandeiras e gritando os nomes dos dois candidatos.

Depois dos breves pronunciamentos, os candidatos saíram a percorrer a praça, a fim de cumprimentarem os eleitores e distribuírem panfletos de campanha. A situação de João Grilo complicava-se cada vez mais, pois ambos o queriam ao seu lado; ele, com a agilidade que lhe era possível, acompanhava ora um, ora outro, fingindo perder-se no meio do povo nos intervalos de mudança de acompanhante.

— Essa eleição está mais difícil do que carregar água em balaio! — queixava-se o Coronel Ernani, quando João estava a seu lado.

— Assim é que é bom de ganhar! Fica mais emocionante! — dizia João, animando-o.

— Eu não imaginava que o Coronel ainda tinha tanto voto! — dizia Arlindo a João, que agora o acompanhava.

— Foi bom pra gente ver. Ainda dá tempo de virar! — respondia João, fingindo a maior empolgação pela candidatura do comerciante e radialista.

Depois da panfletagem, João ora passava na barraca de campanha de um, ora na do outro, sempre representando o seu duplo papel de cabo eleitoral.

— Você tem algum plano para ganharmos mais votos, João? — perguntava-lhe o Coronel Ernani, tomando uma lapada de cachaça na sua barraca.

— Oxente, Coronel! Tenho vários! Com mais três mil cruzeiros a gente desempata...

Minutos depois, a conversa já era na barraca de Arlindo, que, por sua vez, acabara de emborcar a sua terceira lapada de cachaça:

— Três mil? Pois eu pago o dobro, João, pra você seguir o plano que eu vou dizer.

— Já estou achando o seu muito melhor, Seu Arlindo! — disse João, servindo-se também da cachaça e prestes a experimentá-la.

De repente, dando um bote, Arlindo arrancou o copo da mão de João, emborcou a cachaça e o fulminou:

— Você vai subir no palanque e declarar pra todo o povo de Taperoá que vota em mim!

— Veja, Seu Arlindo — disse João, quase cochichando no ouvido do radialista —, meu voto é do senhor, mas o Coronel não pode saber...

Arlindo, então, já sem paciência, atirou o copo no chão, espatifando-o, e falou em tom ameaçador:

— Seu amigo Chicó me deve pra mais de trinta mil do crediário! Se você não me apoiar, boto no protesto, ele vai pra cadeia e não sai mais de lá!

Foi somente então que João Grilo percebeu que a situação começara a fugir do seu controle. Saindo às pressas da barraca de Seu Arlindo, deu de cara com o Coronel, que já estava à sua procura. Ernani levou-o para a sua barraca e também o pressionou para que declarasse o seu voto a ele, de cima do palanque, antes do término da festa. Temeroso, João disse que estava sendo pressionado por Arlindo para que fizesse o mesmo.

— Nós estamos numa democracia! — disse-lhe Ernani, encarando-o com cara de quem já não aguentava mais aquela situação. — Arlindo não pode obrigá-lo a votar nele!

— Pois ele já me obrigou, Coronel! — disse João Grilo, já sem saída para a situação em que se meteu.

Ernani, fulo da vida, pegou João pelo pescoço e começou a arrastá-lo em direção ao palanque:

— Você vai declarar que vota em mim, e quero ver o que ele vai fazer!

— Mas ele vai se vingar em Chicó, Coronel! — disse João, conseguindo desvencilhar-se de Ernani e caindo no chão, de braços abertos.

— E eu vou me vingar em você! — disse o Coronel, pisando em uma das mãos de João Grilo. — Daqui a cinco minutos quero você no palanque! E não venha não, pra você ver o que lhe acontece! — concluiu, saindo em direção à barraca do seu comitê.

Chicó, que vinha chegando e viu tudo, foi ajudar João a se levantar:

— João, a casa caiu! Se ficar, o bicho pega, se correr, o bicho come! E vice-versa ao contrário! Já passou a hora de a gente dar no pé!

— Calma, Chicó! — disse João, levantando-se e se limpando. — Toda vez não é assim? A gente quase se lasca e termina não se lascando?

— Mas eu não aguento mais essa agonia. Toda vez a gente quase se lasca, e não se lasca!

Enquanto falavam, João Grilo percebeu que, para qualquer lado da praça que fosse, captava a atenção do povo. Como sempre acontecia, era apontado pelas pessoas, que queriam tocá-lo e abraçá-lo, numa admiração que quase beirava o fanatismo. Chicó continuava com a sua latomia:

— Quase se lasca, e não se lasca; quase se lasca... Uma hora dessas a gente vai se lascar, João!

— Eu tenho um jeito de não escolher nenhum dos dois candidatos, Chicó!

— O jeito que tem é a gente fugir!

— E eu lá sou homem de fugir?

— Pois é minha especialidade! — disse Chicó, já fazendo menção de correr para dentro da igreja.

João Grilo o segurou pela gola da camisa:

— Pois você vai ficar! E me ajudar!

— Como, João?

— Eu vou lhe dizer...

João aproximou-se do ouvido de Chicó e, em poucas palavras, expôs o seu plano. Depois, foi ao palanque, pegou o microfone, postou-se entre os dois candidatos que o fulminavam com seus olhares e começou a discursar:

— Povo de Taperoá! Todos esperam que hoje eu declare o meu voto!

Assim que falou, ambos os candidatos se aproximaram dele, cada um dos dois crente que seria o escolhido. E João continuou, tirando o chapéu, humilde, levando-o ao peito e avançando mais para a frente, descolando-se dos dois e atingindo a beira do palco:

— Mas quem sou eu para escolher? Somente um sertanejo pobre que nem vocês, que aprendeu apenas as primeiras letras para tirar o título de eleitor. Então eu peço a Deus que me ajude nessa escolha tão difícil de fazer. E como a voz do povo é a voz de Deus, são vocês que vão escolher por mim. Pensem bem. O futuro prefeito deve ser temente a Deus!

Enquanto dizia isso, João olhava para o céu, enquanto Chicó, o mais discretamente possível, e morrendo de medo, ia realizando a sua parte do plano que João lhe expusera há pouco, e que consistia, tão somente, em ir soprando o nome de João Grilo no meio da multidão:

— João Grilo, João Grilo, João Grilo...

— O futuro prefeito deve ser alguém como vocês, alguém que fale a linguagem do povo! — continuou João Grilo.

— João Grilo, João Grilo, João Grilo... — continuava Chicó, deslocando-se entre a multidão e açulando as pessoas a falarem o nome do orador.

— Fale mais alto, meu povo! — gritou João, já percebendo que seu nome reverberava entre a massa que o escutava.

— João... João... João...

— João de quê?

O nome de João Grilo foi cada vez mais se propagando pela plateia, como um fósforo aceso que, jogado em palha seca, se transformasse num verdadeiro fogaréu. Chicó, temeroso a princípio, foi se animando e vibrando com a massa, numa apoteótica aclamação ao nome do amigo. Arlindo e Ernani olharam furiosos para João Grilo. Era tarde, porém, para alguma reação dos dois. O povo todo gritava, dos quatro cantos da praça:

— João Grilo! João Grilo! João Grilo!

— O povo endoidou! — disse João Grilo dirigindo-se aos dois adversários, os três já dentro da igreja, onde se refugiaram para conversar longe da multidão.

— Você fez tudo de caso pensado! — disse Arlindo, quase soltando fogo pelos olhos. — Inventou programa de rádio, estátua com a santa, foi ficando cada vez mais famoso e virou candidato! Tudo isso para nos desmoralizar!

— Foi não senhor! Juro que não! — defendia-se João Grilo.

— Vá lá fora e desista da sua candidatura! — berrou o Coronel Ernani.

— Vão falar que foi a gente que o obrigou! — disse Arlindo, olhando pela janela e percebendo a euforia, cada vez maior, que tomava conta do povo.

— Não se preocupem! — disse João Grilo, em tom conciliador. — Eu não preciso desistir. Basta que eu fique em último lugar e deixe o topo pros senhores!

— Hoje você ganha até de Jesus Cristo! — falou Ernani, possesso de raiva.

— Esperem só pra ver como isso vai virar! — prometeu João Grilo. — O Bispo ficou com a gota serena com essa história de milagre e está vindo aí para acabar com essa blasfêmia. Dentro de poucos dias o povo vai estar me odiando!

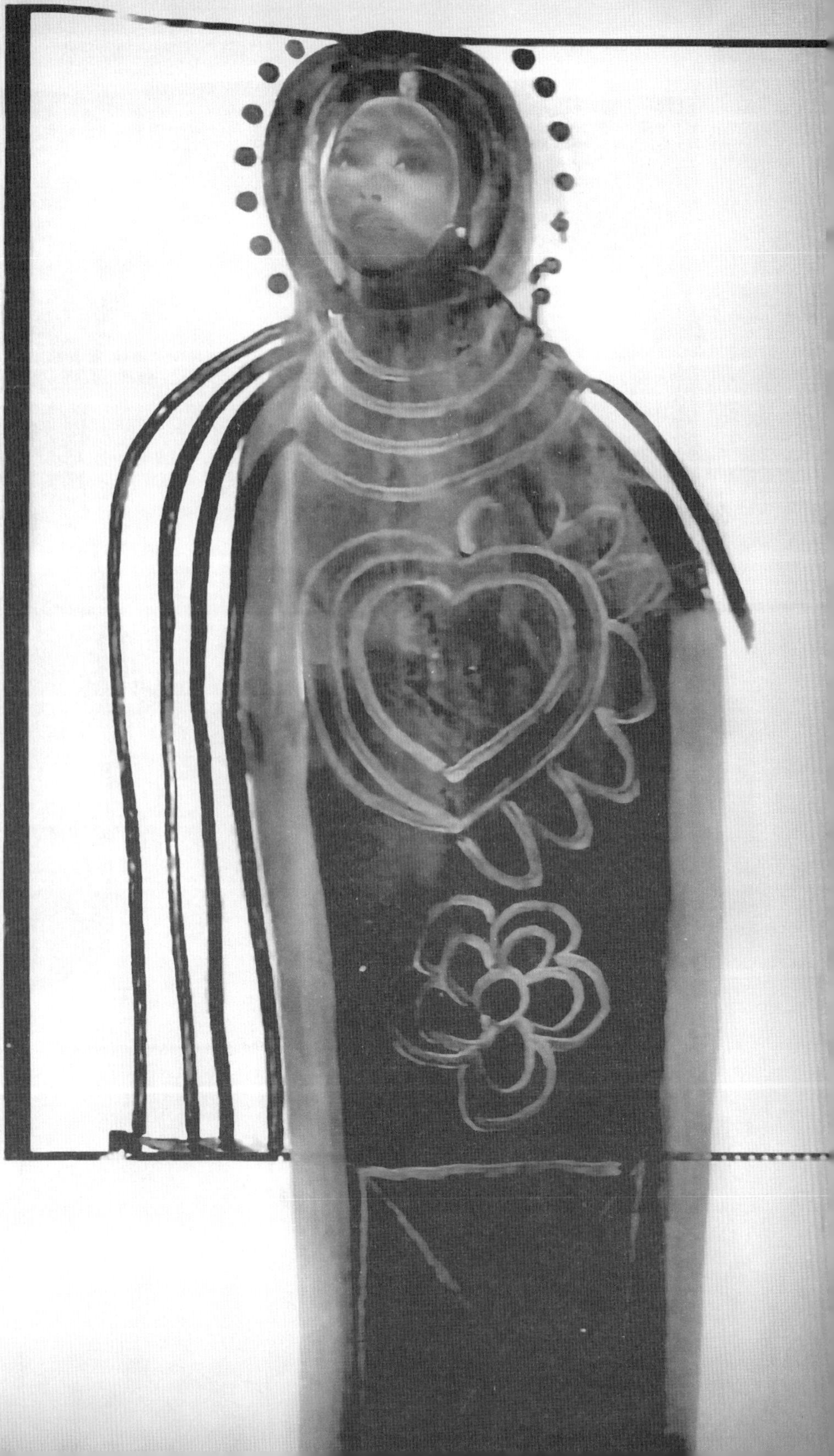

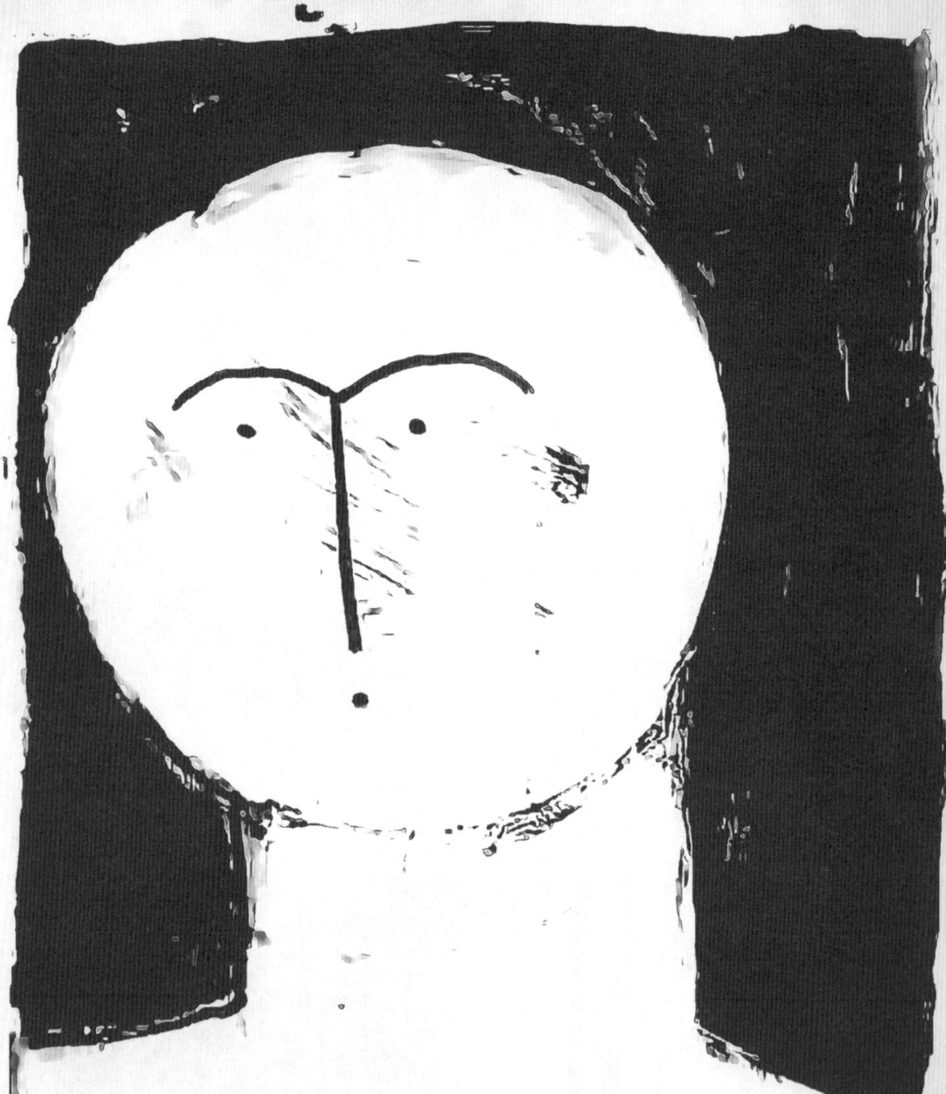

Capítulo 22

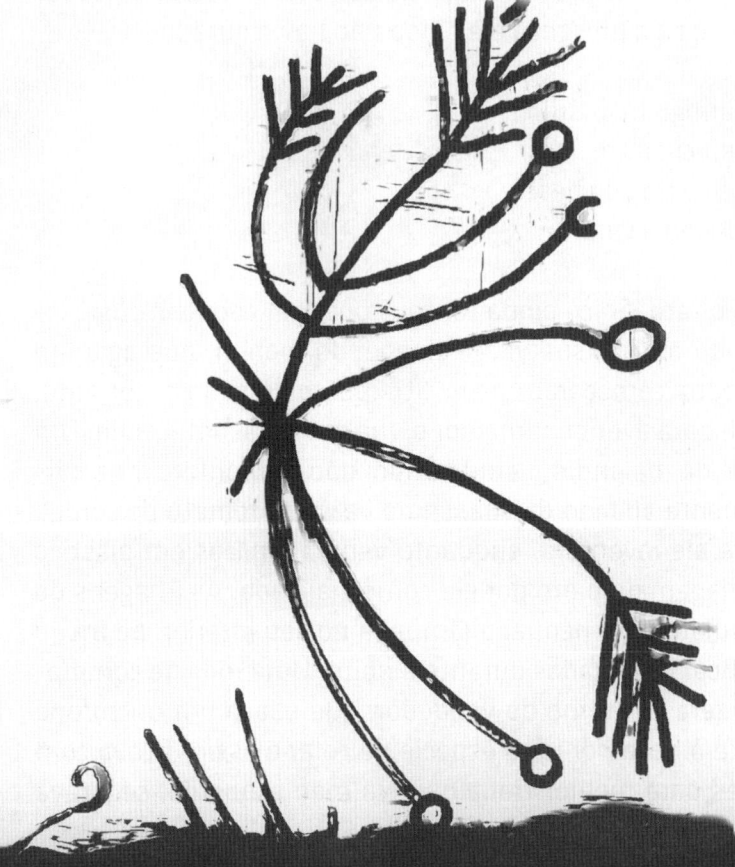

Já havia se passado uma semana desde o dia da festa da padroeira, e a situação continuava a mesma. João Grilo passava a maior parte do tempo escondido dentro da igreja. Na rua, ora ele era assediado pelo povo, ora ameaçado pelos seus adversários políticos. Não encontrara jeito de reverter a sua candidatura, o que só fazia aumentar o ódio do Coronel Ernani e de Seu Arlindo contra ele. Rosinha ainda estava em viagem, muito embora o seu caminhão já estivesse, agora, novamente no rumo de Taperoá. Quanto a Chicó, percebendo que o fluxo de turistas só fazia aumentar, continuava montando a sua banca próximo à parada dos ônibus, onde declamava a "Vida, Paixão e Morte de João Grilo" e vendia cópias em barro da famosa estátua em que o amigo era representado aos pés de Nossa Senhora.

Naquele dia, mal os turistas haviam descido do primeiro ônibus, Chicó empostara a sua voz e começara a recitar:

"Foi bem defronte à igreja,
casa da Compadecida..."

Aí, para a sua surpresa, uma voz amplificada por uma caixa de som dera continuidade à narração, abafando a sua voz e chamando a atenção dos recém-chegados para outra barraca, instalada a poucos metros da sua e cuja presença ele ainda não havia notado:

"... que meu amigo João Grilo,
com jeito de suicida,
buliu com uns cabras da peste
e findou perdendo a vida."

Estranhando o fato, Chicó ainda tentou concorrer com o intruso, levantando ainda mais a sua voz. Percebendo, porém, que agia em vão, e que todos começaram a ser atraídos pelo seu concorrente, aproximou-se para averiguar melhor o que estava acontecendo. Um sujeito com ar de malandro, bem-vestido, não só montara uma barraca praticamente ao lado da sua, como lia, num folheto de cordel, a história que ele inventara, enquanto vendia réplicas em plástico da mesma imagem de barro por ele comercializada. As imagens de plástico possuíam uma pequena lâmpada no seu interior, de modo que podiam ficar iluminadas durante a noite. Uma roda de compradores já se fizera em torno do vendedor, que usava um microfone fixo em frente à boca por uma espécie de colar e assim ficava com as mãos livres para melhor trabalhar. Na mão esquerda, segurava o folheto que ia lendo, enquanto a direita recolhia as cédulas de dinheiro que ia guardando nos bolsos e eventualmente também passava o troco, tudo isso numa admirável agilidade de quem era mestre naquele ofício.

Surpreso e indignado, Chicó aproximou-se do intruso e esperou. Quando os turistas começaram a se afastar, perguntou:

— Quem é você?

— Antônio do Amor, como sou conhecido nas rodas da malandragem do Rio de Janeiro e adjacências!

— Mas fui eu que fiz os versos que o senhor estava recitando!

— Ah, foi? Então você é o famoso Pintassilgo de Sirinhaém?

Imediatamente, Antônio estendeu uma caneta a Chicó e dirigiu-se novamente para os turistas que estavam saindo:

— Olha aí, pessoal! Vocês podem pegar um autógrafo do autor do folheto que acabei de recitar, Pintassilgo de Sirinhaém!

— Quem é Pintassilgo, e de onde? — indagou Chicó, cada vez mais surpreso com tudo aquilo e se desvencilhando de alguns turistas que lhe estendiam o folheto há pouco comprado.

— De Sirinhaém! Está aqui na capa, não está vendo? — disse Antônio, mostrando a capa do folheto a Chicó. — Tome aqui e leia: *Vida, Paixão e Morte de João Grilo, seu Apoteótico Julgamento no Céu, e sua Espetacular Ressurreição por Obra e Graça de Nossa Senhora*, por Pintassilgo de Sirinhaém! — E novamente para os turistas: — É este aqui! O autor do folheto!

Disse então Chicó, já exaltado, num visível tom de revolta que terminou afastando quem pretendia receber um autógrafo:

– Sou não! Eu sou Chicó daqui mesmo! Fui eu quem criou esses versos e viu "a Espetacular Ressurreição por Obra de Nossa Senhora", e no momento original do acontecido!

Antônio então refutou, mostrando-lhe a pilha de folhetos que tinha dentro de uma caixa:

– E cadê a prova, impressa, publicada, exposta, noticiada?

– Para desempatar quem é o dono da história, só apelando para o historiado! – disse então Chicó, correndo para a igreja, à procura de João Grilo.

Qual não foi a nova surpresa de Chicó, quando, já dentro da igreja, contou a João Grilo o que acabara de acontecer na rua. O amigo se limitou a abrir um sorriso no rosto e a perguntar:

– Antônio está aí?!

– Oxente, João! Você o conhece?

– Claro, Chicó, fui eu que mandei chamá-lo! Traga ele aqui, rápido!

Alguns minutos depois, entraram na igreja Antônio e Chicó, cada qual com a sua caixa de mercadorias. João Grilo abriu os braços para Antônio, na maior felicidade:

– Antônio! Que prazer em revê-lo!

– João Grilo! – disse Antônio, já abraçado a João Grilo. – O meu prazer é ainda maior!

João voltou-se para Chicó, para fazer as devidas apresentações:

— Chicó, este é Antônio do...

— "Do Amor", eu já sei! — cortou Chicó, enquanto Antônio fazia um gesto largo, semelhante ao de um ator agradecendo os aplausos. — Só não sei o porquê desse nome!

— É porque ele é amoroso, Chicó! Foi casado pra mais de dez vezes!

— Pois ele vai me fazer passar fome, vendendo pela metade do preço uma cópia da imagem da santa que eu vendo aqui, só que feita de plástico, lá no estrangeiro ou não sei onde, por uma máquina que nem comer, come!

— Hoje é sempre depois de ontem, não se pode deter o progresso! — rebateu Antônio.

— Nem a minha falência! — vociferou Chicó.

— Vendam juntos! — apartou João Grilo, em tom conciliatório. — Um em cada calçada. Pra quem está indo e pra quem está voltando.

— E o roubo dos meus versos? — perguntou Chicó, dirigindo-se a Antônio.

— Me chamou de ladrão! — respondeu Antônio, encarando Chicó.

— São dois amigos, não quero briga! — disse João Grilo, postando-se entre os dois, estendendo um braço de cada lado, impedindo-os de se esbarrar.

— Não quer, mas encontrou! — disse Antônio, virando-se de costas. — É ele ou eu!

— Ou eu, ou ele! — disse por sua vez Chicó, fazendo o mesmo movimento.

— Ora, pessoal, dá no mesmo! Eu só tenho vocês dois, em ordem diferente — disse João Grilo, pegando cada um por um braço e fazendo-os se sentar em um banco da igreja. — Não vou escolher entre vocês, não. Antônio, Chicó é meu amigo pra rir e pra chorar, o melhor que tenho na vida. Chicó, Antônio do Amor foi meu sócio, que é amigo por lei!

— Ou apesar da lei! — completou Antônio.

— Sócio de quê? — perguntou Chicó.

— Antônio foi o meu "tapia", Chicó, no tempo em que andei pela Capital Federal e tive que trabalhar de camelô.

— "Tapia", João? Que danado é isso?

— É um parceiro do camelô que serve pra tapiar a clientela. Fazia que não me conhecia, elogiava bem muito a mercadoria e atraía o povo em volta pra comprar. Eu dizia, por exemplo: "Toalha de plástico, olha a novidade! É muito melhor que a de pano: o café bate aqui e passa direto. Foi o Papa que mandou vender barato. O Papa é João 23, mas na minha mão é 19!" Aí, Antônio se aproximava, fazendo o papel de um homem comum, e dizia: "Isso é mercadoria de primeira. É feito com plástico japonês, que é o melhor do mundo. E está barato pra dedéu! Vou levar três, uma de cada cor!" E assim as pessoas se animavam pra comprar.

— Quem diria que um dia você ia virar a mercadoria, hein, João? — disse Antônio, mostrando-lhe uma de suas imagens de plástico.

— Não foi pra isso que eu o chamei aqui, Antônio. Tenho um serviço muito melhor pra você!

— É pra fazer o quê? — perguntou Antônio, curioso.

— Me ofender bem e muito, de tudo que for pior!

— Isso eu faço por quatro! Posso começar? — atalhou Chicó, ainda chateado com a situação.

— Você não serve, Chicó! A ofensa tem que ser séria, de gente de qualidade. Ofensa de ninguém é nada.

— E ofensa dá dinheiro? — perguntou Antônio.

— Se for de um Bispo, quem sabe? — disse João Grilo, fazendo suspense para os dois.

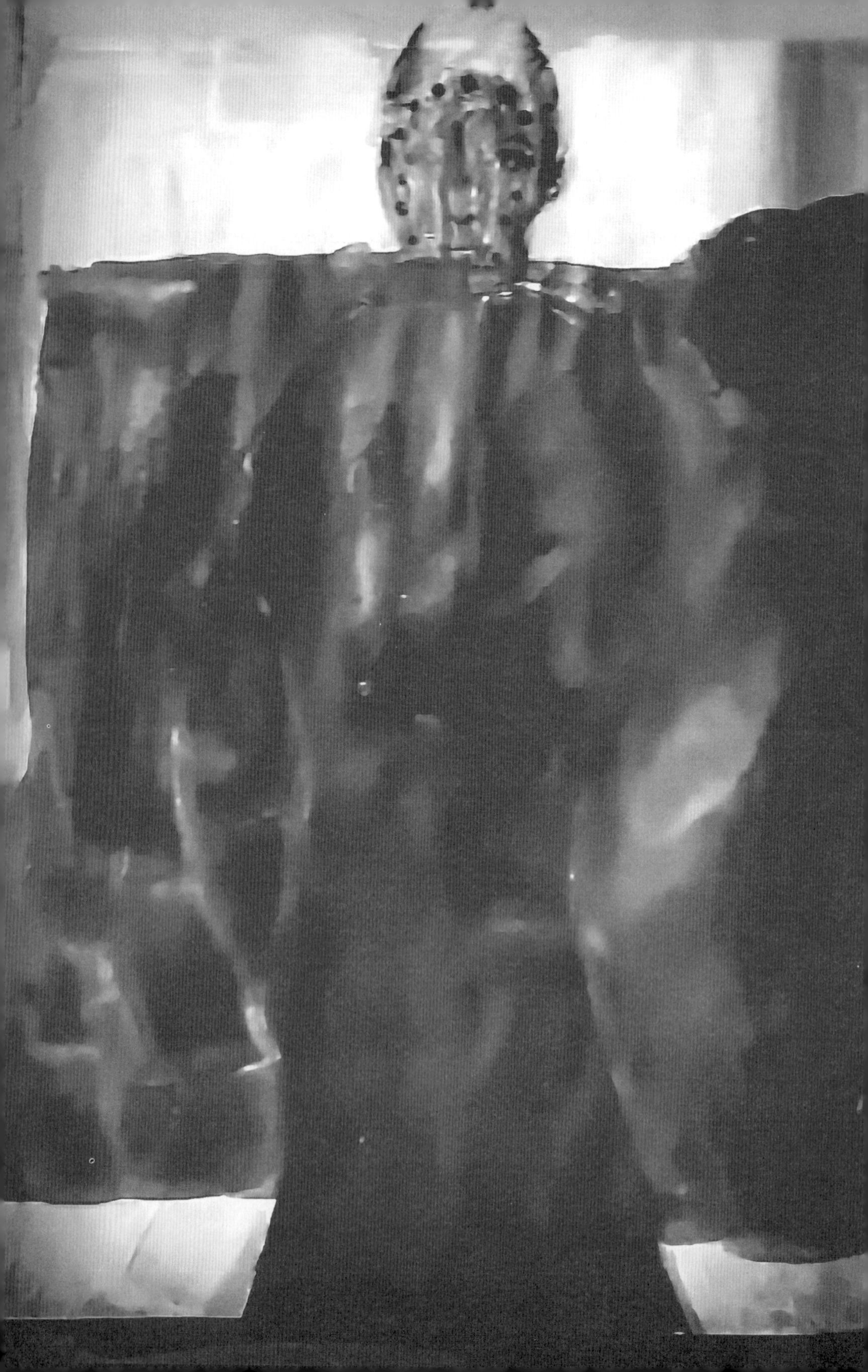

Capítulo 23

Na tarde do dia seguinte, na casa da fazenda do Coronel Ernani, Antônio, disfarçado de Bispo, em reunião com o dono da casa e o dono da "Loja Magazin", colocava em ação o plano minuciosamente elaborado por João Grilo. Introduzindo a conversa, explicou o que o levara a deixar as suas atividades eclesiásticas, na capital, para vir, na maior das urgências, a Taperoá.

Chegaram-lhe aos ouvidos, nos últimos dias, notícias alarmantes a respeito de uma seita, uma terrível heresia, liderada por um embusteiro que se dizia "ressuscitado de Nossa Senhora" e que estava desviando o povo de Taperoá "da verdade e dos caminhos do Senhor". Sim, porque Ressuscitado, para a Igreja, "somente Jesus Cristo e Lázaro!". Na certa, aquele tal de João Grilo, longe de ser um "fanático", estaria lucrando muito com tudo isso. Ao chegar à cidade, soubera, perplexo, que o dito meliante, ainda por cima, era candidato a prefeito! O miserável conduzia as massas no caminho do fanatismo para, assim, tomar o poder na cidade! O que seria de Taperoá? Resolvera, portanto, procurar os dois outros candidatos à prefeitura, que, por sinal, eram "as duas pessoas mais honradas e importantes do município", para que o ajudassem a dar um basta em tudo aquilo. Viera pessoalmente, pois pretendia ler um sermão ao povo de Taperoá, desmistificando aquela história e "colocando os pingos nos is". Quisera, além disso, ver de perto as condições da igreja de Taperoá, há muito necessitada de reformas. Era preciso uma intervenção urgente, para que o prédio recuperasse as condições mínimas de funcionamento. Só assim seria possível, enfim, nomear um novo pároco para a cidade, que disso, aliás, "estava bastante precisada". Para tanto, falando de forma clara e direta, precisaria também do apoio dos dois outros candidatos, pois, no momento, a diocese passava por terríveis problemas financeiros...

Após dizer tudo isso, o falso Bispo entregou aos dois candidatos cópias do sermão que havia preparado, para que ambos o lessem e ficassem cientes do seu teor.

— Trampolineiro! — disse Arlindo, tão logo acabou de ler. — Eu bem que desconfiei, desde o início!

— Velhaco! — completou o Coronel Ernani.

— Com este sermão, lido durante uma missa, no domingo, e pelo próprio Bispo, João Grilo está liquidado! — tornou Arlindo.

— Não faço mais do que a minha obrigação ao preservar o bom nome, o decoro, a honradez, a retidão, a integridade... Eu já falei o decoro? – disse Antônio.

— Falou sim, Sr. Bispo, mas não é demais repetir, para fixar! – disse Arlindo.

— Vai ser bom que só a gota acabar com a fama daquele amarelo! – endossou o Coronel Ernani.

Antônio ponderou:

— Por outro lado, a Igreja pode sofrer um grande prejuízo com isso. No momento, como já deixei claro, não temos dinheiro em caixa para custear as reformas de que a igreja de Taperoá tanto necessita; além disso, com a história do milagre desfeita...

— Nós entendemos, Sr. Bispo! Com o milagre desfeito, sem a vinda dos turistas, dos romeiros, das ofertas, a Igreja perde renda! – disse Arlindo, retirando um maço de notas do bolso e entregando-o a Antônio, que logo o embolsou.

— O mais importante não é o prejuízo material, e sim o espiritual – acrescentou Antônio. – Milhares de pecadores estão chegando a Taperoá e se convertendo à fé cristã por causa do falso milagre...

— Ainda bem que gente de fora não vota para prefeito... – deixou escapar Arlindo.

— Se o senhor não agir logo, Sr. Bispo, João Grilo vai terminar igual a Padre Cícero, com mais poder do que a Igreja. Tome aí! Pegue a minha parte para ajudá-lo a combater o bom combate! – disse Ernani, entregando também, de sua parte, um maço de notas.

— O Senhor seja louvado... – disse Antônio, embolsando rapidamente o dinheiro do Coronel.

Arlindo, que queria mostrar-se ao Bispo ainda mais rico do que o Coronel, entregou-lhe um outro maço de notas. Antônio imediatamente completou:

– E o senhor também!

No início da noite, na igreja, enquanto Antônio retirava os disfarces do personagem que tão bem representara, João Grilo contava o dinheiro que aquele lhe dera ao chegar, relativo à sua parte no golpe que haviam dado nos dois candidatos.

– Dois mil cruzeiros, Antônio? O combinado era meio a meio! Você não falou que arrecadou cinco mil? Dois agora é metade de cinco?

– Fazer o Bispo foi mais difícil! – justificou-se Antônio.

– Não sei por quê! Você já fez papel de mulher, de cílios e supercílios, e cobrou menos que isso! Bispo é simples, só batina e sandália! – protestou João Grilo.

– Mas o risco é duplo, cadeia e inferno!

– Está bem, é justo. Mas tem mais um detalhe: no sermão de domingo, diga que eu menti, mas não me chame de mentiroso.

– É o mesmo que trocar seis por meia dúzia.

– De jeito nenhum! – contestou João. – Mentir, um dia, todo mundo mente. Mentiroso mente sempre!

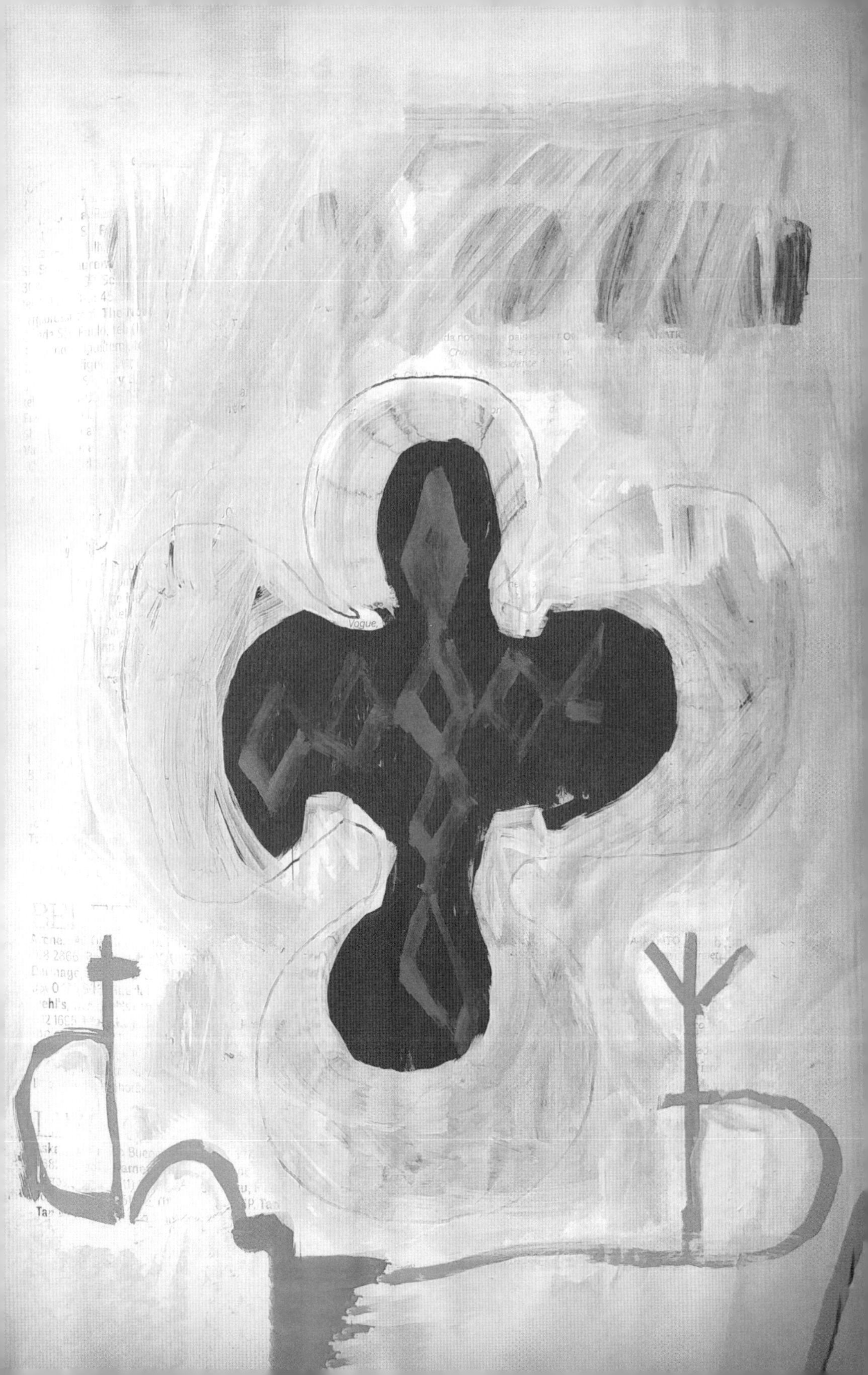

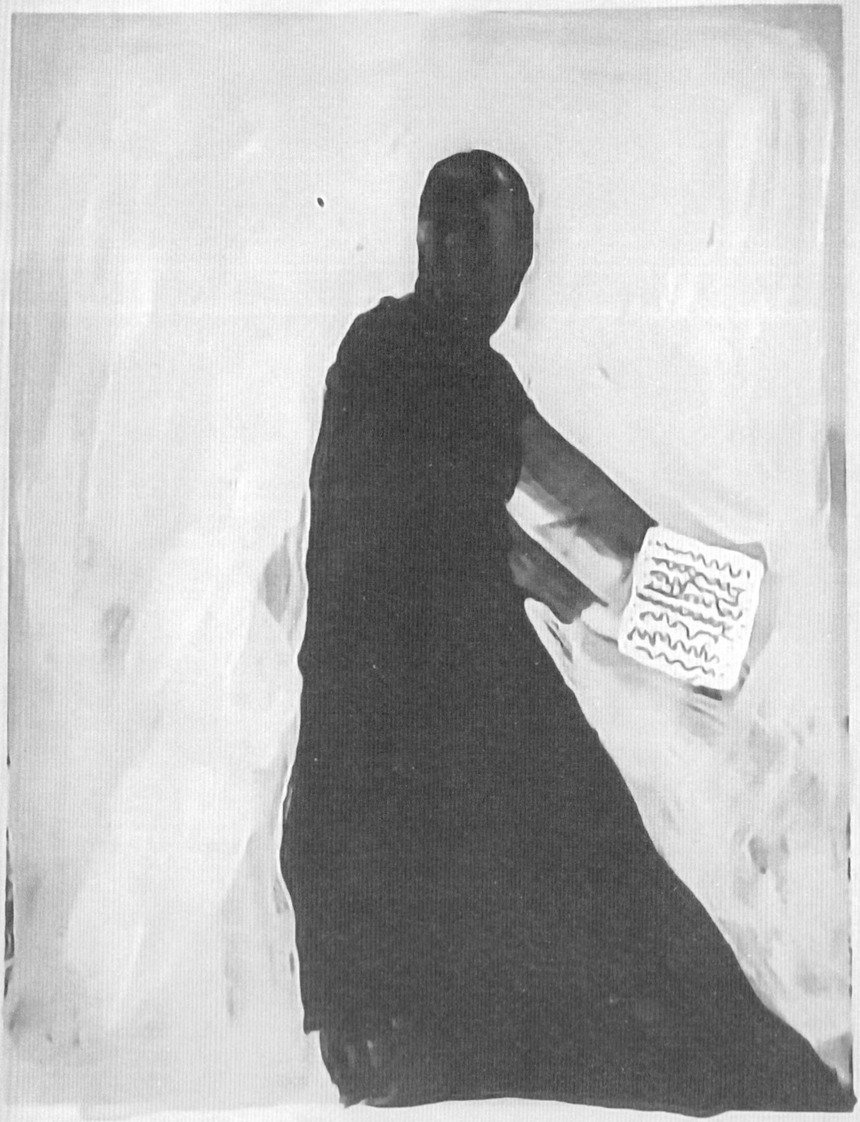

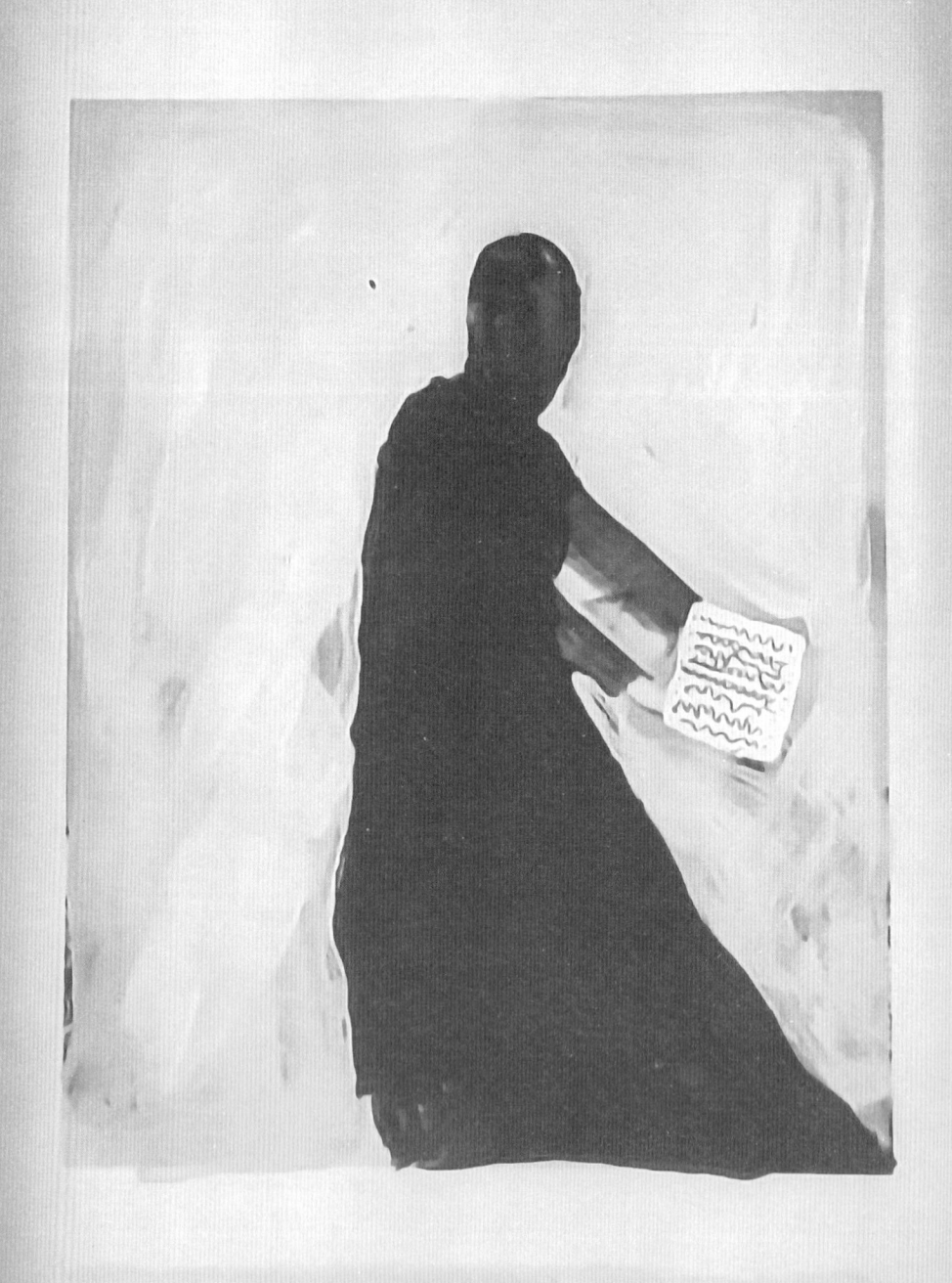

Capítulo 24

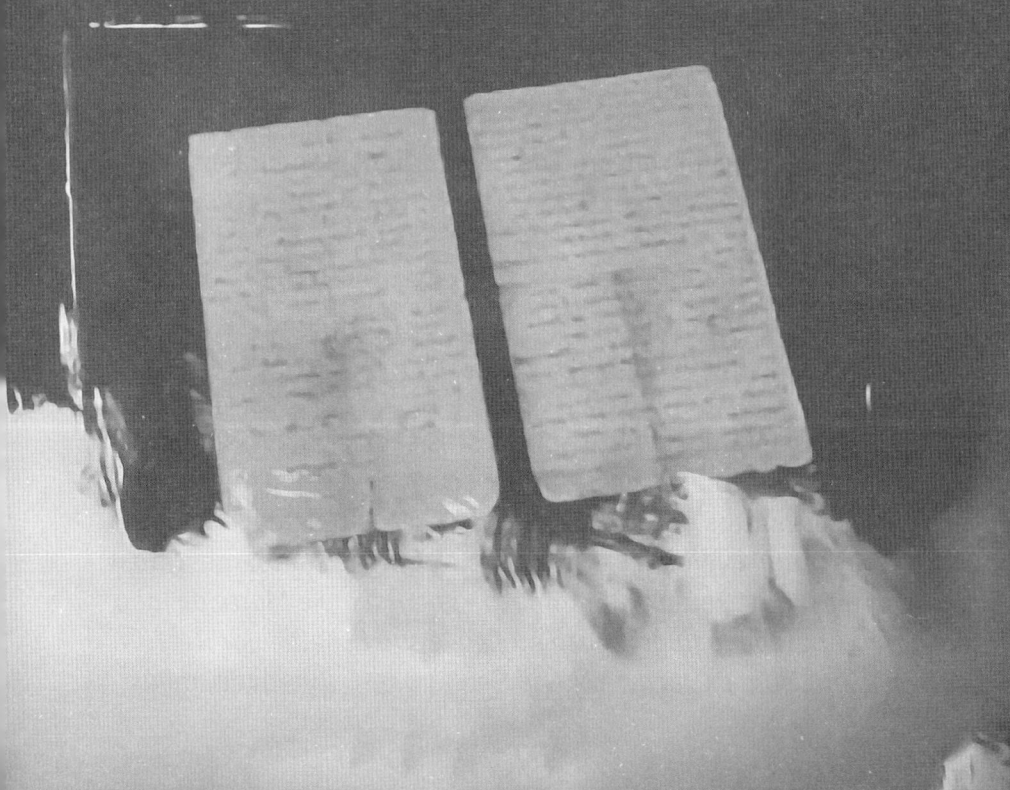

A igreja de Taperoá estava, de fato, necessitada de reformas emergenciais. Em vários pontos o reboco interno já havia descascado, de modo a deixar à mostra os antigos tijolos da alvenaria. Parte do forro de gesso viera abaixo, e viam-se, por ali, as linhas de madeira que sustentavam o telhado, os caibros e as ripas, além dos vários furos ocasionados pela falta de telhas, por onde penetrava a luz natural e penetraria a chuva, se chuva houvesse. Isso para não falar dos bancos e janelas quebradas e da toalha rasgada que forrava o altar. Mesmo assim, fora aberta para a missa daquele domingo e encontrava-se lotada de fiéis, ora sentados, ora de pé, nos corredores formados pela disposição dos bancos, e dali se espraiando para fora, pelo adro, até o entorno da escultura de Nossa Senhora com João Grilo a seus pés. Não era para menos: a missa fora ostensivamente anunciada ao longo da semana, tanto pela rádio de Seu Arlindo quanto por um carro de som contratado pelo Coronel Ernani. Além do mais, há muito que os fiéis não assistiam a uma celebração, nem mesmo de padre, quanto mais de Bispo!

Antônio, novamente disfarçado de Bispo, teve certo receio ao ver aquela multidão de gente ali reunida. Joaquim Brejeiro encontrava-se na primeira fila, ao lado do Coronel Ernani e de Seu Arlindo. Posicionando-se para começar a falar, Antônio acabou se desconcentrando um pouco, tratando a estola como uma echarpe, enrolando-a em volta do pescoço. Alguns fiéis até estranharam, mas dali em diante ele não titubeou em cumprir com eficiência o seu papel. Pegou a Bíblia que estava no altar, abriu-a e começou:

– Queridos irmãos! Vamos começar ouvindo algumas palavras da Bíblia!

Após ler alguns trechos, encarou os fiéis com mais segurança, repôs a Bíblia sobre o altar e disse:

– Amém!

– Amém! – responderam os fiéis.

– Meus irmãos! Vamos refletir sobre estas sábias palavras! Sobre a necessidade de recolocar as coisas em seus devidos lugares, os pingos nos is, os pontos nos jotas e as cedilhas nos cês-cedilhas! Hoje nós vamos repor a verdade! – falou já em tom mais alto, mostrando ao público um exemplar do folheto *Vida, Paixão e Morte de João Grilo, seu Apoteótico Julgamento no Céu, e sua Espetacular Ressurreição por Obra e Graça de Nossa Senhora*. – E a verdade, meus irmãos, é que isto aqui – e agora já falava em altos brados – é uma grande mentira!

E só então deu início à leitura do sermão que havia preparado. A cada frase que dizia, aumentava o burburinho na plateia. A reação de Joaquim Brejeiro era um termômetro da reação geral. Olhos aboticados, vermelhidão no olhar, músculos retesados, punhos cerrados.

E o Bispo continuava, agora jogando, com fúria, o folheto no chão:

– Vocês acham que Nossa Senhora não tem mais o que fazer? Ia deixar a Europa pra fazer milagre em Taperoá? Isso tudo é uma ficção fraudulenta, um sacrilégio pecaminoso! Isso é fruto do casamento do fanatismo com a ignorância! Mas nós vamos esmagar a Hidra da superstição, para que jamais renasçam as suas cabeças malditas!

Ninguém nascido e criado em Taperoá jamais havia visto uma revolta popular como a que se desencadeou então. Joaquim Brejeiro liderava o grupo mais exaltado. Aos gritos, às lágrimas, pedindo perdão aos céus, orando, cantando, vociferando, o povo não só queimou pilhas e pilhas do folheto amaldiçoado, como partiu para a depredação da imagem de João Grilo ajoelhado aos pés de Nossa Senhora. A igreja agora estava vazia, e o povo todo lá fora, arrancando a cabeça da imagem de João Grilo e fazendo-a rolar de praça abaixo.

Quando percebeu que não havia mais ninguém na igreja, Antônio, assustado com a reação do povo, correu a fechar a porta. Logo, atrás dele, apareceram João Grilo e Chicó, que estavam escondidos na sacristia.

– A escultura da Santa ficou até mais bonita! – disse João, olhando a rua por uma janela e também assustado com o resultado do seu plano.

– Oi, ainda não deram o pira da cidade? – perguntou Antônio aos dois amigos, enquanto tirava o seu disfarce.

— A gente vai ficar escondido aqui mesmo — respondeu João Grilo.

— João, como é que eu faço para parar de tremer? — conseguiu perguntar, a custo, Chicó.

— Se o povo descobre a lorota, vai ser um sururu dos seiscentos diabos! — disse Antônio.

João Grilo procurou tranquilizá-los:

— Ninguém vai achar que a gente se escondeu na casa do Bispo que sentou o pau na gente!

Na manhã seguinte, aproximando-se em marcha lenta de Taperoá, Rosinha escutou a voz de Arlindo no rádio do seu caminhão:

Ontem o vento da revolta varreu Taperoá. O povo descobriu que a ressurreição de João Grilo era uma farsa inventada por ele para ganhar a eleição de prefeito e expressou sua fúria pelas ruas da cidade.

Espantada, ela logo se dirigiu à igreja, dando de cara com a estátua de Nossa Senhora, agora já inteiramente livre da imagem de João Grilo a seus pés. Quando bateu na porta da sacristia que dava para o oitão, os seus três ocupantes acordaram sobressaltados. Antônio rapidamente se disfarçou de Bispo para abrir a porta:

— Eminência! — disse Rosinha, surpresa com a presença da autoridade religiosa naquela igreja tão derruída.

— Antônio do Amor, às suas ordens!

— Antônio do Amor?

— Do Amor Divino! Antônio do Amor Divino...

Chicó apareceu:

— Deixe de fuleragem com a minha esposa, homem!

— Perdão, minha senhora!

— E respeite sua batina! – completou Rosinha.

— Essa, não precisa... – disse Antônio

Rosinha olhou para Chicó sem entender.

— A batina é outro tipo de safadeza – explicou Chicó.

Rosinha, aos poucos, foi se inteirando de tudo, ouvindo a narração de Chicó, aqui e ali interrompida pelos acréscimos e explicações adicionais de João Grilo e Antônio do Amor. Quando os três terminaram de falar, ela procurou chamá-los à razão:

— Essa história de vocês não vai durar muito tempo. E esse esconderijo, já, já, vai ser descoberto!

— É só mais uma semana, Dona Rosinha, até passar a eleição! Até lá o povo precisa ficar com raiva de mim, para ninguém votar no meu nome – justificou-se João Grilo.

— Assim você só resolve o seu problema com os políticos. Depois da eleição, o povo vai continuar com raiva dos dois, por causa do sermão do Bispo!

— É mesmo, João. Ainda bem que Dona Rosinha pensou nisso – disse Chicó.

– Perder a eleição é só a metade do plano. O povo vai ficar de bem com a gente quando eu der a segunda volta do parafuso... – falou João Grilo. E prosseguiu, depois de deixar todo mundo num certo suspense: – Lembram daquela vez que eu botei uma bexiga cheia de sangue por dentro da camisa de Chicó e lhe dei uma facada?

– Você não vai puxar essa história antiga de novo, não é, João? – reclamou Chicó.

– Ora, Chicó, mas não acabou dando certo?!

– É verdade, mas depois do uso da bexiga para enganar os cangaceiros, Seu Joaquim terminou matando você à bala, e por pouco eu não fui junto!

– Mas primeiro eles acreditaram que você morreu e depois ressuscitou! Agora a gente vai fazer a mesma cena, na frente de todo mundo!

– Eu vou ter que morrer de novo? – desesperou-se Chicó.

– Você vai é me matar! Repare que cena bonita vai ser: eu chego na praça e chamo a atenção do povo. Aí começa o rebuliço de gente. Então você chega, vindo do outro lado da praça, disfarçado de cabra valente, gritando o meu nome e me ameaçando: "João Grilo, cabra safado! Seja homem, já que sua mãe não foi! Se prepare que eu vou matá-lo de morte bem matadinha! E se algum amarelo xeleléu vier de melodia pro meu lado, que venha! Dou-lhe uma lapada no toitiço que até os netos vão nascer zarolhos!" Nisso, eu caio de joelhos e começo a rezar. Você continua arrotando valentia: "Eu capo, eu sangro, eu degolo! Comigo valente fala fino!" Você então pega o revólver carregado com bala de festim, aponta para meu peito e estoura a bexiga. Aí eu caio no chão, mortinho da silva! Logo depois, eu ressuscito na frente de todo mundo, e todo mundo vai acreditar no milagre da ressurreição de novo e ficar de bem com a gente.

— Eu lá vou usar Nossa Senhora para enganar o povo!

— Você não acredita que eu ressuscitei?

— Da outra vez você ressuscitou, João!

— Mas o povo deixou de acreditar, porque o Bispo está recebendo dinheiro para desacreditar o milagre em que você acredita, Chicó! Vai ser uma mentira a serviço da verdade!

Rosinha então voltou-se para João Grilo, repreendendo-o:

— Você já recebeu a graça de Nossa Senhora uma vez, pare de ficar botando em risco a sua vida e a de seu amigo!

— Dona Rosinha tem razão, Chicó! — concordou João Grilo. — Vá embora com ela. Eu vou fazer o povo acreditar de novo na sua história e voltar a ter fé em Nossa Senhora.

— Eu não posso abandonar um amigo em risco de vida, meu bem! — disse Chicó para Rosinha.

— "Risco" de vida? — disse Rosinha. — Certeza de morte! Dos dois! E não vai ser dessas mortezinhas bestas, pei-buf, não. Vai ser bem devagarinho.

À medida que escutava Rosinha, Chicó foi ficando cada vez mais assustado. Ela continuou:

— Primeiro eles vão socar uns pedacinhos de pau na orelha de vocês e rodar lá dentro. Depois vão enfiar uma faca de aço penetrante até rasgar o pano do fígado, que é para o sangue inundar as tripas. E no fim vão meter seis balas no infarto do miocárdio de cada um!

– E eu vou viver como, sabendo que não estava com meu amigo quando ele estava em perigo? – gritou Chicó, já inteiramente tomado de pavor.

– O que você pode fazer por ele é morrer, só! E me deixar viúva!

– A senhora sabe o quanto eu a amo, Dona Rosinha! Mas a culpa de João Grilo estar nessa enrascada é minha, fui eu que comecei essa história, fazendo a fama dele com meus versos.

– Então adeus, Chicó! Eu não vou ficar aqui para ver você morrer sem poder fazer nada!

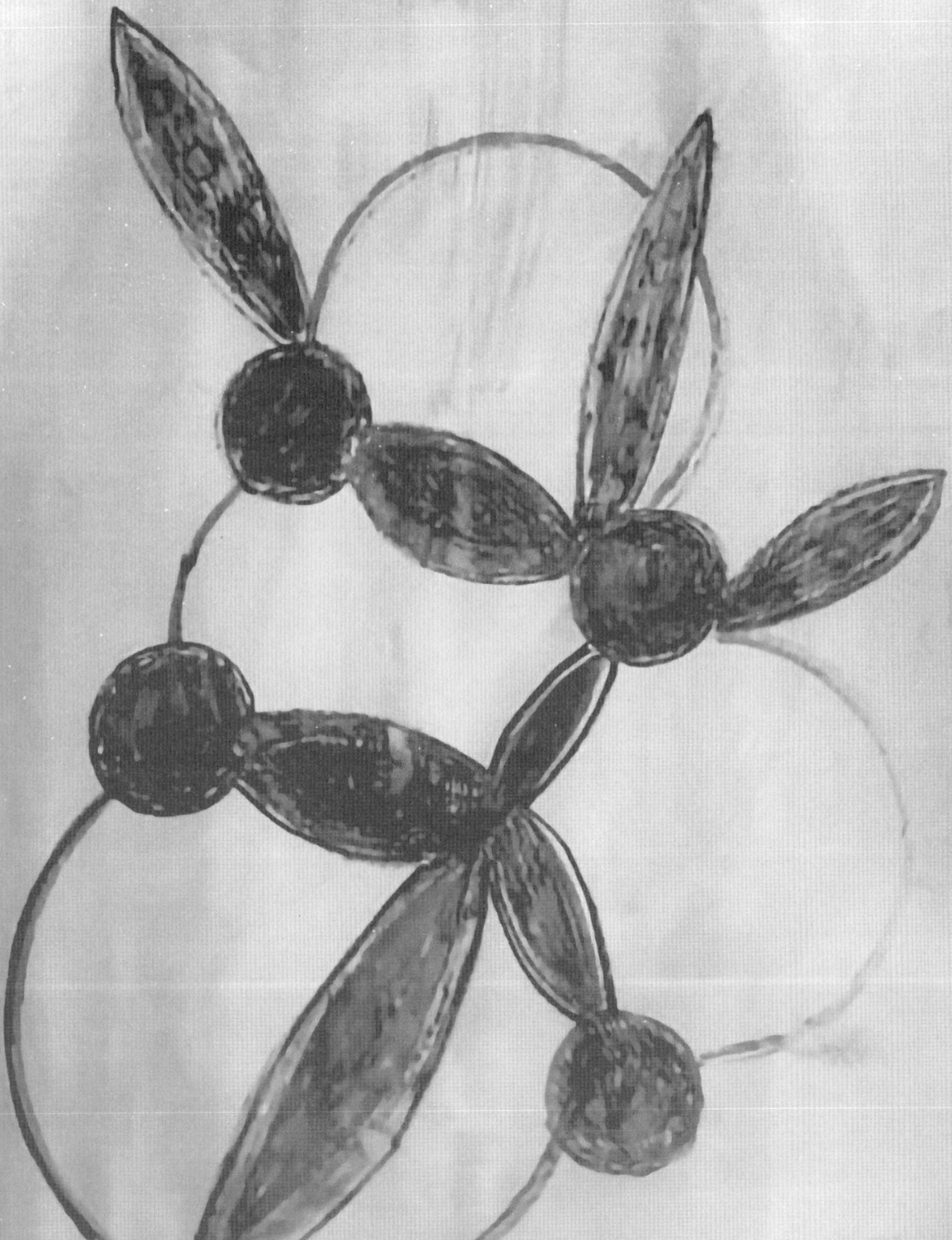

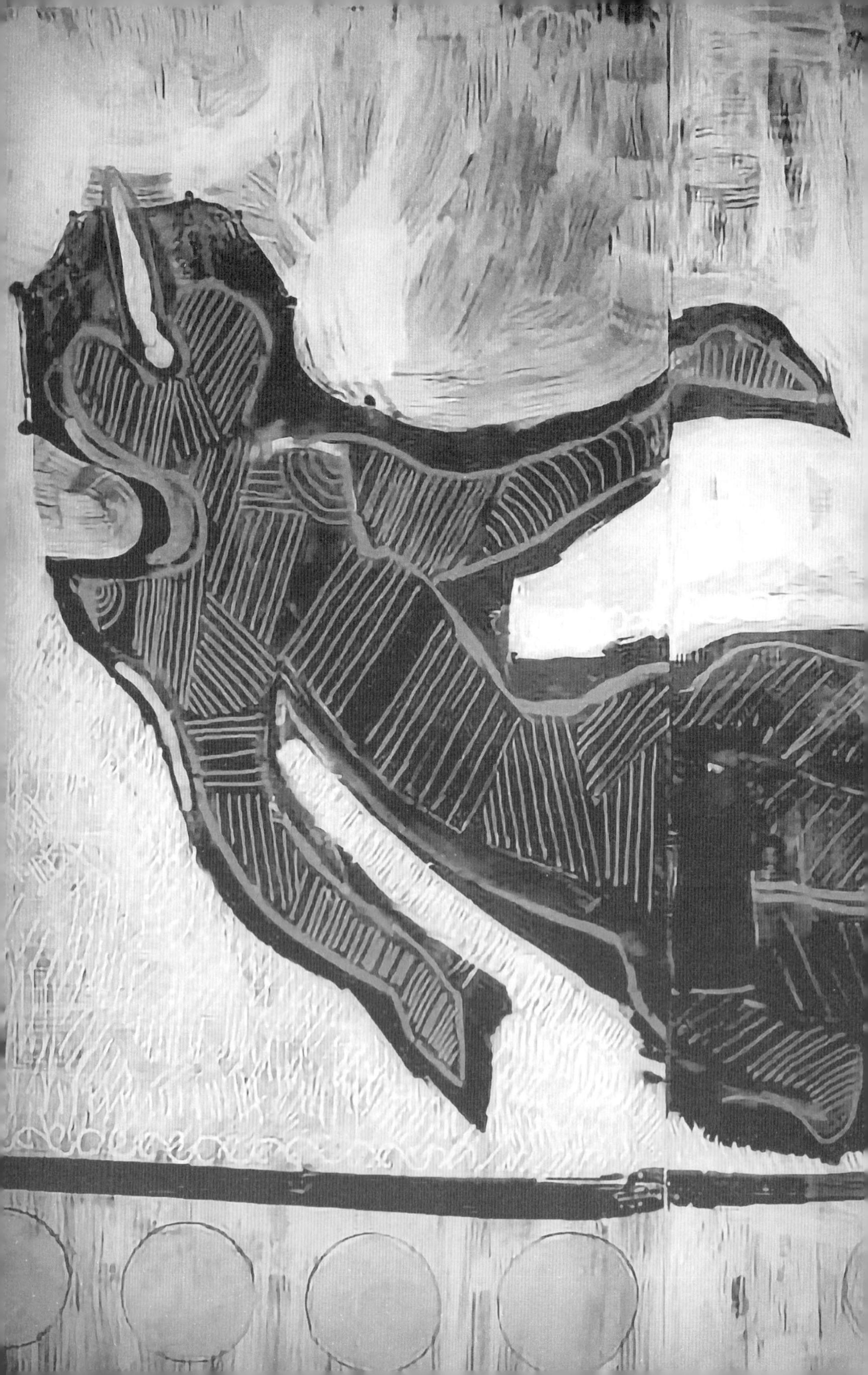

Capítulo 25

Com o único candidato a prefeito de origem realmente popular praticamente fora do páreo, não tardaria para que os dois homens mais poderosos de Taperoá arranjassem uma maneira de se unirem em torno do poder. E não foi outra senão Clarabela, a filha do Coronel Ernani, quem serviu de pivô para que essa união acontecesse. No exato instante em que Rosinha deixava a cidade, Clarabela adentrava a rádio de Seu Arlindo:

– Dona Clarabela! Mas que surpresa!

– Bom dia, Seu Arlindo! Eu quero trabalhar de atriz em sua rádio.

– Você vai brigar com seu pai? Seu pai e eu somos adversários inconciliáveis.

– Uma coisa é a briga política de vocês dois; outra, a minha irrefreável vocação artística!

– Qual personagem você sabe fazer? A ingênua, a cômica, a mulher fatal?

– Todas! Faço desde a mulher devassa e destruidora de lares até a mocinha pobre e indefesa que foi abandonada e viu-se obrigada a vender seu corpo para alimentar seus filhos!

– Então está contratada. Eu estava justamente à procura de uma atriz para fazer uma novela de rádio. Venha, vou lhe mostrar o texto. Vamos fazer um pequeno ensaio.

Minutos depois, Arlindo e Clarabela já ensaiavam, com *scripts* na mão, uma cena da novela que em breve estrearia na rádio, como a mais nova atração para o povo de Taperoá:

– "Dê-me uma chance, Carmem Sílvia. Lúcio Mauro não merece o seu amor!"

– "Eu não quero magoá-lo mais uma vez, Fabrício Humberto"... Que estrago mais danado, dois nomes para cada pessoa! – reclamou Clarabela.

– Comprei essa novela de uma rádio do sul, fez o maior sucesso por lá!

– Mas o povo daqui vai é achar graça desse jeito de falar. Vamos fazer uma novela autêntica, da nossa terra, com nosso sotaque!

Alterando uma palavra aqui, cortando outra ali, adaptando acolá, o texto da novela foi sendo transformado pelo talento literário de Clarabela. No segundo ensaio que fizeram, o tom já era outro:

– "Ai, meu chamego, minha dor, meu feitiço!"

– "O que o senhor quer, se enxerindo pro meu lado?"

– "Meu estilo é agarrado, meu agarro é no aperto, meu aperto é apressado!"

– "Fale de longe, viu? Deixe de cochicho no meu pé do ouvido!"

– "Eu não consigo me afastar, você tem um visgo danado!"

– "Se meu marido o pega, vai ser um cu de boi dos seiscentos diabos!"

– "E eu lá tenho medo de corno?"

– "Ai, Virgulino! Desse jeito você me desmantela toda! Como você é autêntico!"

Arlindo pôs-se a beijar a própria mão, fazendo barulho de beijo. De repente, Clarabela puxou-o para si e o beijou de verdade.

Na manhã do dia seguinte, era Seu Arlindo quem adentrava a casa do Coronel Ernani. O diálogo entre os dois foi rápido e objetivo:

– Eu vim lhe propor um acordo, Coronel.

– Eu só faço acordo pra ganhar.

– Trata-se de uma aliança, ganham os dois.

– Numa aliança a gente só ganha metade.

– Nessa, os dois ganham integral.

– Isso não é aliança, é milagre.

– O senhor me concede a mão de Clarabela, eu entro para a família, e passamos a ter os mesmos interesses.

– Já conheço seus planos em relação à minha filha. Quais são eles em relação à eleição?

– Eu retiro a minha candidatura agora e o senhor me apoia na próxima eleição para prefeito.

– Na próxima eleição eu o apoio para prefeito, me candidato a governador e o senhor faz minha propaganda na sua rádio.

– Na hora! O que eu quero mesmo é ver o senhor cuspindo de cima, Coronel.

– Vou mandar asfaltar a estrada de Taperoá até a capital do Estado, pra chegar no palácio sem sujar o pneu de meu carro.

– Nossa família ainda vai governar o Brasil, Coronel Ernani!

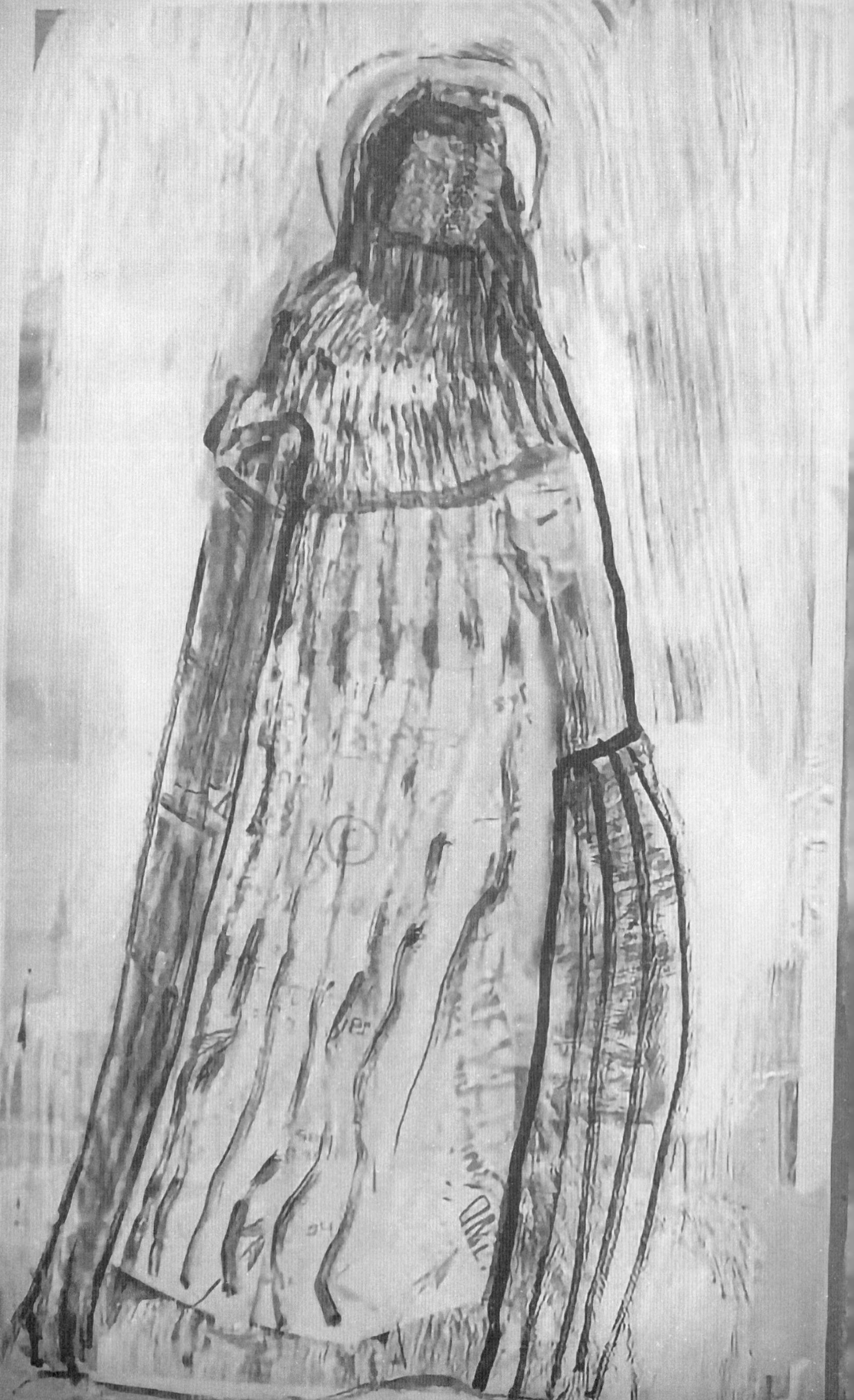

Capítulo 26

Para surpresa de João Grilo, Antônio saíra para a rua. Era preciso que o amigo voltasse para o Rio de Janeiro o quanto antes, para que ele pudesse colocar em prática, com Chicó, a segunda parte do seu plano, tão logo fosse anunciado o resultado das eleições. Assim que Antônio voltou para a igreja, João foi enfático:

— Antônio, está na hora de você arribar!

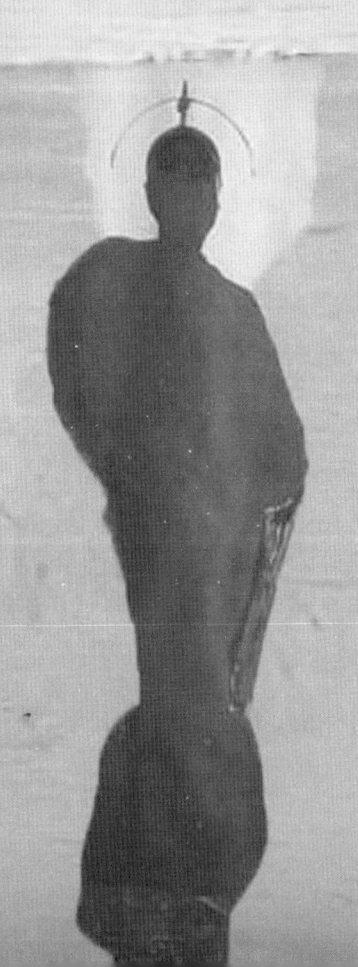

— Qual é a pressa?

— Você ainda pergunta? Podem descobrir seu disfarce e a gente se lasca!

— Não posso ir embora antes de vender os meus produtos. Paguei mais de dois mil cruzeiros por tudo, é muito dinheiro!

— Hoje está valendo zero! Pago cem, adeus, boa viagem!

Antônio pegou o dinheiro, desconfiado:

— E por que você quer comprar por cem uma coisa que vale nada?

— Para aproveitar as luzinhas.

— Só isso?

— Só isso.

Antônio fechou um olho, João Grilo piscou os dois.

— O povo usa no Natal... — explicou João.

— Bom... Neste caso... Se não nos virmos... Feliz Natal!

— Feliz Natal!

Os dois se abraçaram. Antônio secou uma lágrima.

— João... Sabe de uma coisa que vai ficar sempre junto do meu coração?

— Não sei. Diga — respondeu João, secando duas lágrimas.

— O meu pulmão!

Eles riram e se abraçaram novamente.

— Não acredito que você caiu nessa, é velha! — disse Antônio.

— É que eu sou novo! Boa viagem! — respondeu João, entregando a mala para Antônio e o conduzindo até a porta da igreja.

Antônio então partiu, mas ainda desconfiado.

Depois que Antônio se foi, Chicó, folheando um dos folhetos trazidos pelo malandro do Rio de Janeiro, ainda se mostrava inconformado com o plágio de que fora vítima:

— Nada paga a fama que me tiraram de ter verso impresso no papel!

— Ora, Chicó, faça outros versos! — disse João Grilo, tentando confortar o amigo.

— E o roubo dos meus?

— Por que você não muda seu nome artístico para Pintassilgo de Sirinhaém?

— Vou largar meu nome para homenagear um ladrão de versos? E vai terminar ele me acusando de ter roubado os versos dele!

— Então escreva outra história.

— Eu posso fazer a história nova que for, mas nunca vai ser melhor do que a *Vida, Paixão e Morte de João Grilo, o seu Apoteótico Julgamento no Céu, e sua Espetacular Ressurreição por Obra e Graça de Nossa Senhora*.

— Você contou a história de minha morte. Agora pode contar a de minha vida!

— Que graça tem isso?

— Você fala assim porque não sabe o que me aconteceu durante esse tempo todo que eu não estava aqui e estava em outro lugar.

— E vou saber como, se você não contou?

— Então escute!

— Pode começar!

— E dessa vez não fique inventando coisa.

— Se for pra ficar só repetindo o que você conta, não precisa de mim.

— Por causa da seca, fiquei sem comida, nem casa, nem nada. Foi aí que tive um sonho, em que eu chegava na capital do país montado num cavalo branco. Então decidi rumar pro Rio de Janeiro...

— Montado num cavalo branco? — perguntou Chicó, já pensando nos versos que poderia fazer.

— Não. Em riba de um pau de arara, mesmo. Dormi em banco de praça, Chicó, sendo acordado com lambida de cachorro na cara; e, sem emprego, comecei a me apresentar como faquir, olhando o povo comer algodão doce e rolete de cana...

À medida que João Grilo contava a sua história, Chicó ia elaborando os seus versos:

Seguiu rumo à capital
em busca do seu sustento,
querendo paz e alento,
o de comer, que é vital...

Primeiro achou foi mais fome
e dela fez profissão:
virou o grande faquir,
num parque de diversão.
Comeu, encheu o seu bucho,
perdendo o seu ganha-pão.

– Aquilo é lá serviço que preste?! – comentou João. – O cabra ter que passar fome pra poder comer! Depois arrumei emprego de coveiro...

E lá ia Chicó, na esteira do improviso:

João Grilo foi ser coveiro,
prestando ajuda pra morte.
Trabalho não lhe faltava,
mas não queria essa sorte:
viver da desgraça alheia
e dar carona pro corte...

– Prestava não! – tornou João Grilo. Eu ganhava por enterro e terminava torcendo pra morrer um cristão, que é pra eu ter o que comer.

– Então o seu sonho com a capital estava errado?

– Errado, não, mas demorado. Passou bem muito tempo até eu arranjar um emprego que prestasse. Mas deixe para fazer seus versos depois que ouvir tudo, Chicó, senão você me atrapalha. Vou contar tudo de uma vez, escute como foi.

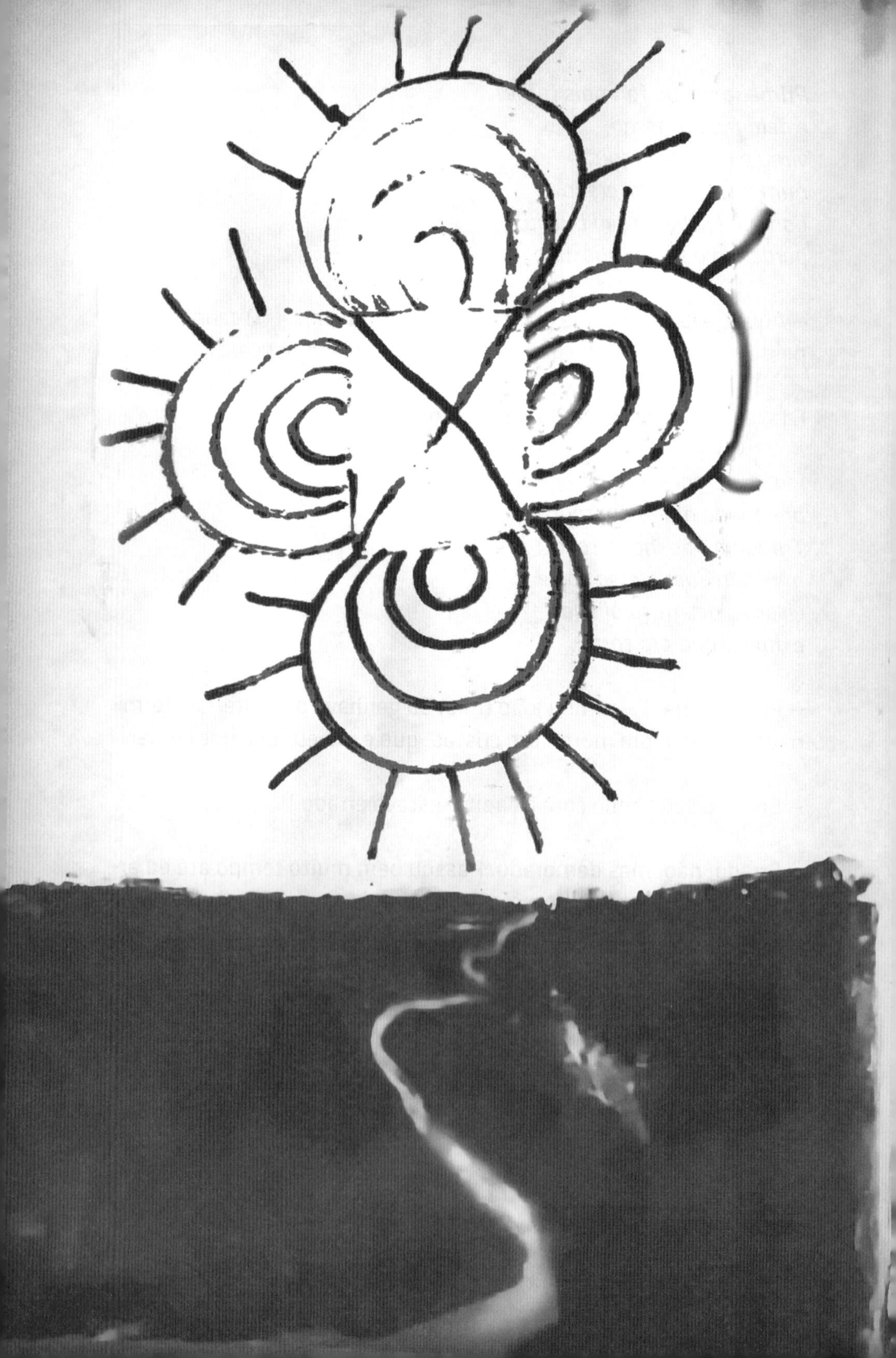

Capítulo 27

"Eu nunca havia visto tanta loja junta como ali, no centro do Rio de Janeiro, Chicó! Para onde eu me virava, dava de cara com uma loja. A cidade tem de tudo pra vender, mas tudo é muito caro. Devido à concorrência das lojas, o lojista tem que fazer muita propaganda para atrair o freguês, dizendo que seus produtos são mais baratos, quando na verdade não são. Foi aí que notei o desespero dos donos do 'Bazar do Omar', Seu Omar e Dona Iracema: eles botavam propaganda de tudo quanto era jeito!

Num painel bem grande, vi fotos de roupas com o anúncio 'Roupa barata é no Bazar do Omar'; logo em seguida, recebi de um menino um folheto, em que estava escrito: 'Presente barato é no Bazar do Omar'; pouco depois, passava um carro de som anunciando: 'Artigo barato para a casa é no Bazar do Omar'. O que eles gastavam com propaganda era uma coisa demais!

Tive então a ideia de me oferecer para trabalhar naquela loja:

– É como eu estava dizendo, Dona Iracema e Seu Osmar...

– Meu nome não é Osmar, é Omar!

– É como eu estava dizendo, Doutor Omar...

– Eu não sou formado, pode me chamar de 'Seu', mesmo.

– Pois então, Seu Omar Engole-Cobra...

– Engole-Cobra é a mãe! Não lhe dei licença de me chamar de Engole-Cobra, não! Só de Omar!

Dona Iracema veio logo explicar a raiva do marido:

– O povo botou esse apelido com inveja, porque quando ele era novo ganhou dinheiro vendendo pomada de banha de cobra pelo interior.

– Mas fiquei rico e montei essa loja, enquanto quem zomba de mim não tem onde cair morto! – completou o marido.

Fui logo dizendo o que eu achava daquele negócio, Chicó:

– É uma loja bonita que só a pleura, mas eu vejo um jeito de os senhores lucrarem mais...

– Que jeito? – perguntou o dono.

— Parando de gastar tanto dinheiro com propaganda.

— Nem me fale! Por mim não gastava um tostão em anúncio! Fale com ela! — disse Seu Omar, colocando a culpa na mulher e deixando-me sozinho com Dona Iracema.

Dona Iracema foi logo defendendo a sua estratégia de propaganda:

— Meu marketing tem um ROI médio de 3 para 1!

— *Roimédio*? Isso é remédio de rato?

— ROI, *Return Over Investment*, entendeu? Para cada cruzeiro que eu gasto em propaganda, ganho 3!

Eu só entendi a última frase do que ela falou, Chicó. E foi com o que eu entendi que eu me apeguei:

— Paga um e ganha três, então só ganha dois! Metade é do fornecedor, metade de dois é um, que você paga. Não sobrou nada.

Dona Iracema não entendeu a minha conta, e foi logo conferir tudo num pedaço de papel. Disse:

— Mas se eu não fizer propaganda, aí é que eu não vendo mesmo!

— Mas sua propaganda é muito cara, e aí a senhora tem que aumentar o preço do produto pra pagar os anúncios. O produto mais caro é mais difícil de vender, e precisa gastar mais dinheiro botando anúncio...

— Estou consolidando a minha marca!

— A senhora não precisa anunciar pela cidade inteira.

— Quanto mais eu anuncio, mais gente vem comprar!

— A maioria dos que veem a propaganda não vem! Ou porque mora longe, ou não tem dinheiro, ou não está procurando nada para comprar...

— Se com anúncio eu tenho prejuízo, e sem anúncio eu não vendo, você quer que eu faça o quê?

— O jeito é mudar o investimento! Comigo a senhora vai gastar muito menos dinheiro com anúncio, e mesmo assim vai vender mais. Pela metade do preço, vou fazer *marquetingue* dirigido, focado, localizado...

— Gostei! Como?"

"No dia seguinte, Chicó, eu já estava na frente da loja, diante de uma caixa de som, dançando com uma daquelas bonecas que se amarram pelos pés e que a gente vê muito nas feiras daqui. Enquanto dançava, eu ia cantando:

O mar, quando quebra na praia,
é bonito, é bonito,
é bonito, é o mar!
Omar, quando o povo compara,
é barato, é barato,
é barato, é Omar!

Tem nome que é nome de um monte de coisa,
tem coisa que é muito nome pra essa coisa só!
Mandioca, aipim, macaxeira,
pode chamar pelo nome que lhe parece melhor!
Mas se é um nome só pra muita coisa,
é bom ficar atento pra não se estrepar:
manga de camisa não dá em mangueira,
nem é terceira pessoa do verbo mangar!

*O mar, quando quebra na praia,
é bonito, é bonito,
é bonito, é o mar!
Omar, quando o povo compara,
é barato, é barato,
é barato, é Omar!*

Quando começou a juntar gente para ver a minha apresentação, eu peguei um microfone e comecei a anunciar:

— Venham ver, senhoras e senhores, as mil e uma maravilhas do Bazar do Omar! Passando, parando, pegando e examinando! Olha a caneta esferográfica, a caneta moderna que tem uma esfera na ponta! Não mancha, não borra, não falha o traço. É a 3 cruzeiros! A pessoa que comprar um carro ou um avião tem que pensar muito, mas isso aqui que eu vendo é uma amizade que eu arrumo.

Peguei depois um penico:

— Olha o capitão de sua casa! Vazio é a 10!

No dia seguinte, o meu comercial já havia dado resultado. Seu Omar me chamou para uma conversa. Quando entrei, ele foi logo me mostrando toda a loja:

— As vendas cresceram muito. Está contratado! Mas, além de cuidar da propaganda, você tem que acordar às quatro e meia da manhã pra repor o estoque da véspera e dar tempo de abrir a loja às seis.

— E quanto o senhor acha que eu posso ganhar?

— Pra começar, moradia. Você dorme aqui mesmo e aproveita pra vigiar a loja.

— E quanto o senhor paga a hora extra?

– Pagar pra quê? Você não vai ter nem tempo de gastar!

Quando vi no que estava me metendo, tratei logo de dar o fora:

– Então melhor é não trabalhar e ter tempo de sobra para não gastar nada. Com licença!

E isso foi só o começo, Chicó!"

༄

Quando João deu uma pausa na sua narração, Chicó comentou:

– Pobre muda de patrão, mas não muda a condição.

– O povo daqui vai para a capital do país achando que é a Terra Prometida, Chicó.

– E você, besta, acreditou também!

– Mas é porque o Rio de Janeiro já ficou antigo, a capital do futuro é Brasília!

– E você, besta, vai acreditar de novo!

– Brasília já está sendo construída, rapaz, e vai ser a cidade mais moderna do mundo, sem esquina nem sinal, os carros cruzando um por cima dos outros.

– E você, besta, resolveu ir pra lá!

– Resolvi. Mas com aquele salário do Seu Omar eu só ia comprar a passagem no dia de São Nunca. Decidi montar meu próprio negócio. Escute, ainda não terminei a história:

༄

"Foi então que eu comecei a trabalhar de camelô. Peguei um lote de óculos com um camelô já estabelecido dois quarteirões acima e fui anunciar o produto em frente à loja do Seu Omar:

– Olha o óculos japonês! Vem de avião por debaixo do chão. Custa dez vezes mais barato que o inglês que vende ali no Bazar!

Logo Seu Omar atravessou a rua e veio reclamar comigo:

– Você tem autorização para ficar aí?

– A rua é pública, seu Osmar! E eu estou trabalhando, e não roubando!

– Mas está atrapalhando a passagem, poluindo a paisagem, espantando a minha clientela!

– Espantando, não, atraindo. Agora nós somos concorrentes!

Seu Omar pegou um dos óculos do meu tabuleiro, colocou na cara, para experimentar, e foi logo me devolvendo:

– Concorrentes? Isso aqui é uma porcaria. O meu tem três anos de garantia!

Quando ele saiu, voltei a anunciar:

– Olha o óculos a 5! Óculos perde muito, e como vai achar depois, sem estar de óculos? É bom ser barato. Não vale a pena botar 50 cruzeiros num óculos inglês pra perder mês que vem!

Comecei a ganhar um dinheirinho, Chicó! Pouco, mas já dava para o de comer. Passei a almoçar todo dia, numa barraca de comida. E o bom de almoçar todo dia é que eu pedia o cardápio e podia experimentar tudo o que tinha, pela ordem alfabética. Cada dia comia uma coisa diferente, para conhecer tudo quanto era de comida. Foi nessa barraca que, lá um dia, eu conheci o nosso amigo Antônio do

Amor. Eu estava almoçando, quando ele se sentou num dos tamboretes vazios da minha mesa e ofereceu um copinho de cachaça:

– Aceita uma talagada de água que passarinho não bebe?

– Obrigado, eu prefiro um ponche de cajá.

Antônio derramou no chão um gole 'pro santo' e bebeu de uma vez:

– Quem não bebe não vê o mundo girar!

– Gosto de girar junto com o mundo, sem outro giro pra atrapalhar.

– Eu sou conhecido por 'Antônio do Amor'! – ele disse, estendendo a mão para me cumprimentar.

– E eu sou desconhecido por 'João Grilo'.

– Você dá duro ali, na frente do bazar daquele gringo, não é?

– E vice-versa.

– É esse 'vice-versa' que me interessa: a dona do bazar...

– Dona Iracema?

– Só podia ter um nome desse: 'Iracema, a virgem dos lábios de mel'. Eu fiquei doidinho na ginga dela, sabe como é.

– Eu mesmo não, quem está apaixonado é você!"

"No dia seguinte, Chicó, Antônio deu início aos trabalhos da sua nova conquista. O que vou lhe contar, agora, eu não vi com os meus olhos, não; só soube como aconteceu porque ele me contou. Ele entrou no Bazar e foi logo se insinuando para Dona Iracema:

— A senhora é a dona da loja?

— Sou sócia, com meu marido.

— Que pena...

— Pena que eu sou dona da loja?

— Que pena que é casada.

Dona Iracema logo se aproximou:

— E se eu não fosse?

— Se não fosse, eu ia lhe fazer um convite.

— Pois faça. Sou sócia majoritária, quem decide a minha vida sou eu.

— Nesse caso... Pensei em voltar mais tarde, quem sabe a gente pode sair para jantar...

— Não costumo sair à noite – disse Dona Iracema, agora se afastando.

— Que pena...

Dona Iracema se aproximou de novo:

— Mas o meu marido, sim, costuma, sai muito, todo dia, ali pelas seis... E volta tarde, nunca antes das onze...

— E vai aonde?

– Sabe que eu nunca perguntei? – rematou Dona Iracema, sorrindo e novamente se afastando."

"Quando Antônio saiu do Bazar, eu já estava a todo pique, do outro lado da calçada, dando duro para vender os meus óculos:

– Óculos japonês a 5 cruzeiros! Bote os óculos, se olhe no espelho e veja como ficou bonito!

Antônio chegou na banca, botou um óculos e ficou de costas para a loja de Seu Omar, olhando, pelo espelho que eu disponibilizava para os fregueses, Dona Iracema lá dentro. Ela notou e ficou correspondendo ao olhar dele. Antônio, então, separou o óculos que estava experimentando e pegou outro. Um reflexo do espelho chamou a atenção de Seu Omar, que desconfiou, enquanto eu continuava a minha falação:

– Esse óculos serve pra ver e pra se mostrar pros outros! Por isso que ele vem nessas cores bem vistosas. Não é igual aos outros óculos, que só tem cor de óculos, mesmo!

Com mais de meia hora experimentando os óculos e separando-os de um lado do meu tabuleiro, Antônio pegou o último que ainda não havia colocado na cara. Percebi, então, que Seu Omar vinha atravessando a rua pra falar com ele:

– Por que é que você está há mais de uma hora aí, parado, de frente pra minha loja?

– O *Mister* vai me desculpar, mas faz apenas cinquenta minutos que eu cheguei, e não estou de frente, e sim de costas para sua loja – disse Antônio, com a cara mais lavada que já vi em toda a minha vida.

– Fazendo o quê?! – insistiu Seu Omar.

— Escolhendo óculos.

— Você pensa que me enrola, seu pilantra? Você já olhou todos, e não escolheu nenhum!

— É que eu escolhi...todos!

Seu Omar olhou pra ele e depois pra mim, surpreso. Antônio fingiu empolgação:

— Isso é produto de primeira! Nem no Japão eu encontrei óculos mais japonês do que esses.

Percebi, então, que algumas pessoas que já haviam se afastado começaram a voltar, para ver melhor os meus óculos. Não perdi tempo. Falei para Antônio, como se ele fosse um estranho qualquer, e de modo a que todos pudessem escutar:

— O senhor vai me desculpar, mas eu só posso lhe vender a metade, porque tenho que atender a minha freguesia!

— Eu pago o dobro!

— Não posso. Amanhã eu trago mais.

— Só liso ou trouxa pra não dar 5 cruzeiros num óculos desses! Não paga nem o dinheiro de você estar falando.

Embalei metade dos óculos e entreguei o embrulho para Antônio. Ele pegou um, botou no rosto, olhou-se no espelho novamente e aproveitou a ocasião para dar uma última olhada em Dona Iracema antes de sair. Seu Omar voltou a ficar desconfiado. Disse Antônio, afastando-se de uma vez:

— Eu vou abafar a banca! Quero ver quem vai resistir a minha bossa.

Muita gente se apressou a comprar. E eu continuei, mais empolgado do que nunca:

— Um é 5, dois é 8! Leve dois, pra ir variando a cor! Esse preço que eu cobro faz até vergonha! Mas, graças a Deus, nunca faltou um milhão no meu bolso, porque também nunca entrou!

Foi assim, Chicó, que tive a ideia de convidar Antônio para ser o meu 'tapia'. Algumas horas depois, quando nos encontramos de novo, durante o almoço, ele me devolveu o pacote de óculos que fingira ter comprado. Eu apontei para o óculos que ele estava usando e disse:

— Só faltou esse aí.

— Ah, desculpe, esqueci de devolver! — disse Antônio, fazendo menção de tirar o óculos do rosto.

— Fique de comissão.

— Bacanaço! Pena que é só um. Se fossem dois, eu podia me ver de óculos no espelho de um outro.

— Vamos botar sociedade e você ganha um por dia.

— Estou teso pra chuchu, duro como um poste!

— Você entra com trabalho...

— Pegar no pesado é contra meus princípios.

— É só você fazer a mesma coisa de hoje. Chega disfarçado, elogia meu produto e pede pra comprar tudo.

— Isso não é trabalho, é trapaça. É minha especialidade."

"O negócio prosperou tanto que eu comecei a diversificar os produtos do meu tabuleiro, Chicó. Além de óculos, já vendia até sutiã:

— Olhe aí, meu povo! Sutiã e bustiã! Esse tecido é americano, escreve '*nylon*', mas se fala é 'nailon'! Seca em cinco minutos e não precisa passar a ferro, que americano não gosta de perder tempo, porque pra ele tempo é dinheiro!

Enquanto eu anunciava, Antônio ia chegando, caracterizado como uma mulher meio sem graça, de óculos e cabelo preso. Parava em frente ao tabuleiro e ficava olhando. Era a deixa para a encenação:

— Vai levar, minha senhora?

— Não, obrigada!

— A senhora está é com medo de sua própria beleza, porque, não lhe faltando com o devido respeito, a senhora é muito bem apessoada...

— Obrigada! – dizia Antônio, fingindo-se de mulher tímida.

— Não tem de quê. A senhora é uma freipa de mulher escorropichada!

— Obrigada!

— Não tem de quê. Mas se a senhora provar esse sutiã encarnado, a senhora vai ter do que me agradecer de verdade, porque sua vida vai mudar!

— Não quero não, obrigada!

— Eu não me conformo de a senhora ser tão complexada, e vou lhe fazer um desafio. Eu estou aqui pra ganhar o pão de cinco filhos que tenho pra criar, mas recolho tudo agora e volto pra casa se a senhora não provar essa peça!

– Não faça isso, pense nos seus filhinhos, pelo amor de Deus!

Eu começava a recolher os meus produtos, como se estivesse mesmo decidido a ir-me embora:

– Pois é pelo amor de Deus que eu faço isso, porque eu só quero sua felicidade!

– Está certo, moço, mas se eu não gostar eu devolvo...

Antônio então entrava atrás de um biombo de pano, armado ao lado de minha barraca a modo de provador. Eu continuava a farsa:

– Se a senhora não gostar, eu até lhe pago pelo tempo perdido!

Quando saía do provador, Antônio já fazia outro papel. Era, agora, uma mulher sedutora e segura. Os homens e as mulheres da plateia não tiravam os olhos dele. Ele então dizia, dando uma voltinha:

– Quando eu vesti o sutiã foi me dando uma coisa, e eu resolvi reformar totalmente a fachada: mexer no cabelo, baixar o decote, subir a saia. Vocês acham que ficou exagerado? – perguntava, dirigindo-se para o público.

Com o povo já hipnotizado, eu voltava a anunciar:

– Leva, leva, antes que acabe!

O povo disputava as peças, enquanto eu continuava:

– Aqui é 50, no Bazar é 100 e lá vai pedrada! Isso aqui tá barato desse jeito porque meu pai é vigia de uma loja, ele 'trabalha' de noite e eu vendo de dia!"

"Um dia, depois de nova encenação, Antônio, travestido, atravessou a rua e entrou na loja de Seu Omar. Foi ele mesmo que, depois, me contou tintim por tintim o que se passou lá dentro. Ele começou a fingir que escolhia uma peça feminina. Dona Iracema, porém, o reconheceu e se aproximou:

— Posso ajudá-la, minha senhora?

— Senhora, não, senhorita...

— Porque quer, pretendente não deve faltar.

— Ainda estou em fase de testes, para escolher o melhor.

— A senhorita vai abafar com esta *lingerie*...

— Acha mesmo?

— É a mesma que eu uso...

— A senhora só está querendo me vender.

— Eu juro. Venha experimentar a sua, que eu aproveito e lhe mostro a minha...

Seu Omar teve uma vaga suspeita do que poderia estar acontecendo ali, mas não pôde ingressar nos provadores femininos para ver."

"Naquela mesma noite, Chicó, depois que eu acertei com Antônio a parte dele no apurado do dia, contei-lhe a minha decisão de ir para Brasília:

— Com o ganho de hoje inteirei minha passagem, Antônio!

— Você não está batendo bem da cachola. Uma terra que só tem homem!

— Brasília é o paraíso do camelô. Todo mundo ganhando salário e sem ter o que comprar.

— Mas antes de você viajar, vamos dar uma última marretada."

※

"E assim foi. No dia seguinte, logo cedo, eu já estava vendendo bijuteria como se fosse joia de verdade, no mesmo ponto da calçada, em frente à loja de Seu Omar:

— Esta aliança que estou mostrando aos senhores vem da melhor joalheria de São Paulo! Vocês sabem que São Paulo é uma fonte produtora. Pode sacudir no chão que ela pula, que ela tine, que ela não arranha!

Enquanto eu anunciava o produto aos fregueses que já estavam parando diante do tabuleiro, Antônio se aproximou, dessa vez disfarçado de policial. Fingi que não o vi e continuei:

— É só 150, cidadão! Podem se aproximar, senhoras e senhores. É pra presente de namoro, de noivado, de casamento. E caso tenha se separado, comece tudo de novo!

Aí eu peguei a aliança com um alicate e a mergulhei num líquido, fingindo que estava fazendo um teste de autenticidade do metal:

— O cartão de garantia é meter a peça dentro da água-forte. Isso é uma propaganda honesta, uma propaganda ao vivo!

Foi a deixa para Antônio assumir a sua parte na encenação:

— Você fala muito bonito, mas eu quero saber é do certificado de autenticidade desse ouro!

— Sim senhor, autoridade! Aqui está.

— O senhor é novo por aqui?

— O senhor é que é novo por aqui! Eu trabalho há muitos anos nessa praça!

Assim que terminou de examinar os papéis que lhe apresentei, Antônio falou em alto e bom som, para ser ouvido por todos os que estavam à nossa volta:

— Está tudo em ordem. Isso é mercadoria de primeira. É feito com a borra do ouro número 2, que dá o ouro número 3, não é? E está barato que só bolo. O senhor vai me desculpar.

E concluiu, dirigindo-se às pessoas que assistiam a tudo desde o começo:

— Tudo certo, minha gente! Pensei que este cidadão, tão honesto, era mais um desses cabras safados que vivem por aqui enganando o povo!

Assim que se virou para ir embora, porém, Antônio deu de cara com Seu Omar e dois soldados de verdade que vinham em nossa direção. Gritei:

— Olha o rapa!

E saímos numa carreira danada, deixando para trás a nossa mercadoria. Fomos perseguidos pelos dois soldados, mas nos dividimos para despistá-los. Eu acabei entrando num cinema. Estava a salvo, pelo que pude perceber. O negócio agora era assistir ao filme, para sair junto com o público. Mas aí, Chicó, antes do filme mesmo, o jornal do cinema mostrou uma matéria terrível sobre a seca do Nordeste. Vários retirantes davam seu depoimento, cada um mais triste do que o outro! Lembro de um pai, desesperado, dizendo que seus filhos pequenos estavam morrendo de fome, e que ele não sabia mais o que fazer! Fiquei tão abalado que nem me lembro direito a história do filme a que assisti naquele dia. Foi então que peguei o dinheiro da viagem para Brasília e comprei uma passagem de volta para cá."

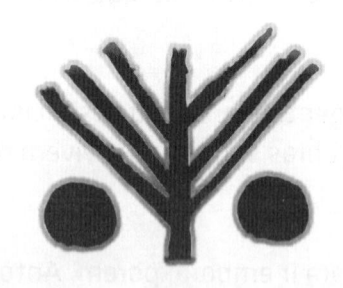

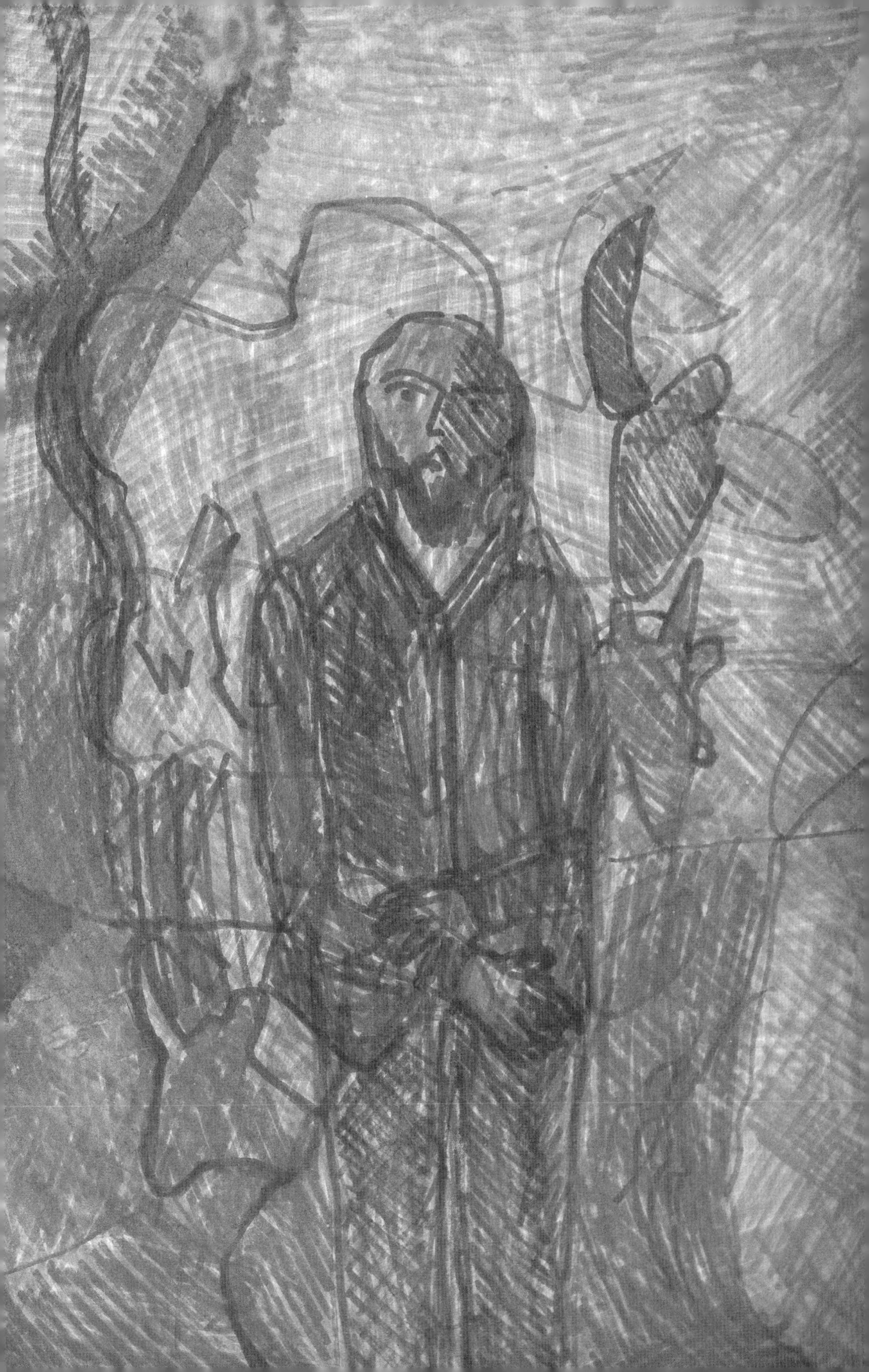
W

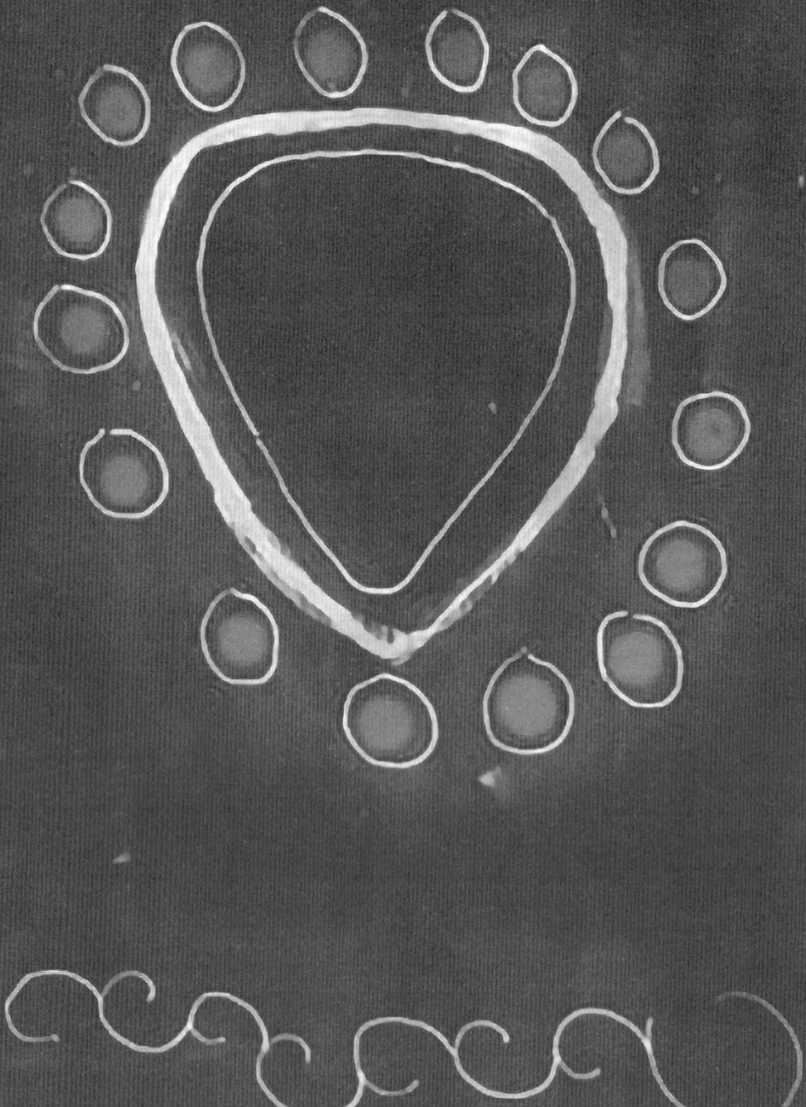

Capítulo 28

Depois que terminou de ouvir a história de João Grilo, Chicó não pôde deixar de perguntar:

— Vieste atrás de seca, foi?!

— Vim atrás de saber como você estava, Chicó.

— Foi bom que eu fiquei sabendo como você estava também, João — disse Chicó, visivelmente emocionado. — Tem um cisco no meu olho.

— No meu também!

João Grilo e Chicó se abraçaram. Horas depois, ligaram o rádio para saber o resultado das eleições para prefeito. Após a vinheta sonora do programa de notícias, escutaram a voz de Seu Arlindo:

Acabamos de receber o resultado final da eleição. O Coronel Ernani foi eleito prefeito com 100% dos votos válidos...

João Grilo, contente, desligou o rádio. Seu plano havia dado certo, pelo menos naquela primeira parte. Disse para Chicó:

— Ninguém votou em mim.

— O povo não quer ver você nem pintado.

— Com a segunda parte do plano, isso vai virar, Chicó. Vamos nos preparar.

— Vai virar contra mim! Agora está todo mundo com a gota com você, mas quando você ressuscitar, vão ficar com a gota é comigo, que atirei em você!

João Grilo passou para Chicó alguns adereços para que ele fizesse o papel de cabra valente, conforme haviam combinado:

— Ninguém vai reconhecê-lo, Chicó, porque você vai estar com essa fantasia de cabra metido a cavalo do cão!

Em seguida, encheu de sangue de galinha a bexiga que ele próprio usaria por baixo da camisa, deixando tudo preparado para agirem na manhã do dia seguinte.

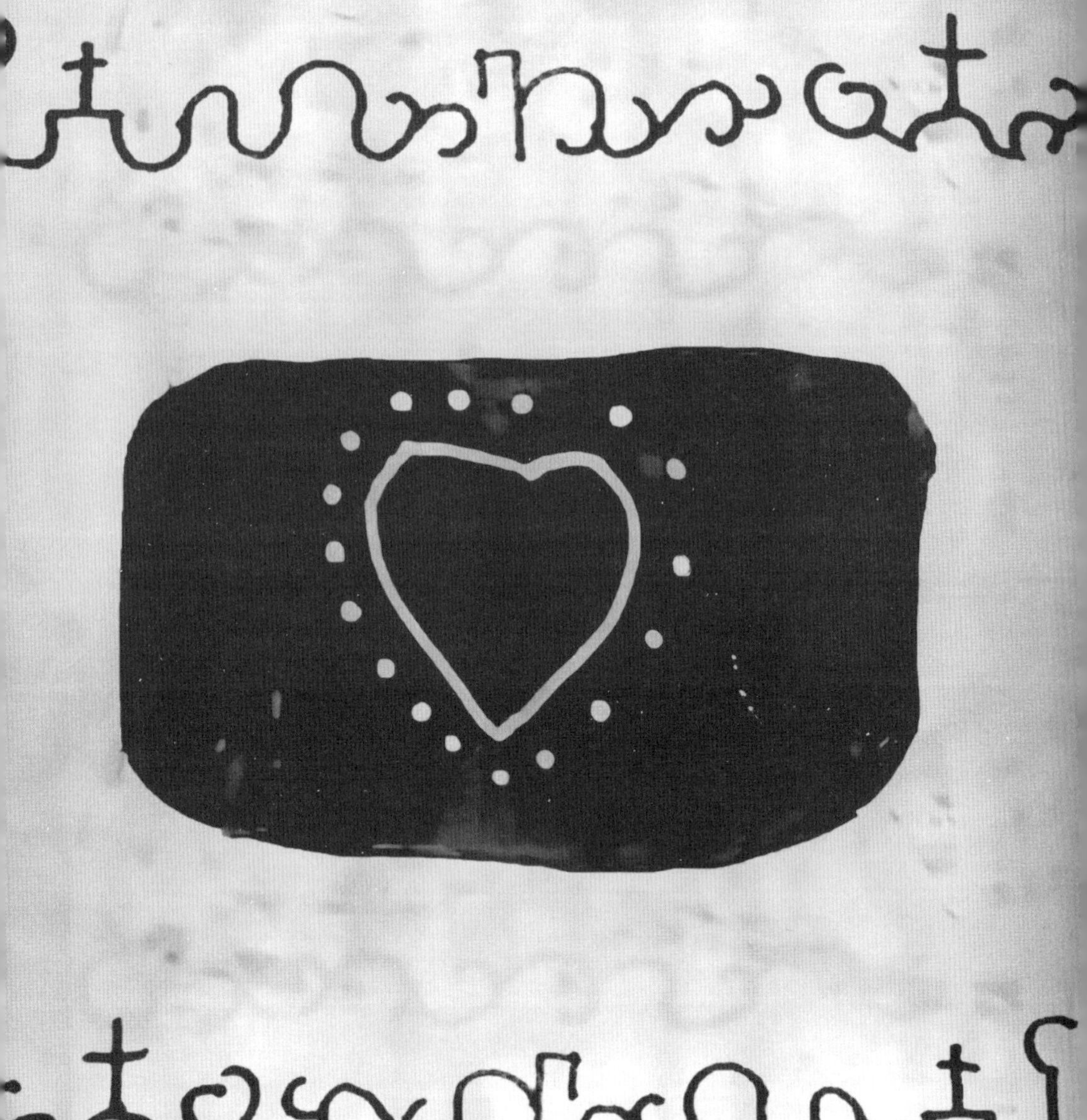

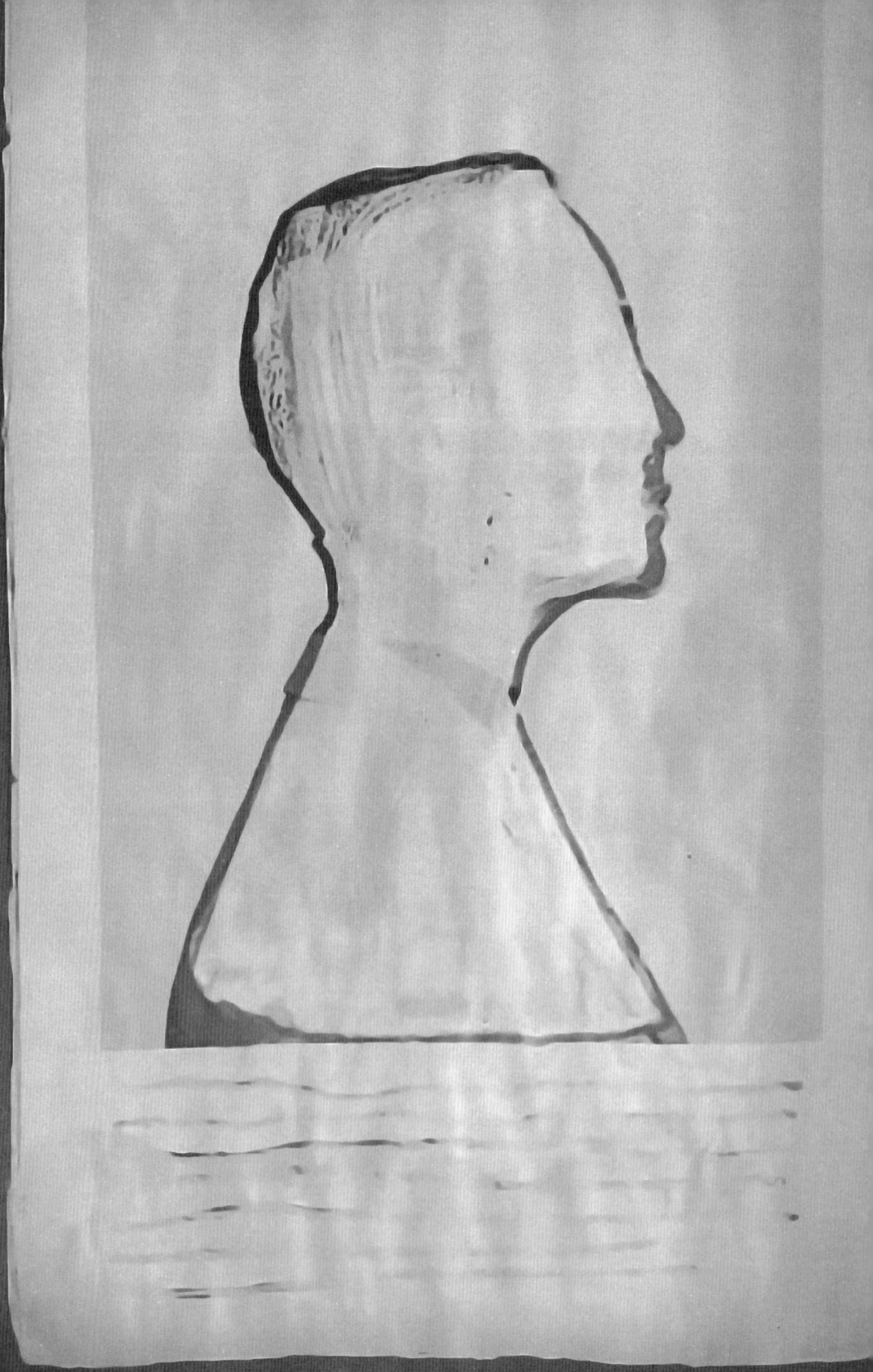

Capítulo 29

Confiante na infalibilidade do seu plano, João Grilo saiu à rua, pela porta principal da igreja, na manhã do dia seguinte. As pessoas olharam para ele sem acreditar no que estavam vendo. Então o miserável não havia fugido? Aquele salafrário ainda estava em Taperoá? Depois de enganar o povo com a história da sua ressurreição, ainda tinha coragem de sair à rua assim, com a cara mais lavada do mundo?

Logo começaram os impropérios e xingamentos:

– Ah, cabra safado!

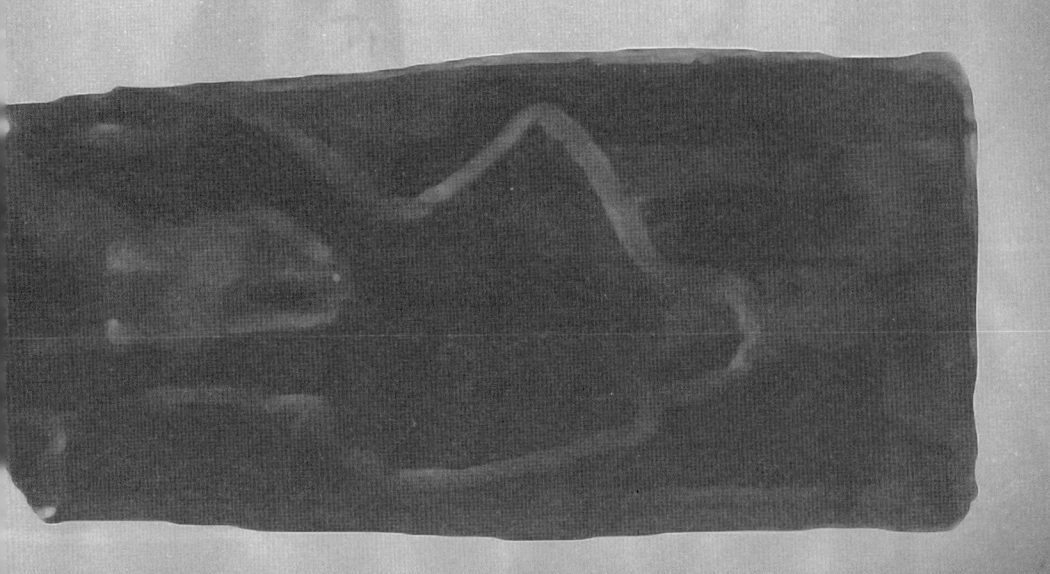

– Mentiroso de uma figa!

– Herege!

– Cabra de peia! Esse aí bem merece uma lição!

Os ânimos começaram a ficar exaltados. João Grilo, já meio assustado, esperava que Chicó aparecesse, antes que as pessoas passassem das palavras à ação. Não contava, porém, com a presença de Joaquim Brejeiro por ali, logo naquela hora. O jagunço do Coronel Ernani, que havia demonstrado tanta fé na ressurreição de João Grilo, fora um dos que mais se decepcionaram com ele após o sermão do Bispo, tendo liderado, como vimos, a revolta popular que culminou com a destruição de parte da estátua, justamente a que representava João Grilo aos pés de Nossa Senhora.

Quando o avistou, Joaquim Brejeiro não se conteve. Possesso de fúria assassina, caminhou a passos largos para cima dele, com fogo no olhar e a arma na cintura:

– João Grilo! Gosto de matar não, mas se prepare que eu vou!

João Grilo caiu de joelhos e juntou as mãos, em posição de orante:

– Ave Maria...

– Não reze, não! – ordenou Joaquim Brejeiro, puxando o revólver. – Quero que você morra antes de se arrepender dos seus pecados, que é pra ir direto pro Inferno!

Ao verem Joaquim de arma na mão, as pessoas se afastaram, fazendo um grande círculo em volta dos dois. João Grilo já havia fechado os olhos, tremendo de medo, quando ouviu a voz alta de Chicó imitando um cabra valente, vinda do oitão da igreja:

– João Grilo!

Todos olharam na direção de Chicó, que vinha chegando, disfarçado, brabo que só a gota serena, sem ter percebido ainda o perigo real da situação em que estava se metendo.

– Se prepare que eu vou matá-lo! – continuou Chicó. – E se alguém aqui quiser me impedir, que venha! Quantos mais vierem, mais morrem, estão ouvindo? O sangue vai dar no meio da canela, e urubu vai ficar é com caganeira!

Ao se aproximar mais, rompendo o círculo de pessoas que se abriu para ele passar, Chicó deu de cara com Joaquim Brejeiro. O jagunço, sério, não abriu mão da sua prioridade. Gritou para o estranho que acabara de chegar:

– Eu cheguei primeiro!

– Então pode deixar que mato ele depois! – disse Chicó, agora de fala fina, finalmente percebendo onde acabara de se meter.

João Grilo, sorrateiro, aproximou-se de Chicó, levou a arma do amigo até o seu próprio peito e falou para Joaquim Brejeiro:

– Com sua licença, seu Joaquim, mas eu já tinha combinado de ser morto por esse outro valente!

Joaquim virou-se para Chicó com cara de poucos amigos, segurou-o pelo pescoço e o desafiou:

– Vai ter que me matar na frente!

– Tem pressa não... – disse Chicó, já morrendo de medo.

– E se tiver coragem, pode atirar pelas costas! – completou Joaquim, virando-se de novo para João Grilo.

— Eu tenho um recado de Nossa Senhora pro senhor! — apelou João Grilo, tentando dissuadir Joaquim de suas intenções.

— Está mentindo de novo, ótimo! Vai morrer com mais um pecado!

Mal terminou de falar isso, Joaquim Brejeiro atirou em João Grilo à queima-roupa. João caiu no chão, e foi a maior correria. Joaquim aproveitou a confusão e deixou o local, tranquilamente, sem nem sequer se abalar com mais um assassinato que acabara de cometer.

— João! — gritou Chicó, desesperado, abaixando-se e pegando a cabeça do amigo com as duas mãos.

— João! João! Meu Deus, coitado de João!

João Grilo, moribundo, abriu os olhos e viu o amigo chorando:

— Fique triste não, Chicó. Morrer só é ruim pros que ficam...

— Então, João, como é que eu vou ficar sem você?

— Um dia você também vai ver: morrer é bom. Eu tenho experiência.

— É sim, João. Você vai ver — disse Chicó, enxugando as lágrimas com as costas das mãos. E Chicó completou, declamando, com voz embargada, alguns versos de sua lavra:

As pedras, no Paraíso,
são de charque e rapadura.
Os rios são de café
servido já com quentura.
De tudo o de se comer,
lá existe com fartura.

Com um sorriso pacificado, João foi fechando os olhos novamente:

— É, sim, Chicó, é desse jeitinho aí...

— Mas espere aí, João... como é que você sabe disso, se quem vai lá não lembra de nada quando volta?

— Você me falou mil vezes que a pessoa se esquecia de tudo, e eu aí anotei num pedaço de papel.

— Acontece que eu só lhe falei isso depois que você ressuscitou.

— Antes, depois, que diferença faz?

— Oxente, toda. Como é que você lembrou de uma coisa antes de ficar sabendo dela?

E João, num fio de voz, disse as suas últimas palavras ao amigo:

— Não sei. Só sei que foi assim...

— João! João! Morreu! Ai, meu Deus, morreu pobre de João Grilo!

As pessoas, aos poucos, foram se aproximando do morto, cuja cabeça estava apoiada no colo de Chicó. Algumas começaram a trazer velas. Chicó continuou com sua latomia:

— João Grilo morreu! Não tem mais jeito, João Grilo morreu! Acabou-se o Grilo mais inteligente do mundo. Cumpriu sua sentença e encontrou-se com o único mal irremediável, aquilo que é a marca de nosso estranho destino sobre a terra, aquele fato sem explicação que iguala tudo que é vivo num só rebanho de condenados, porque tudo que é vivo, morre...

E ainda completou, novamente chorando:

— E mesmo que ressuscite, morre de novo!

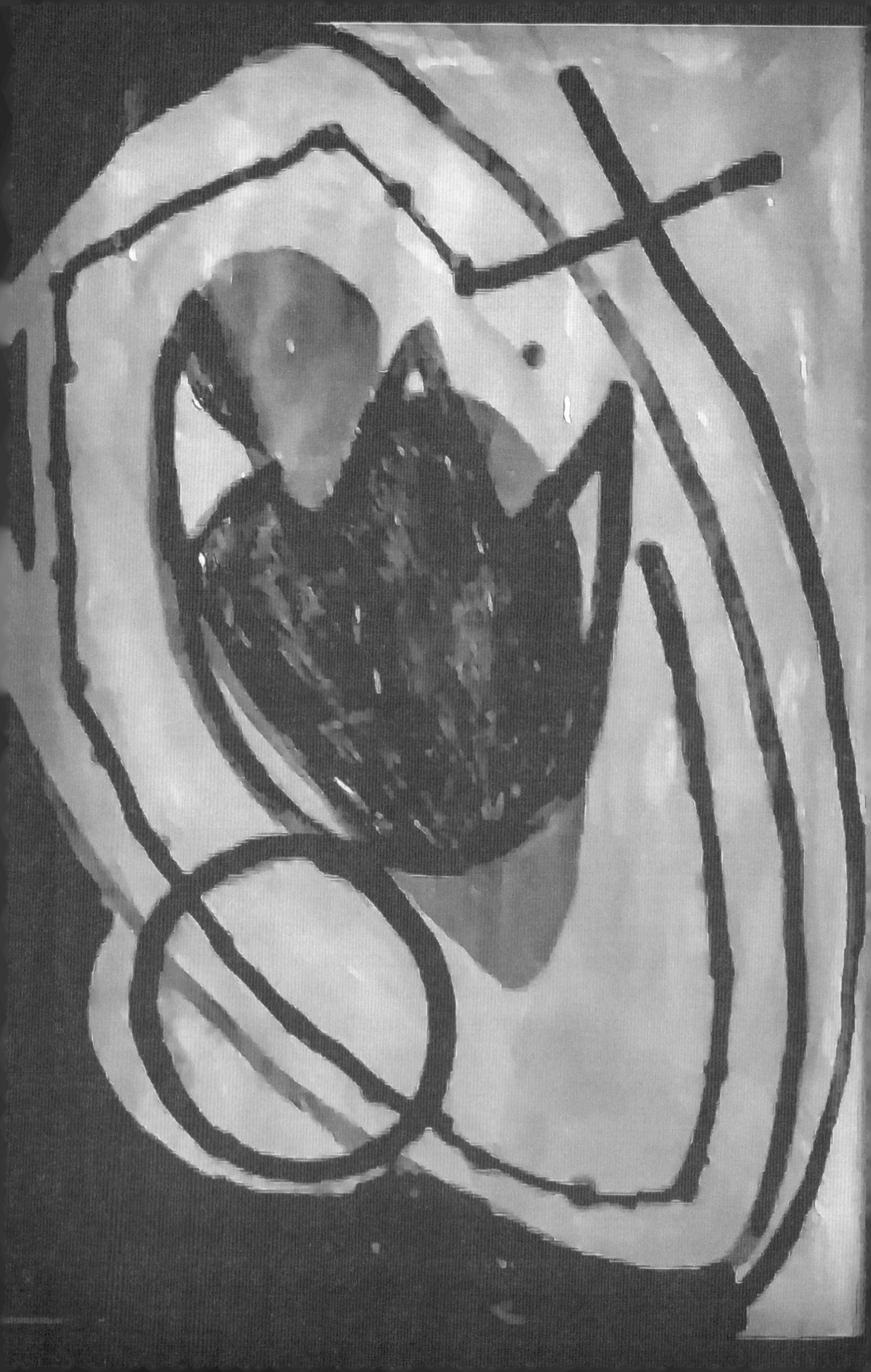

Capítulo 30

De repente, João Grilo abriu os olhos e não soube dizer se estava dormindo ou acordado. Seria um sonho? Onde estariam Chicó, Joaquim Brejeiro e as pessoas que o cercavam? Seria tudo aquilo produto de um delírio, ocasionado pela longa exposição ao sol? Não estava mais em Taperoá. No entanto, a igreja permanecia ali, à sua frente, cercada pela caatinga esturricada.

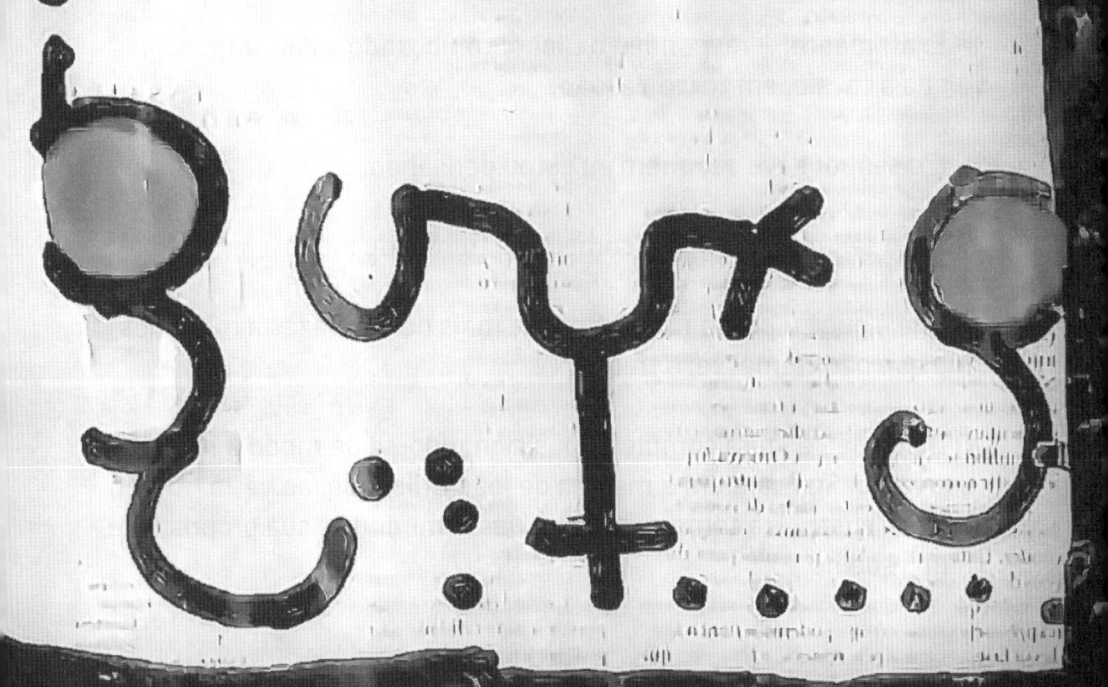

Um cavaleiro inteiramente encourado apareceu ao longe e começou a cavalgar em sua direção. Quanto mais se aproximava, a pleno galope, espantando os urubus que saíam do mato seco, o calor parecia aumentar. João não conseguia ver o rosto do cavaleiro, que vinha na contraluz. Quando chegou bem perto, o cavaleiro esbarrou o cavalo que, fogoso, ainda riscava o chão com as patas dianteiras.

— Que lugar danado é esse? — perguntou João Grilo ao cavaleiro.

— É engraçado como vocês empregam às vezes a palavra exata, sem terem disso uma clara consciência. Este aqui é justamente um lugar danado, porque é o lugar da danação!

João Grilo olhou novamente em volta. Somente então deu-se conta de que se encontrava no Inferno, e, ao que tudo indicava, falando com o próprio Diabo. Disse, sem esconder a sua surpresa nem o seu medo:

— Danou-se tudo!

— Exatamente! — respondeu o Diabo, começando a dar uma volta, ainda a cavalo, em torno de João.

— E o senhor deve ser quem eu estou pensando...

— Devo ser, porque você já começou a tremer de medo.

— Que é que eu posso fazer? Já disse mais de dez vezes a mim mesmo que não tremesse, e tremo!

O Diabo deu a volta completa, posicionando-se de modo a revelar o seu rosto. Sua cara era a mesma de João Grilo, que, ao vê-lo, tomou o maior susto. Era como se João estivesse mirando a sua própria face num espelho.

— Oxente! — disse João, ainda mais surpreso. — Eu achei que era o Diabo, mas sou eu!

— Cada um tem um diabo por dentro, e eu sou o diabo que mora dentro de você!

— Então é por isso que dizem que "o diabo não é tão feio quanto parece"!

— Você quer coisa mais feia do que ser torturado por você mesmo, e por toda a eternidade?

— A eternidade é tempo demais! — respondeu João Grilo, voltando a tremer.

Fazendo o seu cavalo girar novamente em torno de João Grilo, o Diabo declamou:

Chegou a hora das trevas,
chegou a hora do sangue,
do lodo e dos esqueletos!
É a hora do morcego,
do sapo e do bode preto!
Chegou a hora da Porca
que amamenta seus Morcegos
com leite da Sapa podre!

Ao ouvir aquilo, a primeira reação de João Grilo foi a de fugir para bem longe dali. Disse, antes de começar a correr:

— Sai pra lá, Coisa-ruim!

Não foi muito longe, porém. O Diabo, a cavalo, perseguiu-o e o alcançou com facilidade, laçando-o pela cintura e arrastando-o para o mesmo lugar em que estavam. Enquanto voltavam, o Diabo vinha recitando, a modo de um aboiador:

*É a hora desgraçada
da infâmia e da desordem,
do fogo que queima o sangue,
da demência alucinada!
A hora da Cancachorra,
a diaba de leite preto!
Do sangue e da confusão
que aleita um bode e um macaco
no lugar da Solidão!*

— Espere aí! Você não pode me levar pro Inferno direto, assim, não! — contestou João Grilo.

— Quem disse?

— Eu já morri outra vez e agora lembrei como é! Quem decide se eu vou pro Céu ou pro Inferno é Alguém maior do que você — disse João Grilo, levantando-se e se desvencilhando da corda que o enlaçara.

— Maluquice! Besteira! — vociferou o Diabo.

— Quer que eu diga o nome Dele?

— Não precisa!

Sem mais delongas, João gritou em direção à igreja:

— Jesus, Emanuel, o filho de Davi, o Leão de Judá!

— Eu também tenho muitos nomes: Lúcifer, Satanás, Asmodeus...

— Mas o nome Dele pode mais. Valha-me, Nosso Senhor Jesus Cristo!

De repente, abriram-se as portas da igreja, e João foi como que atraído pela luz que emanava do seu interior. O Diabo o seguiu, mas a contragosto e já sem a empáfia inicial, quase de modo protocolar, como se fosse obrigado a fazê-lo. O altar era uma espécie de tribunal, com um glorioso céu azul e muito estrelado por trás. À medida que João adentrava a igreja, ouvia, sem saber de onde, um coro angelical, que cantava:

No Céu, no Céu, lá no Céu
com minha Mãe estarei!
No Céu, no Céu, ah, no Céu
com minha Mãe estarei!

Por fim, Jesus apareceu, sentado em seu trono. João Grilo olhou-o mais espantado do que nunca, pois o rosto de Jesus, assim como acontecera com o do Diabo, parecia refletir o seu próprio rosto. Disse Jesus, falando em versos:

Aqui estou, com minhas legiões,
meus mensageiros de fogo,
meus pássaros de Sol, meus Gaviões,
meus Anjos, meus Arcanjos,
meus Serafins e Querubins,
meus Tronos, Potestades e Dominações!

João sentiu-se inteiramente aliviado com a presença de Jesus e com o tom de sua voz, tão doce e maviosa.

— Ainda bem que o senhor veio com a minha cara, porque eu já estava ficando complexado de me ver naquele camarada! — disse João, apontando para o Diabo.

— O bem também está dentro de você, João! — disse Jesus. — O Diabo sabia que eu vinha desse jeito e veio na frente, tentando inverter os sinais.

— Esse sujeito só quer ser Deus! — disse João, criticando a atitude do Diabo.

— E você também não vá pensando que é Ele! – disse o Diabo, raivoso como sempre.

— Quem me dera! Sendo o juiz deste tribunal, eu me declarava inocente logo de saída!

— Não ia ser assim tão fácil! – contestou o Diabo. – Porque se você fosse culpado, e se julgasse inocente, teria cometido uma injustiça, tornando-se ainda mais culpado.

— Mas se eu fosse Ele, ia ser sempre inocente!

— Mas não é, e vamos começar o danado desse julgamento! – disse o Diabo, já impaciente com a petulância de João Grilo.

— "Danado" nada, que você ainda não ganhou essa peleja! – lembrou João.

Jesus então interveio, dirigindo-se ao Diabo:

— Faça a acusação.

O Diabo não esperou segunda ordem:

— Idolatria: promoveu o culto à sua própria pessoa, fazendo o povo acreditar que tinha ressuscitado!

— E eu não ressuscitei mesmo? – defendeu-se João.

— Você está dizendo isso agora. Quando estava lá embaixo, não acreditava! – disse o Diabo.

— É que eu não lembrava de nada, porque quem volta do além...

— "... se esquece de tudo o que viveu aqui!" — falou o Diabo em tom de ironia, completando a frase que João iniciara. — Desculpa de amarelo é comer barro!

João não se deu por perdido:

— Se eu mesmo não tinha certeza, como é que eu ia dizer se tinha ressuscitado ou não tinha?

— O povo de Taperoá acreditou na sua ressurreição sem ver — disse Jesus. — "Felizes os que acreditam sem ter visto." Foi o que eu disse para São Tomé, quando ele precisou me ver vivo e tocar nas minhas feridas para crer na minha ressurreição. Tudo isso está escrito no Evangelho de São João, capítulo 20, versículos 24 a 29.

— O Senhor é protestante? — perguntou João, admirado.

— Não, João, eu sou Cristão.

— Pois, na minha terra, quando a gente vê uma pessoa boa e que entende da Bíblia, vai ver é protestante!

— Acreditando ou não, o que interessa é que você usou a história de sua ressurreição para tirar vantagens! — disse o Diabo, voltando à acusação.

— Quem começou com isso foi Chicó! — defendeu-se João.

— Você não tem vergonha de botar a culpa no seu melhor amigo? — perguntou Jesus.

— Os turistas gostavam de escutar a história de Chicó. E se eles tinham dinheiro, o que custava dar um pouco em pagamento? Chicó é um artista, Senhor, a mentira dele se chama poesia.

— Mas a sua mentira se chama safadeza! — interveio o Diabo. — E Chicó tem fé de verdade!

— Eu não disse pro povo que tinha ressuscitado, só não disse que não tinha.

— Então pecou por omissão, que é uma mentira silenciosa! — disse novamente o Diabo, desta vez já se aproximando de João, com a intenção evidente de pegá-lo.

— Espere aí! Eu ainda vou apelar para a mãe da justiça — disse João.

— Ah! Quem é essa? — perguntou o Diabo após uma sonora gargalhada, seguro de que João já estava em suas mãos.

— A Misericórdia! — disse João, confiante.

O Diabo fechou a cara. Disse:

— Ih, vai fazer igual da outra vez!

— É lógico! Aquela foi a melhor ideia que eu tive, depois de uma vida todinha cheia de ideia boa.

— Não vai adiantar nada. Não pode haver contradição entre a justiça d'Ele e a Misericórdia — disse o Diabo.

— É verdade, João! Quando eu julgo, a Misericórdia tem que vir atrás — acrescentou Jesus.

— Aí é que está o segredo. O Senhor ainda não julgou...

— É mesmo — concordou Jesus.

— Então eu vou chamar a Misericórdia antes da sentença, que é pra amolecer a Justiça, que nem uma mãe faz com um filho.

João fez a sua invocação, recitando:

Valha-me, Nossa Senhora,
Mãe de Deus de Nazaré!
A vaca mansa dá leite,
a braba dá quando quer.
A mansa dá sossegada,
a braba levanta o pé.
Valha-me, Nossa Senhora,
Mãe de Deus de Nazaré!

Nossa Senhora, a Compadecida, apareceu assim que João terminou de recitar os versos que a homenageavam. Veio na forma de uma jovem e bela mulher negra, com uma meiguice enorme no olhar e um indisfarçável sorriso de bondade. Tão logo sentiu a sua presença, o Diabo, para não vê-la, virou-se de costas, reclamando:

– Lá vem a Compadecida! Mulher em tudo se mete!

– O Senhor está vendo a falta de respeito? – disse João Grilo para Jesus.

Jesus virou-se para o Demônio e o advertiu:

– Guarde os seus preconceitos com as mulheres para você! Ainda mais em se tratando de minha mãe!

– O problema dele é que morre de medo de mim – disse a Compadecida, sem qualquer mágoa ou afetação.

– Não consegue nem olhar pra Senhora – atalhou João Grilo.

– E você, João, o que foi que aconteceu desta vez? – perguntou a Compadecida.

– Eu morri de novo.

— Sim, estou vendo... Mas por que você me chamou agora?

— Pela mesma razão da primeira vez. O Filho de Chocadeira quer me levar pro Inferno!

— Ele sempre quer.

— As acusações são graves! — justificou-se o Diabo.

— Eu ouvi as acusações.

— E então? — tornou o Diabo.

— E então? Você ainda pergunta? Maria vai me defender — disse João, confiante.

— Eu vou ver o que posso fazer — disse a Compadecida.

— Está vendo? — disse João ao Diabo. — Isso aí é gente e gente boa, não é filha de chocadeira não! Gente como eu, pobre, filha de Joaquim e de Ana, casada com um carpinteiro, tudo gente boa.

— E eu, João? Estou esquecido nesse meio? — reclamou Jesus.

— Não é o que eu digo, Senhor? A distância entre nós e o Senhor é muito grande. Não é por nada não, mas sua Mãe é gente como eu, só que gente muito boa, enquanto eu não valho nada.

— Cada pessoa vale muito, João! — tornou Jesus. — Por isso que todas, uma por uma, terminam sendo julgadas por um tribunal tão importante. Com a palavra, a advogada de defesa.

— É verdade que João Grilo obteve alguns benefícios materiais com sua fama de miraculado — começou a Compadecida. — Mas não foi por isso que ele não revelou suas dúvidas sobre o milagre.

— Foi porque ele "não lembrava de nada", porque "quem volta do além..." — tentou ironizar, novamente, o Diabo.

— Também não! — disse a Compadecida, cortando a fala do Diabo.

— Deixa ela falar, Coisa-ruim! — disse João Grilo, em apoio à Compadecida.

— João Grilo não quis foi decepcionar o povo que tem fé — disse a Compadecida. — Sem fé as pessoas sentem medo, incerteza, ficam imobilizadas. Porque a fé traz esperança, alegria, motivação, vontade de seguir vivendo. Quem não quer acreditar num Deus de infinito amor, de justiça, de paz? Parece um sonho bom demais para ser verdade. Porque na realidade a gente vê muita guerra, injustiça, fome. E chega a desanimar. Nessa hora, a fé traz motivação para continuar pelejando por uma vida melhor. E com uma vida melhor, e com mais alegria, a gente está mais disposto a ajudar os outros a melhorar de vida também. A fé nos consola de ter nascido para morrer, faz a gente sonhar que é imortal e que um dia vai reencontrar todas as pessoas amadas que já se foram. Como as pessoas podiam ter fé na ressurreição de João Grilo, se achassem que ele não acreditava? João Grilo não disse que acreditava no milagre da ressurreição, mas acreditou na fé que as pessoas tinham nele.

O Diabo, tentando se contrapor às palavras da Compadecida, voltou a acusar João Grilo:

— Ele quis foi se dar bem! Foi justamente quando percebeu a fé das pessoas, naquela procissão que fizeram em sua homenagem, que João Grilo teve a ideia de tirar vantagem do milagre.

A Compadecida voltou-se para Jesus, referindo-se ao Diabo:

— Ele enxerga sempre pelo lado pior das coisas.

O Diabo voltou-se também para Jesus, referindo-se à Compadecida:

— E ela só vê o lado bom.

João Grilo aproveitou para também se dirigir a Jesus:

— O Diabo acha que foi por mal, Nossa Senhora acha que foi por bem. O que temos aqui é uma dúvida. E eu sempre ouvi falar que, num tribunal, a dúvida conta a favor do réu, não é?

— É verdade, João! Existe até uma expressão em latim que diz isso: *in dubio pro reo*.

— Amém! Então eu vou pro Céu?

— A lei aqui é diferente das leis humanas, João. Porque para mim não há dúvidas – esclareceu Jesus.

— Então pra que serve esse julgamento, se o Senhor já sabe tudo antes?

— Porque as suas intenções importam também. Nessa história toda, você acha que agiu em benefício próprio ou pelo bem comum?

— Para falar a verdade, eu mesmo não sei direito, Senhor. Pode até ter sido pelas duas coisas.

— Está se fingindo de honesto, agora, para terem pena dele! – voltou a acusar o Diabo.

— Você acha que eu sou besta de mentir? Ele sabe tudo que vai dentro da gente.

— Sei, sim – interveio Jesus. – E sei que você não sabe direito suas verdadeiras intenções.

— Se João Grilo mesmo não sabe das suas intenções, pro Céu é que não pode ir! — disse o Diabo.

— Pro Inferno também não! — rebateu a Compadecida. — João sabe que não sabe, já é um começo. Deixe-o, ao menos, ir para o Purgatório.

João, alarmado, falou para a Compadecida:

— Para o Purgatório? Não, não faça isso assim, não! — E, chamando-a à parte, concluiu o seu pensamento: — Não repare eu dizer isso, mas é que o Diabo é muito negociante, e com esse povo a gente pede mais para impressionar. A Senhora pede o Céu, porque aí o acordo fica mais fácil a respeito do Purgatório.

— Isso dá certo lá no Sertão, João! — rebateu a Compadecida. — Aqui se passa tudo de outro jeito! Que é isso? Não confia mais na sua advogada?

— Confio, Nossa Senhora, mas esse camarada termina enrolando nós dois...

— Deixe comigo — disse a Compadecida, tranquilizando-o. E, voltando a falar também para os outros, continuou: — O julgamento de alguém serve de exemplo para todos, inclusive para a pessoa que foi julgada. De que adianta dar um veredicto baseado nas intenções de João Grilo, se ele mesmo não sabe quais foram elas e nunca vai entender por que foi absolvido ou condenado?

— Agora é tarde para saber! — disse o Diabo, impaciente.

— Ele precisa entender suas intenções por conta própria, é a lei do livre-arbítrio, eu não posso interferir — completou Jesus.

— Mas existe um jeito — insistiu a Compadecida.

— Qual, minha Mãe?

— Deixe João Grilo voltar para a vida dele.

— É sempre a mesma coisa! — criticou o Diabo.

— É a mesma coisa, mas por uma razão diferente. Vai ser um teste, meu filho. Mande João de volta. Faça-o se deparar novamente com a fé do povo, no milagre da ressurreição. Ele vai precisar escolher novamente como reagir, e vai ter uma segunda chance de entender por conta própria suas verdadeiras intenções.

— Você, João, quer viver de novo?

— E então? O mundo pode ser meio ruim e meio doido, mas parece tanto com a gente, e eu já estou tão acostumado com ele...

O Diabo, inconformado, voltou-se para Jesus:

— Nem você ressuscitou duas vezes!

— Tem sempre uma primeira vez para a segunda — disse João Grilo. — E, dirigindo-se diretamente ao Cristo, perguntou: — Quer dizer que estou despachado, não é?

— Vou deixar você voltar porque minha mãe me pediu — disse Jesus.

João Grilo dirigiu-se então para Nossa Senhora:

— Muito obrigado, grande advogada!

— Até a próxima, João — disse a Compadecida.

— A senhora não me leve a mal não, mas tomara que demore bem muito!

— Mas ainda tem uma condição para a sua volta, João! — ponderou Jesus.

— Qual é?

— Você vai ter que me responder a três perguntas.

— Eita!

— Você não é tão sabido?

— Mais sabido é o Senhor, que me criou!

— Não desanime, João, que eu estou aqui torcendo por você! — disse a Compadecida, encorajando João Grilo.

— Então estou garantido!

Jesus começou a perguntar:

— Onde é o centro do universo?

— Em qualquer lugar!

— Quanto vale um homem?

— Vinte e nove moedas! Judas vendeu Jesus por trinta, e ninguém vale mais do que o Senhor!

— Qual é a coisa que o homem procura, indo atrás, fazendo esforços medonhos, mas se fosse mais inteligente ficava em casa, esperando por ela?

— É a própria morte, que o homem procura fazendo a guerra! Ficando em casa, na rede, vai morrer do mesmo jeito, de fome, doença ou velhice!

– Acertou!

– Eita, cabra bom! – disse João Grilo, elogiando a si próprio.

– Mas pra que você não fique cheio de si, vou lhe confessar que já sabia que você ia-se sair bem. Você estava precisando levar uns apertos. Estava ficando muito saído!

– Quer dizer que posso voltar?

– Pode. Mas antes você vai esquecer de tudo quanto é divino e diabólico que viu por aqui.

Dizendo isso, Jesus passou suavemente a mão direita pelos olhos de João, que imediatamente se fecharam.

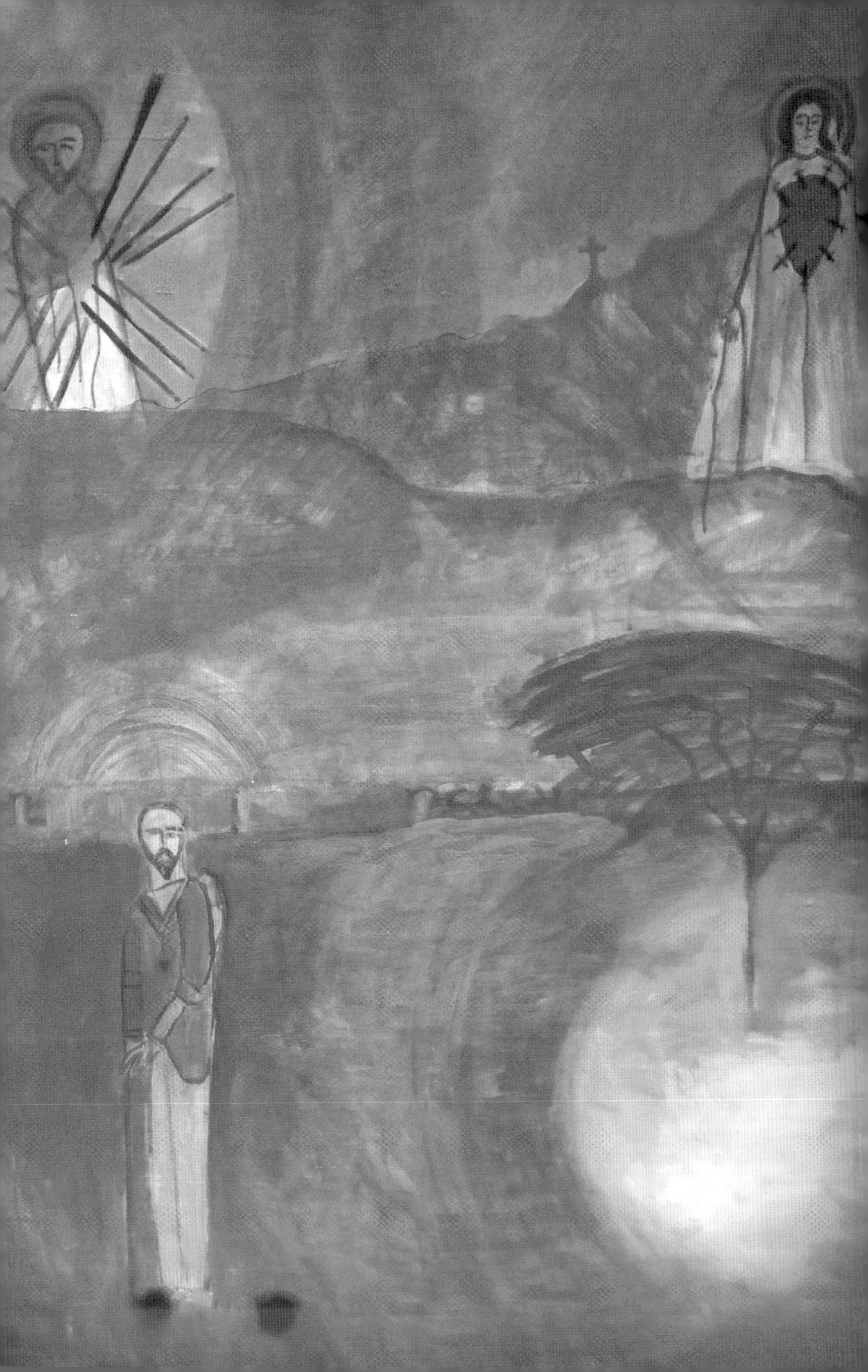

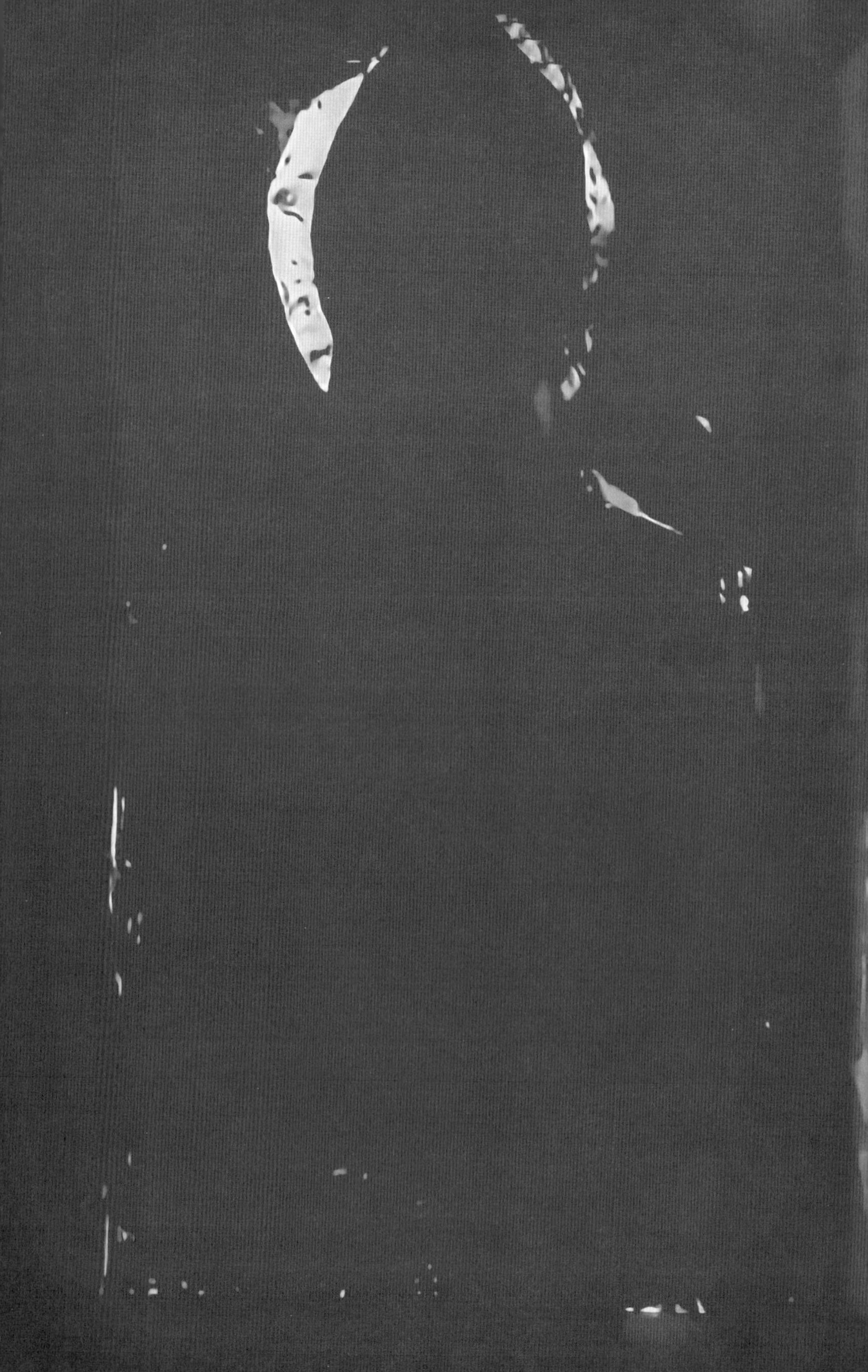

Capítulo 31

Enquanto tudo isso se passava no plano divino, no plano terreno o velório de João Grilo se estendeu até o cair da noite. A crueldade de Joaquim Brejeiro, atirando em João Grilo à queima-roupa, sem lhe ter dado qualquer chance de defesa, fez com que o povo mais humilde de Taperoá logo se compadecesse do morto. Alguns começaram mesmo a duvidar das palavras do Bispo, revendo a sua posição frente a todos aqueles acontecimentos dos últimos dias.

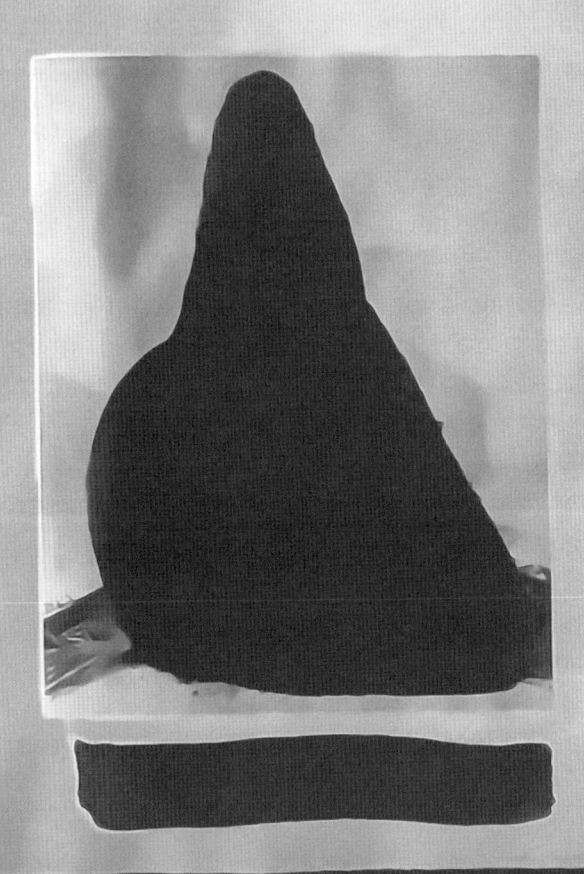

Chicó, diante do caixão do amigo, colocado próximo ao altar da igreja, era consolado por todos os que apareciam.

De repente, viu Rosinha, que acabara de chegar a Taperoá. Os dois se abraçaram longamente.

— Ainda bem que você não fez o que pedi e ficou perto do seu amigo até o fim — disse Rosinha, com lágrimas nos olhos.

— Mas você estava certa quando disse que iam terminar matando João — respondeu Chicó, com uma tristeza cortante na voz.

— Se pudesse eu sofria no seu lugar.

— Não quero ver você passando pelo maior sofrimento do mundo.

Com o correr das horas, a igreja foi se esvaziando. Rosinha foi dormir na sacristia, de maneira que somente Chicó ficou junto ao caixão do amigo. Foi só então que ele começou a rezar, de olhos fechados:

— Valha-me, Nossa Senhora! Tenha pena de João Grilo. Se a senhora o fizer ressuscitar de novo, eu prometo que...

À medida que escutava a voz de Chicó, João Grilo foi abrindo os olhos. Olhou em volta e percebeu que estavam os dois sozinhos na igreja. Antes que Chicó terminasse a frase de sua oração, João levantou-se e disse, quase matando Chicó de susto:

— Homem, não prometa mais nada, que da última vez você deu pra Santa tudo o que a gente tinha!

— João, pelo amor de Deus, se lembre que eu fui seu amigo! — disse Chicó, apavorado.

— Tenha vergonha, Chicó! Um homem desse tamanho com medo de alma!

— Isso é que é um milagre pra vir ligeiro!

— Lá vem você com essa história de novo, Chicó! — disse João, saindo do caixão.

— Mas nem ressuscitando duas vezes você acredita, homem?

— Que é que eu posso fazer, se eu não lembro de nada?

— Isso é porque quem volta do além...

— "... se esquece de tudo que viveu lá", você já disse isso mais de mil vezes!

— Você não lembra, mas eu lembro!

— Acontece que você é sem confiança, Chicó! Não teria a bala passado de raspão?

— Eu, sem confiança? Bala de raspão? Dessa vez todo mundo viu você morrer! E a cidade toda estava chorando no seu velório.

— Oxente! E o povo não estava com raiva de mim?

— Estava, mas virou de lado quando você foi assassinado.

— É só o camarada morrer, que vira santo!

— Santo você não é, nem será! Mas quando foi assassinado, você virou um herói!

— Herói por quê?

— Acharam que você foi morto para não ter mais perigo de ser candidato. Aí voltaram a venerá-lo mais ainda do que na campanha política!

— Mesmo que eu nunca tivesse pensado em virar prefeito, o povo quis acreditar que ia eleger um prefeito de origem realmente popular...

— Você tem que se candidatar na próxima eleição! — disse Chicó, já se animando com a ideia.

— Ficou doido, Chicó? Vão me matar de novo!

— E o que é que a gente faz, João?

— Eu vou sumir no oco do mundo!

— E eu digo o que, quando não virem mais você no caixão?

— Invente uma de suas histórias.

Nisso, os dois amigos escutaram um canto de muitas vozes, que começou a chegar do lado de fora da igreja:

Com minha Mãe estarei
na santa Glória, um dia!
Bem ao lado de Maria,
no Céu eu triunfarei!

Chicó fez menção de fechar o caixão, para dar a entender ao povo que o morto ainda estava lá dentro. Disse para João Grilo:

— Esconda-se na sacristia que eu preciso abrir a porta. Rosinha está dormindo lá. Cuidado para não matá-la de susto.

João Grilo, porém, não se moveu. Permaneceu alguns segundos em silêncio, atento e pensativo. Seria justo esconder do povo que ele estava vivo? Mesmo que não acreditasse plenamente na sua ressurreição, como Chicó, mesmo que tivesse lá as suas dúvidas, não poderia mais se omitir. Tinha que reconhecer, no mínimo, que algo estranho acontecera, e que esse "algo", inexplicável, bem poderia ser chamado, por aqueles que têm fé, de milagre.

— Espere, Chicó. Estou pensando numa coisa. Quem sabe se não foi a fé do povo que me salvou? Quem sabe se eu não estou vivo porque tantas pessoas rezaram por mim? Eles têm que saber que eu não estou morto!

— Se souberem que você ressuscitou duas vezes, você só vai ter sossego morto!

— Boa ideia! Eu apareço e morro de novo – disse João Grilo, apalpando o próprio peito e percebendo que a bexiga com o sangue de galinha estava intacta.

— Ô homem pra gostar de morrer, só esse!

João foi rapidamente à cozinha para pegar uma faca. Depois dirigiu-se até a porta principal da igreja, abriu-a e apareceu para o povo. As pessoas caíram de joelhos diante do novo milagre. A cantoria ficou mais forte, e muitos traziam lágrimas nos olhos:

Com minha Mãe estarei,
e, assim, sempre neste exílio,
de seu piedoso auxílio,
com fé eu me valerei!

Chicó ajoelhou-se com as pessoas. O coro não parou:

No Céu, no Céu, lá no Céu
com minha Mãe estarei!
No Céu, no Céu, lá no Céu
com minha Mãe estarei!

Emocionado, João Grilo falou para as pessoas da procissão:

— Lá no Céu é bom demais, meu povo! Chicó sabe contar como é. Diz aí, Chicó!

Chicó pegou a deixa e declamou seus versos:

Comida lá não se planta:
nasce como mandioca,
cresce feito melancia,
mas é pé de tapioca!
Milho lá nasce cozido,
quando já não é pipoca!

João Grilo continuou a dar o seu depoimento:

— Aquilo é bom demais, eu quero voltar! E, desta vez, peço a Nossa Senhora pra ficar por lá mesmo!

Súbito, puxou a faca que havia guardado na cintura, enfiou-a no peito e caiu no chão, esvaindo-se em sangue. Chicó, desesperado, ajoelhou-se junto dele e começou a chorar:

— João! João! O que você fez, João?

— A bexiga! A bexiga! — sussurrou-lhe João ao ouvido.

Entendendo o que acontecera, Chicó passou de um choro contrito a um choro fingidíssimo.

Horas depois, quando as coisas se acalmaram e o povo se recolheu, João Grilo, Chicó e Rosinha, dentro da igreja, colocaram um tronco de madeira no caixão que fora de João e fecharam a tampa. Rosinha, ainda surpresa com a história que acabara de ouvir dos dois, disse:

— Se descobrem essa história da bexiga, capaz de matarem você de novo, João.

— Com esse pedaço de pau aí dentro, ninguém vai imaginar que o caixão está sem um corpo. E se eu menti de novo, fingindo que morri, foi só para me defender, pois não tirei nenhum proveito disso. Eu vou me mandar daqui, e só volto a Taperoá para ser enterrado de verdade, queira Deus que muitos anos daqui pra frente!

— Sim, mas primeiro vamos cuidar de tirá-lo daqui vivo! — disse Rosinha.

— E veja o lucro que você vai ter, Chicó! Com duas ressurreições, isso aqui vai encher muito de turista! — disse João, procurando animar o amigo, já entristecido com a sua partida iminente.

— Logo o povo vai exigir a sua estátua de volta, ao pé da Santa — disse Chicó.

— É bom, porque aí eu vou passar a vida toda rezando pra Nossa Senhora, sem me cansar!

— Eu também, João! — disse Chicó. — Sou tão devoto de Nossa Senhora que até um papagaio que eu tive ficou devoto também!

— Era aquele mesmo papagaio que sabia a Bíblia Sagrada de cor? — perguntou João, lembrando-se de uma história antiga de Chicó.

— A Bíblia Sagrada, só, não! O Código Civil também. Tirava até preso da cadeia, usando os poréns da lei.

— Oxente! Sem diploma de advogado? Como é isso?

— Eu gostaria que você não fizesse tantas perguntas!

— E o que foi feito dele?

— Soltei. Era um bicho inteligente demais pra ficar preso. Quando ele se viu solto, me disse, antes de voar: "Nossa Senhora lhe pague, Chicó!" Um ano depois, na caatinga, voltando de uma caçada, escutei uma latomia estranha. Ajoelhei-me na hora e fiz o pelo-sinal. Julguei que fossem almas penadas, porque em volta não tinha casa nem estrada. Foi aí que eu vi, numa árvore, pra mais de cem papagaios cantando: *"No Céu, no Céu, lá no Céu, com minha Mãe estarei..."* E reconheci, lá, meu papagaio, ensinando o hino para os parentes e pagando pra Nossa Senhora a promessa que tinha feito por ter sido solto!

— Como é que você soube que o papagaio era o mesmo? — perguntou João Grilo.

— Porque o meu tinha as penas do corpo verdes e amarelas.

— Você não tinha contado isso, Chicó!

— E eu não estou contando agora? Ele era filho de um papagaio com uma arara...

— Como, Chicó? Papagaio e arara não cruzam.

— Não sei, só sei que foi assim.

— Tá certo, Chicó! Não vou perguntar mais nada. Chegou a minha hora. Vou aproveitar o escuro da noite para partir e pegar carona com algum caminhão na estrada.

— Já sabe para onde vai? — perguntou Rosinha.

— Pra um lugar onde não falta água nem comida, e tem trabalho pra todo mundo!

— Você vai voltar pro Céu? — quis saber Chicó.

— Vou pra Brasília.

— Eita homem pra gostar de aventurar!

— Eita homem pra gostar de ficar parado! Um dia eu volto.

— Aqui não tem mais futuro pra você não, João.

— Eu não tenho nada a perder, Chicó. Não tenho casa, nem muda de roupa limpa, nem família, nem cachorro eu tenho. Mas tenho o mais importante, tudo o que é preciso para passar um tempo na Terra: o perdão da Compadecida e um amigo.

— Tem um cisco no meu olho.

— No meu também.

— Tem outro cisco no meu outro olho.

— No meu também.

— Acho que agora é choro!

— Eu também!

João Grilo já estava na estrada havia horas, na carroceria de um caminhão, quando o cortejo do seu enterro finalmente partiu da igreja em direção ao cemitério de Taperoá. Chicó e Rosinha foram ao lado do caixão. Em determinado momento, falando baixinho, Chicó confidenciou à sua esposa:

— Eu estou com uma ideia pra fazer um folheto arretado: *A Segunda Vida, Paixão e Morte de João Grilo, seu Segundo e Apoteótico*

Julgamento no Céu e sua Segunda e Espetacular Ressurreição por Obra e Graça de Nossa Senhora. Que acha?

— Sempre haverá alguém que vai achar a primeira história melhor.

— Mas também haverá quem queira conhecer a segunda. Pelo menos o crediário a gente vai poder pagar.

A certo momento, na estrada, João Grilo colocou a cabeça para fora da lona do caminhão e olhou para cima. No céu muito azul, sem nuvens, ele se surpreendeu ao ver os papagaios da última mentira de Chicó numa belíssima revoada.

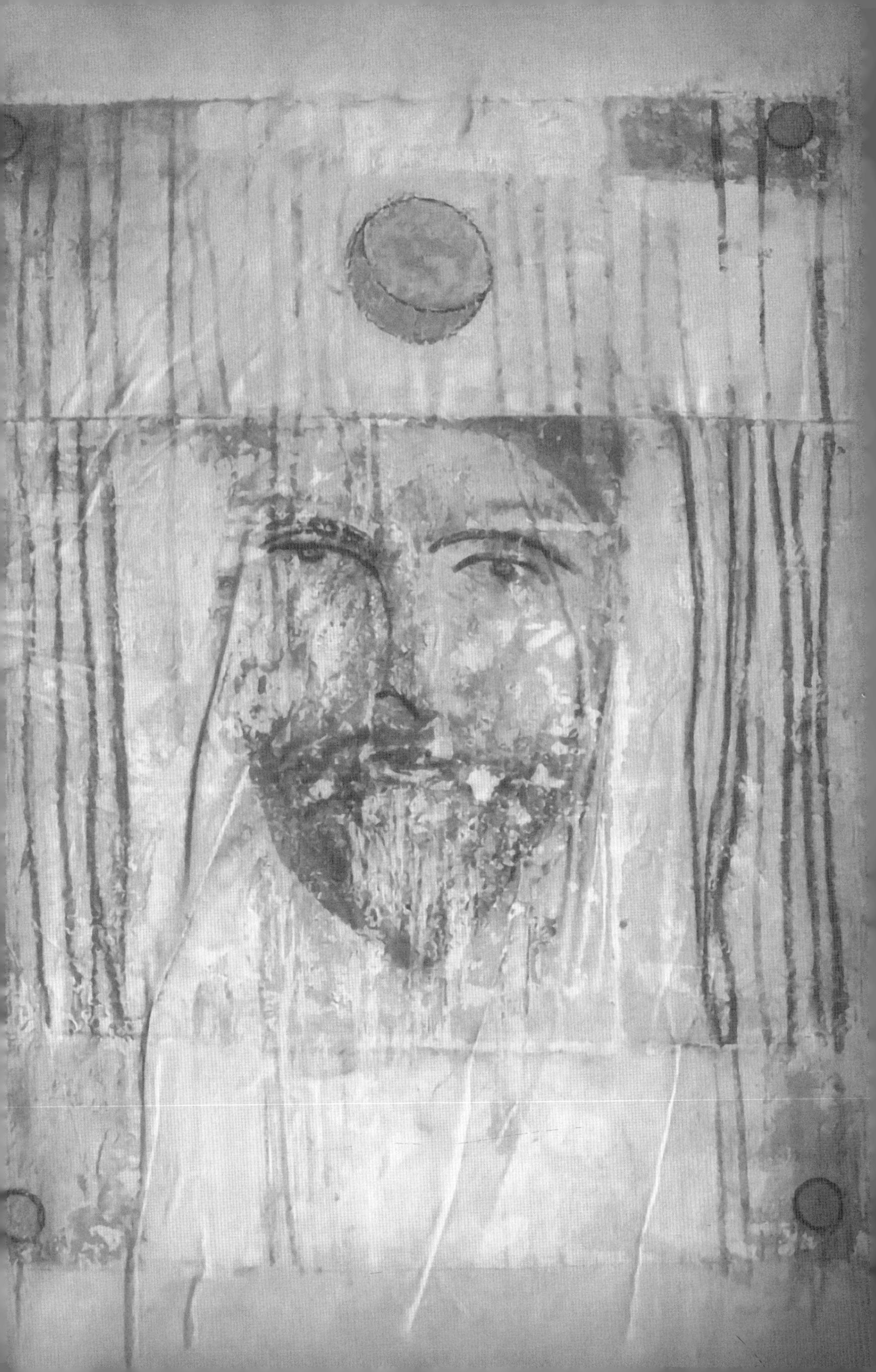

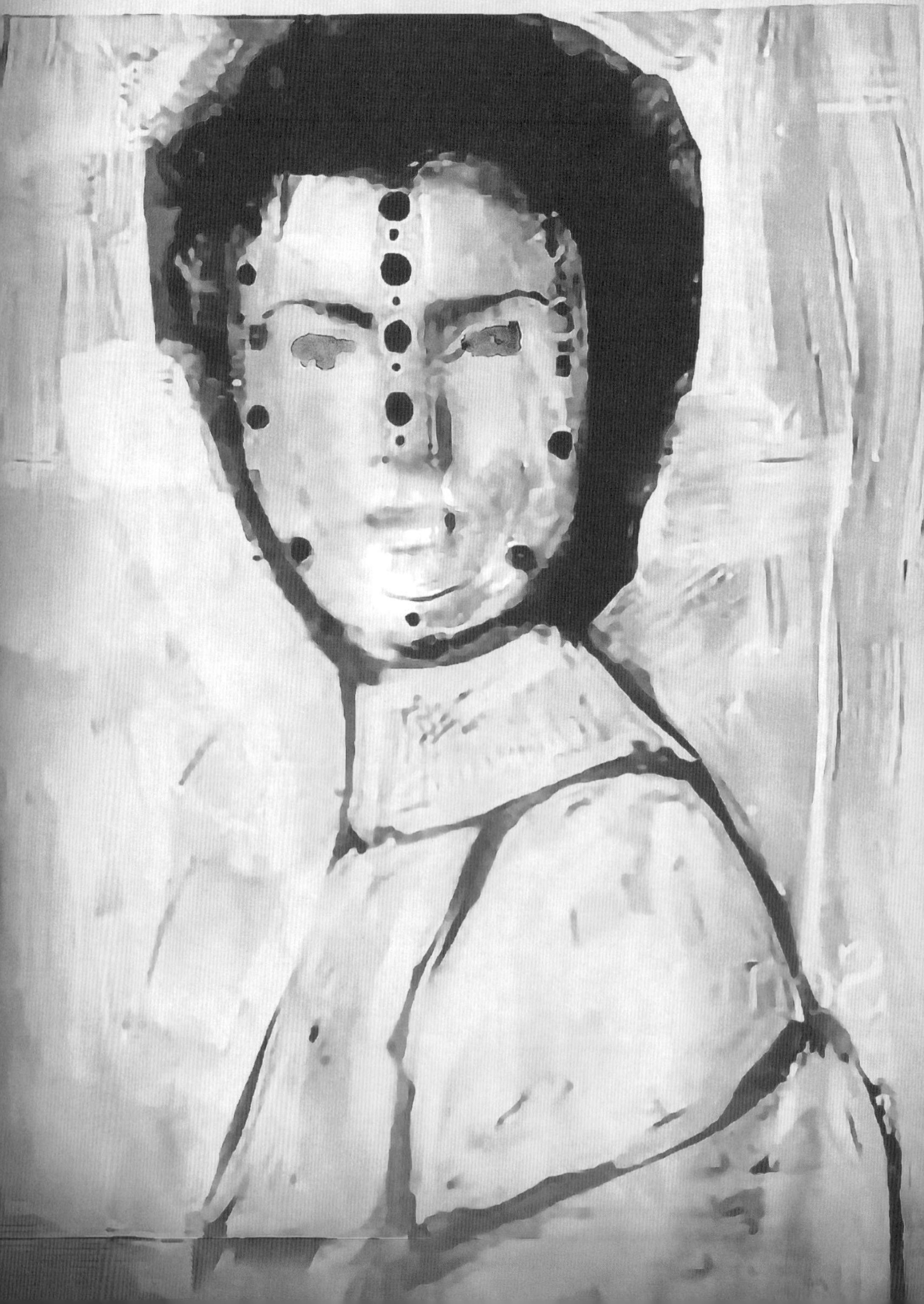

Capítulo 32

O tempo passou e as coisas se acertaram para Chicó e Rosinha. A estátua de Nossa Senhora com João Grilo a seus pés foi restaurada, e os turistas voltaram a visitar Taperoá para ouvirem Chicó recitar os seus versos. Vinham de vários municípios paraibanos e também de outros estados nordestinos. Desciam dos ônibus e já iam escutando os versos do grande poeta da cidade, agora famoso em todo o Sertão da Paraíba:

Ouvi mentira da boa,
ouvi mentira danada;
ouvi mentira de asa,
ouvi mentira com rabo;
ouvi mentira de Deus,
ouvi mentir o Diabo!

Um João mentiu para o bem.
Quem disse? Nossa Senhora!
A fé que o povo tem nela
João não quis foi jogar fora.
Que a fé sustém nossa alma,
dá força e até revigora!

Os versos variavam, pois a imaginação de Chicó o levava a compor de improviso. Mas, ao final, era basicamente com a mesma estrofe que ele se despedia dos turistas que o haviam escutado:

Meu verso acaba-se agora,
com rima bem verdadeira.
E, sempre que eu canto ele,
vem dez mil-réis pra algibeira.
Hoje estou dando por cinco,
Talvez não ache quem queira!

SOBRE OS AUTORES

ARIANO SUASSUNA

Poeta, dramaturgo, romancista e artista plástico, nasceu na capital da Paraíba, em 1927, e faleceu no Recife, em 2014. Adquiriu renome nacional e internacional com obras como o *Auto da Compadecida*, no campo do teatro, e o *Romance d'A Pedra do Reino*, na prosa de ficção. Membro da Academia Brasileira de Letras e grande defensor da cultura brasileira, foi o idealizador do Movimento Armorial, lançado no Recife em 1970 com o objetivo de, nas suas palavras, "realizar uma arte erudita brasileira a partir das raízes populares da nossa cultura".

GUEL ARRAES

Cineasta, diretor, produtor e roteirista pernambucano, é um dos grandes nomes da dramaturgia brasileira. Ganhou destaque na TV Globo, criando e dirigindo sucessos como *Armação Ilimitada* (1985-1988) e *TV Pirata* (1988-1992). Em 1999, junto a João e Adriana Falcão, adaptou e dirigiu *O Auto da Compadecida*, série inspirada na peça de Ariano Suassuna. A produção ganhou uma versão cinematográfica em 2000, consagrando-se como um dos maiores sucessos do cinema brasileiro. Também foi responsável pela segunda versão de *A Grande Família* (2001-2014), *Os Normais* (2001-2003), e *A Mulher Invisível*, que venceu o Emmy em 2011. Em 2024, esteve envolvido em dois grandes projetos. Como diretor, lançou o filme *Grande Sertão*, adaptação da obra homônima de João Guimarães Rosa, e *O Auto da Compadecida 2*, obra que dirigiu ao lado de Flávia Lacerda e que dá continuidade à história dos personagens criados por Ariano Suassuna.

ADRIANA FALCÃO

Escreve crônicas, contos e livros para crianças, jovens e adultos. Também é roteirista de cinema e de televisão. Começou no programa *Comédia da vida privada*. Em seguida vieram *Brasil Legal*, *As brasileiras*, *Louco por Elas* e *A Grande Família*, que ficou 14 anos no ar. No cinema encontrou grandes mestres e escreveu *O Auto da Compadecida*, *A Máquina*, *O Ano em que Meus Pais Saíram de Férias*, *Se Eu Fosse Você 1 e 2*, *A Mulher Invisível*, *A Dona da História* e, mais recentemente, *Pérola*. Publicou diversos livros, entre os quais, *A Máquina*, *A Gaiola*, *Procura-se um Amor*, *Lá Dentro Tem Coisa* (que foi premiado na Suíça), *Queria Ver Você Feliz* (sua primeira obra não ficção), e três deles foram adaptados para teatro. *A Máquina*, por exemplo, foi adaptada por João Falcão e fez história com uma montagem que apresentou Wagner Moura, Lázaro Ramos e Vladimir Brichta. Atualmente está debruçada em mais um roteiro de cinema.

JORGE FURTADO

Diretor e roteirista dos longas *Houve uma vez dois verões*, *O Homem que Copiava*, *Meu Tio Matou um Cara*, *Saneamento Básico, o Filme*, entre outros, além de curtas como *Ilha das Flores* e *Esta Não é a sua Vida*. Corroteirista em *Lisbela e o Prisioneiro*, *Grande Sertão*, entre outros. Na televisão, escreveu e dirigiu séries como *Cena Aberta*, *Decamerão* e *Doce de Mãe*, vencedora de dois prêmios Emmy. Escreveu dezenas de especiais e séries para a TV Globo, como *Agosto*, *Memorial de Maria Moura*, *A Comédia da Vida Privada*, *Mister Brau*, *Sob Pressão* e *Todas as Mulheres do Mundo*. Foi cinco vezes finalista do Emmy Internacional. Autor de vários livros, entre eles os romances *As Aventuras de Lucas Camacho Fernandez* e *Trabalhos de Amor Perdidos*.

JOÃO FALCÃO

Diretor, roteirista e compositor pernambucano, nasceu no Recife, onde iniciou sua trajetória artística em 1980. Com uma carreira que abrange mais de cinquenta espetáculos teatrais, atua também no cinema e na TV. Escreveu e dirigiu peças como *A Dona da História*, para Marieta Severo e Andréa Beltrão, *Uma Noite na Lua*, para Marco Nanini, *A Máquina*, e o musical *Gonzagão – A Lenda*. Para a TV Globo fez séries como *A Comédia da Vida Privada*, *Sexo Frágil*, *Clandestinos* e *Louco por Elas*. Como diretor, roteirista ou trilheiro, ajudou a criar os filmes *Lisbela e o Prisioneiro*, *A Máquina* e *O Auto da Compadecida 1 e 2*. Tem obras traduzidas para diversos idiomas e premiadas com APCA, Shell e Bibi Ferreira.

CARLOS NEWTON JÚNIOR

Nasceu no Recife, em 1966. Poeta, ensaísta, ficcionista, professor titular da UFPE, é autor de vários livros de poesia, sendo os mais recentes *Coração na Balança* (2021), *Vontade de Beleza* (2022) e *Redenção de Agosto* (2023), todos publicados pela editora Nova Fronteira. Escreveu apresentações e estudos críticos para edições de autores brasileiros clássicos e contemporâneos. A respeito da obra de Ariano Suassuna, da qual é exímio conhecedor, vem trabalhando junto à Nova Fronteira, desde 2017, na fixação dos textos e na organização de edições especiais, a exemplo do *Teatro Completo* (2018), da edição do cinquentenário de *A Pedra do Reino* (2021) e do volume *O Pasto Incendiado* (2025), que reúne a poesia completa do autor.

MANUEL DANTAS SUASSUNA

Nasceu no Recife, em 1960. Artista visual com especial predileção pela pintura, pelo desenho e pela escultura em cerâmica, realizou várias exposições individuais no Brasil e participou de coletivas no exterior. Assinou cenários e figurinos para diversos espetáculos de dança, música e teatro. Filho de Ariano Suassuna, desde o início sua carreira vinculou-se à poética do Movimento Armorial, interpretada, porém, de modo absolutamente pessoal, com incursões pela arte rupestre brasileira e pela heráldica dos ferros de marcar bois, a exemplo do que apresentou na exposição *Avoenga* (2018). Desde 2017, responde pelas ilustrações e direção artística de todas as obras de Ariano Suassuna publicadas pela editora Nova Fronteira.

Direção editorial
Daniele Cajueiro

Editora responsável
Janaina Senna

Produção editorial
Adriana Torres
Laiane Flores
Mariana Lucena

Revisão
Perla Serafim

Projeto gráfico de miolo e capa
Ricardo Gouveia de Melo

Diagramação
Alfredo Loureiro

Este livro foi impresso em 2025, pela Reproset, para a Nova Fronteira.
O papel do miolo é offset 75g/m² e o da capa é cartão 250g/m².